KB260115

3

윤필천 新무협 판타지 소설

EXCITING ORIENTAL FANTASY

[은검장주, 서평군왕]

장의문주

葬儀門主

第九章
벽력단주(霹靂團主)

장의문주

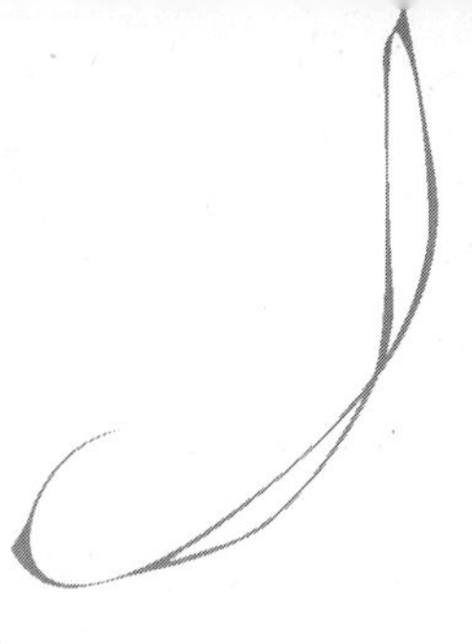

한 달 뒤.

이제 막 새순이 돋기 시작한 나무들 사이로 네 명의 젊은 남녀가 걷고 있었다. 그들은 바로 백무연, 반규린, 이해은, 임파초였다.

나뭇가지 사이로 보이는 하늘은 흐리고 바람도 강하게 불었다. 잔뜩 찌푸린 날씨에 반규린은 한숨을 쉬었다.

"이게 무슨 봄이야."

그 말대로 꽃피는 춘삼월이라고 보기에는 무리가 있는 날씨였다. 시기상으로는 겨울도 다 지나갔지만 벌써 며칠째 답답한 흐린 날이 지속될 뿐 봄을 알리는 비는 내리지 않고 있었다.

그동안은 꽤 답답한 나날이었다. 단원들이 죽었음에도 불구하고 자신들을 손님으로 받아들여 주고 치료까지 도와준 제삼괴인단 단주의 은혜는 정말 감사할 만했지만, 그때의 부딪침으로 인해 한층 고조된 정파와 사파 간의 갈등으로 인해 비연촌 주변은 심상치 않아져서 백무연과 반규린 등은 비연루 안에서 꼼짝도 하지 못한 채 한 달여를 보내야 했다. 그동안 반규린은 상처를 회복했고, 상세가 몹시 위중해 보였던 임파초도 언제 그랬냐는 듯이 자리를 훌훌 털고 일어나 지켜보던 사람들을 깜짝 놀라게 했다. 원래 부상을 입지 않았던 것은 아닌가 의심이 들 정도였다.

어쨌든 그 지루한 기간 동안 움츠린 새순처럼 봄이 오기만을 기다린 반규린으로서는 며칠째 계속되고 있는 눈앞의 흐린 날씨가 결코 반가울 리 없었다.

'기분이라도 낼 수 있었을 텐데.'

반규린의 별로인 기분에 원인을 제공한 다른 요인은 그때부터 이렇다 할 말이 없는 백무연이었다. 그는 갈수록 혼자 있고 혼자 생각하는 시간이 많아졌다. 반규린이 짐짓 쾌활하게 말을 걸어봐도 백무연은 무심한 표정으로 언제나와 다름없는 어조로 대답할 뿐이었다. 그런 다음 눈을 돌려 허공을 바라보는 쓸쓸한 표정은 지켜보는 반규린의 마음도 덩달아 무거워지게 만들었다.

물론 이유는 알고 있었다.

백무연은 사람을 죽였다. 그리고 아직 어머니에 대한 단서를 아무것도 찾지 못했다. 그리고 반규린에게 말하지 않았을 또 다른 이유들이 있었을 것이다. 그 모든 것이 압박감이 되어 저 작은 두 어깨를 짓누르고 있는 것이다.

'하지만 언제까지 저럴 거야.'

반규린은 불만스러운 눈빛으로 백무연을 힐끗 바라보았지만 백무연은 그 시선을 느끼지 못했는지 옆에서 조용히 걷고만 있었다. 그 모습을 보고 반규린은 입을 삐죽 내밀며 주변을 둘러보다 장난스런 눈길로 자신을 바라보고 있는 임파초와 눈이 마주쳤다.

"뭐예요?"

그 웃는 모습에 괜히 신경질이 난 반규린이 쏘아붙이자 임파초는 순진한 양처럼 눈을 깜박이며 대답했다.

"응? 아무것도 아닌데."

"거짓말 말아요. 또 뭔가 숨기고 있죠?"

임파초가 이럴 때는 항상 무언가가 있다. 이것은 임파초와 오랜 시간을 같이 지내는 동안 반규린에게 생겨난 하나의 예감이었다. 하지만 임파초는 여전히 웃는 낯빛으로 고개를 흔들며 말했다.

"아니야, 그냥 앞쪽에 산불이 난 것 같군."

그 말에 반규린은 눈을 돌려 앞을 바라보았다. 막 새잎이 돋기 시작해서 회색과 녹색의 중간쯤 섞여 있는 고요한 산이 눈앞에 보였다. 하지만 산불이 내는 연기나 불꽃 등은 전혀 보이지 않았다.

"산불?"

반규린은 이상하다는 표정으로 임파초를 바라보았지만 임파초는 고개를 흔들었다.

"아님 말고."

그때 콰콰쾅! 하는 굉음이 먼 데서 들리는 것이었다. 꽤나 큰 소리라 반규린이 놀라서 바라보니 어느새 멀쩡하던 산이 온통 화염으로 뒤덮여 있었다. 너무나 갑작스러운 상황에 반규린은 놀라서 말을 잇지 못하다가 겨우 고개를 돌려 임파초를 보며 물었다.

"도, 도대체 뭐예요?"

"응? 정말 산불이 났네."

"뭐냐구요."

"어, 내가 안 그랬는데?"

"어떻게 알았냐구요!"

그때 조용히 있던 백무연이 말했다.

“산에 새의 기척이 없더군요.”

반규린은 그 말에 백무연을 바라보았다. 백무연은 흔들리지 않는 눈빛으로 반규린을 바라보며 말을 이었다.

“그리고 알 수 없는 살기가 느껴졌습니다.”

“허허, 역시 백 공자도 알고 있었군.”

임파초는 자랑스럽다는 듯 백무연의 어깨를 툭툭 치고, 또 한편으로는 반규린 쪽으로 살짝 눈길을 돌리며 이런 것도 몰랐냐는 듯한 눈길을 보냈다. 그러자 가만히 듣고 있던 반규린은 임파초를 노려보며 말했다.

“그런 걸로 어떻게 산불이 일어난다는 걸 알 수 있죠?”

“응, 글쎄.”

임파초는 다시 말을 다른 곳으로 돌리다가, 반규린의 험악해진 표정을 보고는 슬쩍 말을 던졌다.

“기름 냄새라고나 할까.”

“기름 냄새?”

“몹시 강하군. 더군다나 이번엔 우리 쪽으로 가까워지고 있는걸.”

임파초는 그렇게 말하며 자신들이 지나고 있는 숲의 한쪽을 바라보았다. 그러고 보니 진작부터 그쪽을 바라보고 있던 백무연도 자세를 약간 낮추고 그 너머의 무엇인가에 대비하는 모습이었다. 가만있던 이해은도 그 모습을 보더니 얼른 검에 손을 가져갔다. 그때 소리 없이 한 사람이 나타났다. 그는 특이하게도 얼굴이 온통 검은색이었다. 게다가 귀에는 여자처럼 금귀고리를 끼고 목에도 금으로 된 사슬을 걸고 있는 것에 상반신을 거의 벗다시피 한 그 모습은 참으로 괴상했다. 그 모습을 보자 반규린과 이해은은 하나같이 깜짝 놀라서 외쳤다.

"뭐, 뭐야?"

그때 얼굴이 검은 사람이 말했다.

"사람을 보고 뭐야라니, 당신들이야말로 누구요?"

이상한 외양과는 달리 말투는 제법 정상적이어서, 반규린은 놀란 와중에도 가슴을 진정시키고 찬찬히 그 사람을 뜯어보았다. 분명 차림새나 외양은 참으로 보기 드문 기인이었으나 눈빛은 또렷했고 이목구비 또한 뚜렷했다. 다만 피부가 몹시 검었는데, 자세히 보니 그것은 본래 타고난 피부색이 아니라 그을음이 덮인 것 같았다.

그때 임파초가 말했다.

"구영문의 제팔벽력단(第八霹靂團)에 계신 분을 뵙게 되니 참으로 영광입니다."

그러면서 머리를 꾸벅 숙이며 예를 표했다. 임파초답지 않은 몹시 정중한 인사였다. 그 모습을 보자 상대도 합장하며 인사를 한 뒤 임파초에게 물었다.

"그런데 여러분은 누구신지? 지금 이곳은 위험 지역이라

일반인의 출입은 금지되어 있소이다만."

그때 반규린이 끼어들며 물었다.

"위험 지역? 그게 무슨 말이죠?"

"그것은……."

꽈과과광!

마치 뇌성벽력이 치는 듯한 소리가 연달아 울리더니 아까보다 좀더 가까운 산에서 불바다가 되는 것이 모두의 눈에 또렷하게 보였다. 그러나 그 모습을 아무렇지도 않은 눈빛으로 바라보던 제팔벽력단의 사람은 만족스러운 듯 고개를 끄덕이다, 문득 다시 반규린들을 바라보며 말했다.

"지금 이곳은 전쟁 중이오. 모르셨소?"

"전쟁이라면……."

"정사대전(正邪大戰) 말이오. 지금 이곳은 가장 큰 전장이라, 특별히 우리가 투입된 거요. 적을 다 박살 내기 위해서."

얼굴이 검은 사내는 자랑스럽게 손을 들어 보이며 말했다. 그 손에는 그의 피부보다 더욱 새까만 구형(球形)의 물체가 기름으로 닦인 듯 반질반질한 광택을 내며 여러 개 매달려 있었다. 세상에서 말하는 폭탄(爆彈)임에 틀림없었다.

"이것 하나면 저런 효과를 충분히 낼 수 있지. 시험해 보시겠소?"

"아, 아니, 괜찮습니다……."

반규린은 애써 웃음을 지으며 말한 뒤, 고개를 돌려 임파초를 바라보았다.

"이쪽으로 가자고 한 사람이 누구였죠?"

"응? 그건 또 무슨 소리지?"

"당신이잖아."

"아, 그랬던가?"

"도대체 이번엔 또 무슨 수작이에요?"

"허허… 수작이라니."

"우리를 이 싸움판의 한가운데로 끌고 들어온 이유가 도대체 뭐냐구!"

반규린은 온 산이 떠나가라는 듯이 쩌렁쩌렁하게 외쳤다. 하지만 임파초는 두 눈을 깜박거리며 태연하게 대답했다.

"기억이 나질 않아."

사건의 발단은, 역시 임파초에게 있었다고 반규린은 생각했다.

일행이 비연루를 떠나 길을 서쪽으로 잡은 지도 약 열흘, 길은 점점 여러 갈래로 나뉘었고 그 순간부터 갑자기 임파초가 앞장을 서기 시작했던 것이다.

"아니, 당연히 이쪽이지, 그럼 어디라고 생각하는 거야?"

마치 자신의 집을 찾아가는 것처럼 당당하게 방향을 잡는 임파초를 보고 반규린은 마음속에 한가닥 불안감이 일었지만 자신이 알고 있는 한 크게 벗어나지 않는 범위로 계속 가고 있었으므로 반규린도 굳이 나서서 임파초를 막지는 않았던 것이다.

그리고 그것이 이런 화근이 될 줄을 누가 알았으랴.

반규린은 다시 입을 열어 임파초를 탓하기에 앞서 자기 자신의 잘못은 없었는지 확인했다. 물론 최근에 부하들과 주고받은 전서구에 위험 신호를 알리는 빨간 종이가 많아졌던 것은 알고 있었으나, 정파와 사파 간의 작은 분쟁이 몇몇 있는 정도일 것이라고 마음을 놓았던 것은 분명 잘못이었다. 하지만 방향을 아무리 잘못 잡았다고 해도 이렇게 완벽하게 대전투의 한가운데로 자신들을 끌고 들어온 것은 분명 이해할 수도, 참을 수도 없는 일이었다.

"도대체 어떻게 된 거야."

반규린은 간신히 화를 억누르는 목소리로 임파초에게 말했다. 하지만 임파초는 어깨를 으쓱하더니 오히려 이렇게 말하는 것이었다.

"무슨 말이야. 여기서 싸우는 걸 내가 알고 있었나? 가다 보니 이렇게 만났잖아? 그러고 보니 우린 참 싸움과 인연이 깊은 것 같군. 그렇지 않나?"

그때 콰콰쾅! 소리와 함께 폭음이 연달아 울리고 주변의 멀쩡하던 산 하나가 다시 화염에 휩싸이는 모습이 보였다. 하늘 높이 치솟아오르는 불길들과 무엇인지 불에 반쯤 탄 채로 괴성을 지르며 허공에 솟아오르는 그림자들. 그것을 보자 손에 폭탄을 든 채로 가만히 있던 구영문 제팔벽력단의 사람이 말했다.

"아무래도 격전 중인가 본데, 당신들은 여기 계속 있을 거요? 이대로 있으면 싸움에 휘말릴 수도 있을 텐데."

그러자 반규린은 임파초를 홱 돌아보며 말했다.

"일단 잘잘못은 나중에 따지기로 해요. 그리고 이제부터는 절대 내 앞에서 걷지 말아요."

임파초의 코앞에 바싹 들이댄 반규린의 표정은 지옥의 불길이라도 얼려 버릴 듯 싸늘해서 언제나 실실 웃던 임파초도 살짝 굳어질 수밖에 없었다.

"아, 뭐 그렇다면."

임파초가 머뭇거릴 때 반규린은 재빨리 백무연과 이해은에게 돌아서며 말했다.

"빨리 여기서 나가기로 해요. 괜히 쓸데없는 싸움에 말려들 필요는 없으니까."

그리고 반규린은 제팔벽력단의 사람을 보며 말했다.

“죄송하지만 어느 쪽으로 가야 나갈 수 있는지 좀 알려주시겠어요?”

그녀가 생긋 웃으며 말하자 갑자기 주변의 공기가 따스한 봄처럼 변한 것 같았다. 제팔벽력단의 사람도 그녀의 눈웃음에 검은 얼굴이 살짝 붉어져서는 더듬거리며 말했다.

“무, 물론이지요.”

그리고 그는 폭탄을 들고 있지 않은 손을 들어 한쪽을 가리켰다.

“저쪽으로 가면 금방 나갈 수 있을 것…….”

그때 콰콰콰쾅! 소리가 나며 정확히 그가 가리킨 쪽에 불바다가 되는 모습이 모두의 눈에 선명하게 보였다. 그러자 모두가 흠칫 놀랐다. 남자 역시 살짝 당황하더니 다시 다른 쪽을 가리켰다.

“하하, 괜찮습니다. 저쪽에도 길이…….”

콰콰콰쾅! 남자가 말하기가 무섭게 그쪽 역시 청천벽력 같은 소리와 함께 온통 새빨간 화염에 휩싸이는 것이었다. 그러자 남자는 난처한 듯 머뭇거리더니 다시 다른 쪽을 가리켰다.

“이쪽에도 길이 있긴 한데…….”

꽈과과과광!

어느새 그들 주변에는 온통 화염지옥이 펼쳐져 있는 것이었다. 그 광경을 보자 모두들 잠시 할 말을 잃고 가만히 서 있었다. 임파초는 그 상황에서도 미소를 띠고 있었으나 이마에는 식은땀이 맺혀 있었다. 반규린은 그런 임파초를 잡아먹을 듯이 노려보고 있었고, 이해은은 두려움에 눈을 깜박이며 백무연의 옷소매를 꽉 붙잡고 있었다. 하지만 백무연은 무심한 눈빛으로 붉은 불꽃을 바라보고 있었다. 제팔벽력단의 사람은 그 뒤에도 주위를 이리저리 둘러보다가, 포기한 듯 머리를 긁적거리며 말했다.

"이거 어떡하지요? 일단 우리가 본진(本陣)으로 쓰고 있는 산성(山城)으로 가시는 편이 낫겠습니다. 그쪽이라면 포격은 받지 않을 테니까요."

"그렇게 하죠."

반규린이 재빨리 대답했다.

하지만 그때, 침묵을 지키고 있던 백무연이 문득 입을 열었다.

"이미 우리는 이 싸움에 말려든 것 같군요."

그 말에 모두들 의아한 눈빛으로 백무연을 바라보다, 그의 시선이 머물고 있는 곳을 바라보았다.

뜨거운 불길 속에서 몇몇의 인영이 걸어오고 있었다. 그들은 불길 속을 마치 평지처럼 유유히 걷고 있었다. 그들의 모습이 점차 뚜렷해지자 벽호는 살짝 신음 소리를 내며 손에 쥔 폭탄을 더욱 단단히 움켜쥐었다.

반규린은 불길 속에서 나온 그들의 생김새를 유심히 살펴
보았다.

그들은 총 네 명이었다. 가장 앞에 선 한 명은 흑의를 입고
커다란 키에 손에는 엄청나게 길고 무거워 보이는 반월도(半
月刀)를 가볍게 들고 있었다. 그 옆에 선 사람은 몸에 착 달라
붙는 옷 위로 드러난 굴곡으로 보아 호리호리한 여자였는데
마찬가지로 흑의를 입고 있었지만 가슴께에 피처럼 붉은 잎
사귀 하나가 수놓아져 시선을 끌었다. 그 밖의 두 명의 흑의
인은 날렵해 보였지만 별다른 특징은 없었다. 그리고 네 명
다 눈, 코, 입만 뚫린 복면을 쓰고 있었다. 세찬 불길을 뚫고
나타난 그들에게서는 하나같이 날카로운 살기가 느껴졌다.

"장난감을 꽤나 잘 쓰더군."

먼저 말을 뱉은 사람은 반월도를 든 남자였다.

"부하들이 많이 죽었다."

그는 말과 함께 묵직한 반월도를 들어 벽호의 심장을 겨냥
했다.

"하지만 이제 끝이다, 벽력단주(霹靂團主), 벽호(霹虎)."

그 말에 반규린은 물론이고 이해은과 임파초도 놀랐다. 이
제 겨우 이십대 초반쯤 되어 보이는 앳된 얼굴의 남자였는데
그가 바로 구영문의 외문구단(外門九團) 중 하나인 벽력단의
단주라니, 놀라지 않을 수 없었다. 반규린은 눈을 깜박거리며

벽력단주, 벽호를 유심히 바라보았다.

하지만 벽호는 반월도를 든 남자만을 노려보고 있었다. 폭탄을 든 손이 미미하게 떨리기 시작했다.

"흥, 웃기지 마라. 당할 성싶으냐?"

"손목을 날려 버리겠다."

반월도를 든 남자는 그렇게 말한 뒤 정말로 벽호의 손목을 향해 그 묵직한 무기를 휘둘렀다.

느린 움직임이었다. 하지만 그 궤적은 이미 전 범위를 포괄하고 있어서 벽호는 자기도 모르게 입술을 깨물며 잠시 머뭇거렸다. 그 순간에도 반월도는 느릿하게, 그러나 파괴적으로 다가오고 있었다. 눈앞으로 확대되어 오는 반월도를 바라보다 마침내 결심한 듯 벽호는 폭탄을 움켜쥐고 오히려 반월도의 궤적 안으로 뛰어들었다.

콰콰쾅!

굉음과 함께 반월도를 든 남자와 벽호는 각기 원래 있던 자리에서 다섯 걸음씩 물러났다. 분명 폭탄이 터지는 소리가 났건만 반월도를 든 남자의 몸은 먼지 하나 없이 말짱했고, 땅바닥에는 그에게 채 닿지 못한 폭탄의 파편들이 걸레조각처럼 널려 있었다. 반면 벽호의 입에서 가느다란 핏줄기가 보이자, 반월도를 든 남자는 무뚝뚝한 목소리로 말했다.

"이번엔 정말로 간다."

　그러면서 반월도를 든 남자는 다시 무기를 하늘 높이 치켜들었다. 벽호는 떨리는 눈빛으로 흐린 하늘 위에 차가운 궤적을 그리는 그 무기를 바라보았다. 피해야 했지만 이미 아까의 부딪침으로 그의 내공은 고갈되어 있었다. 상대는 칠살 제일의 하부조직(下部組織)인 참월(斬月)의 소살(小煞), 즉 수장이었다. 다수 공격과 공작이 주특기인 자신에게 이런 고수와의 근접전은 애초부터 맞지 않았다. 이들이 나타났을 때 뒤도 돌아보지 말고 달아나는 것이 옳았을지도 몰랐다. 하지만 이미 늦은 일이었다. 반월도는 정확히 그의 양 손목을 향해 날아오고 있었다.

　'끝인가…….'

　벽호는 두려움으로 인해 감기려는 눈을 억지로 떠서 반월도를 마주 보았다. 이미 자신이 할 수 있는 일은 없었지만, 적어도 죽는 순간까지 상대의 무기를 똑바로 쳐다보는 것만은 무인(武人)이 가져야 할 마지막의 긍지라는 생각이 들었기 때문이었다. 반월도의 단순한 궤적이 자신의 몸에 닿으려 하고 있었다.

　그때,

　까가강!

　쇠와 쇠가 부딪치는 소리와 함께 무언가 거무튀튀한 물체가 나타나서 한기를 품은 반월도를 막아섰다. 벽호는 그것을 똑똑히 보았다. 그것은 바로 한 자루의 검은 삽이었다.

‘누가?’

벽호는 천천히 고개를 돌려 삽을 쥐고 있는 사람을 바라보았다. 그것은 바로 아까부터 별말 없이 우울해 보이던 백의소년이었다. 그것은 자신의 목숨을 구하고 참월의 소살이 휘두른 반월도를 막아낸 것이다. 아직 한참 어려 보이고 체격도 왜소해 보이는 소년이었지만 그 살인적인 반월도의 공격을 막아내고도 몸이 흔들리는 기색조차 없었다.

‘이 소년은 도대체…….’

벽호는 믿을 수 없는 상황에 눈이 휘둥그레졌지만 그것도 잠시, 곧 두 다리에 힘이 풀리는 것을 느끼며 그 자리에 그대로 주저앉아 버렸다. 과도한 긴장과 그것이 한순간에 해소된 때문이었다. 곧 누군가가 자신을 부축하는 것이 느껴졌다.

“괜찮아요, 아저씨?”

앳된 소녀의 목소리였다. 일행 중에 녹색 옷을 입고 있던 귀여운 소녀일 것이라는 생각이 들었다. 벽호는 고개를 들어 소녀에게 살며시 웃어 보인 뒤에 눈앞의 광경을 바라보았다. 반월도와 흑삽은 떨어져 있었지만 그 무기들의 주인인 두 사람은 마주서서 대치하고 있었다.

“왜 막았지? 넌 누구냐!”

반월도의 주인, 참월의 소살은 무뚝뚝하게 물었다. 하지만 그 목소리에 약간의 노기와 함께 의문이 섞인 것으로 보아 자신의 공격을 막은 것에 대한 놀라움이 든 모양이었다. 하지만 흑삽의 주인, 백무연은 더욱 무뚝뚝하게 대답했다.

"왜 사람을 죽이려 합니까."

"뭐라고?"

백무연은 말없이 반월도를 든 사내를 노려보았다. 그의 눈빛은 분노도 증오도, 그렇다고 완전한 무심(無心)도 아닌 스스로를 향한 고민과 괴로움으로 가득 차 있었다.

이렇게 뛰어나와 반월도를 막아내기까지 백무연은 수많은 생각을 거듭하고 있었다. 그것은 비연루를 출발하면서부터, 아니, 사실은 그에게 있어 아주 특별한 어떤 일이 일어나면서부터 계속 그의 마음속을 어지럽혀 왔다.

사람을 죽였다.

사실 죽음이란 백무연에게 있어서 그렇게 특별한 일이 아니었다. 그는 아버지의 죽음도 태연하게 맞이했고, 다른 수많은 사람들의 죽음 앞에서도 감정의 변화를 느끼지 못했다. 그는 단지 늘 있는 일처럼 죽음을 맞이해 왔고, 매장을 하거나 화장을 한 뒤 지전을 흩뿌렸다.

그리고 그런 과거의 모습은, 지금 끊임없이 번뇌하고 있는 그에게는 너무나도 낯설게만 느껴지는 것이었다.

"하앗!"

반월도를 든 사내, 참월의 소살은 어느새 백무연을 노리고 반월도를 휘둘러 오고 있었다. 백무연은 본능적으로 몸을 피했다. 하지만 지켜보는 반규린 등에게 그 속도는 여느 때와 달리 꽤나 느린 것 같았다.

부우욱! 소리와 함께 그가 입고 있는 하얀 옷의 소매가 찢어졌다. 틈을 주지 않으며 반월도는 종에서 횡으로 방향을 바꾸어 휘둘러졌고, 백무연은 이번에는 들고 있는 삽으로 그 공격을 막아내려 했다.

하지만 반월도는 괴이한 각도로 틀어지며 흑삽을 반대 방향으로 쳐냈다. 그 바람에 공격을 막으려던 백무연의 몸은 도리어 앞으로 쏠리고, 그의 몸은 완전히 반월도의 사정거리 안에 노출되었다.

"아앗!"

지켜보던 사람들이 순간 비명을 질렀지만 백무연은 짧은 순간 재빨리 몸을 납작하게 숙였고 그 위로 수십 근은 되어 보이는 반월도가 엄청난 소리를 내며 지나갔다. 다시 옷감이 찢어지는 소리와 함께 백무연의 등에 있는 옷감이 찢어졌다. 더불어 백무연은 저릿한 통증을 느꼈다. 직접적인 일격은 피했지만 내공이 실려 있는 도풍(刀風)에 상처를 입은 것이다. 백무연은 옆으로 데굴데굴 굴러 다음 공격을 피하고 다시 일어섰다. 그의 눈빛은 여전히 이리저리 흔들리고 있었다.

　　　　＊　　　　　＊　　　　　＊

　부자 둘만 있던 깊은 산중에서 아버지는 그에게 말했다.

　"웃어라. 네 마음에 걸리는 것이 없을 때까지 웃어라. 우리 장의문의 무공은 그렇게 해서 완성되는 것이란다."

　그렇게 말하며 아버지는 매번 피 묻은 기침을 토해냈다. 떨리는 손으로 무공의 동작을 펼쳐 보였고 흔들리는 눈빛을 다잡으며 언제나 자신을 바라봐 주고 있었다. 그리고 주름진 입가에 걸린 것은 아버지의 말처럼 너무나도 밝은 웃음이었다.

　그래서 자신도 언젠가부터 아버지를 닮은 웃음을 늘 짓고 있었다.

　하지만 그 전에는?

　괴로움. 슬픔. 두려움.

　지금까지 까맣게 잊고 있던 감정들이, 그때는 자신을 그토록 가득 채우고 있었다.

　왜였을까.

　무엇이었을까. 무엇이 자신을 그렇게 만들었던 것일까.

　아버지 때문만은 아니었다.

*　　　　*　　　　*

"이얍!"

반월도가 다시 쓸어온다. 백무연은 흑삽으로 마주쳐 갔다. 쇠와 쇠가 맞부딪치는 소리가 쩌렁쩌렁하게 울리며 백무연과 반월도의 사내는 순식간에 몇 합(合)을 주고받았다. 하지만 반월도의 공격은 점점 위맹해졌으나 흑삽은 점점 막아내고 휘두르는 속도가 느려지다가 마침내는 움직임마저 어지러워졌다. 반월도는 갑자기 크게 곡선을 그리더니 흑삽의 손잡이 부분을 강하게 쳐왔다. 백무연은 훌쩍 뛰어 피했지만 까강! 소리와 함께 흑삽은 하늘 멀리 날아가고 말았다.

백무연은 비어버린 두 손을 내려다보았다. 아귀가 찢어져 선혈이 벌겋게 새어 나오고 있었다. 아프다. 아니, 따뜻하다. 그리고 이 느낌은 어딘지 모르게 익숙하다.

*　　　　*　　　　*

그때도 자신의 두 손은 피로 물들어 따뜻했다.

"할아버지."

이곳은 어디인가? 그리고 이 소리는 자신의 입에서 나온 목소리가 맞는가?

하늘은 온통 어두운 하얀색이다.

주변에는 다 찢어져 어지럽게 휘날리는 백색의 깃발들.

지전과 함께 사람의 살이 타는 매캐한 냄새가 퍼져 숨을 쉬기가 힘들다.

그리고 안기듯 품안에 쓰러진 사람은 도저히 못 믿겠다는 듯 눈을 크게 뜨고 이미 죽어 있다. 인자한 얼굴에 하얀 수염과 머리. 자신의 할아버지다. 가슴에 커다랗게 난 구멍에서 흘러나오는 피는 자신의 두 손과 옷, 몸을 따뜻하게 적셔주고 있었다.

이해가 되지 않았다.

왜 할아버지가 이렇게 죽어 있는 것인가?

"미안해요."

목소리가 들린다. 누구의 목소리일까? 어렴풋이 기억이 날 듯하다가도 잘 생각이 나지 않는다. 여자의 목소리다.

"당신이 왜?"

이건 또 다른 목소리. 남자다.

"속였어요, 당신을."

"왜?"

"이유를 말하고 싶지 않아요."

무슨 대화일까? 잘 이해가 되지 않는다.

“미안해요.”

“…….”

“이제 그만 헤어져야 해요.”

“…아니.”

“더 이상 번거롭게 하지 말아요.”

“…….”

“…나도 괴로워요.”

그때, 갑자기 흐릿하던 눈앞이 환하게 밝아지며 한 사람의 얼굴이 눈앞에 떠올랐다. 그것은 세상의 누구보다도 밝게 웃고 있는 한 남자의 모습이었다. 자신의 기억 속에 영원히 남아 있을 그 얼굴은 너무나도 눈부시게 웃으며 말하고 있었다.

“난 아직 당신을 사랑해.”

…그건 바로 자신의 아버지였다.

*　　　*　　　*

“괜찮아요?”

눈을 떴을 때는 오후인지, 창밖에서 따스한 햇볕이 들어오고 있는 것 같았다. 백무연은 눈을 감았다가 다시 떴다.

“왜 그랬어요?”

질문이 이어지자 백무연은 눈을 크게 뜨고 누운 채로 앞을 바라볼 수밖에 없었다. 거기에는 홍의를 입은 반규린이 걱정스러운 눈빛으로 자신을 내려다보고 있었다. 백무연은 잠시 침묵을 지키다가 곧 제정신이 들었다. 자신은 방금 전까지만 해도 싸우는 도중이었다. 흑삽을 놓치고 손아귀가 찢어졌다. 그러고 보니 양손에 하나같이 따뜻하면서도 화끈거리는 통증이 남아 있는 것이 느껴졌다. 백무연은 의아한 눈빛으로 반규린을 바라보았고, 그러자 반규린은 한숨을 쉬면서 말했다.

“여기가 어딘지 알겠어요?”

“아니, 기절해서 옮겨진 사람이 자기가 있는 곳이 어디인 줄 어떻게 알겠어?”

이 들뜬 듯하면서도 나름대로는 가라앉아 있는 목소리는 임파초인 것 같았다. 그때 쿵쿵거리는 소리와 함께 누군가가 자신의 어깨를 붙잡는 것이 느껴졌다.

“오빠! 일어났어?”

이해은의 눈이 물기를 머금은 채 자신을 내려다보고 있는 것을 느끼자 백무연은 문득 쓸쓸한 마음이 들었다. 그는 힘겹게 입의 근육을 움직이며 무슨 말인가를 하려고 했다.

그런데,

“오빠, 왜 입을 찡그려?”

“왜 그래요? 무슨 말을 하고 싶은 거예요?”

이해은과 반규린이 자신을 바라보며 번갈아 말했고, 임파초도 머리 위로 다가와서는,

"왜 입을 그렇게 하고 있어? 보기 싫게."

아니었다.

자신은 그저 가볍게 미소를 지어 보이려 했을 뿐이었다.

그런데, 웃음이 지어지지 않았다.

다시 정신이 들었을 때는 한밤중이었다. 침상 옆에서는 이해은이 곤히 자고 있었고, 다른 사람들은 보이지 않았다.

백무연은 한기를 느끼고 어깨를 흠칫 떨었다. 그때 문이 열리며 반규린이 대야를 가지고 들어오는 모습이 보였다. 반규린은 백무연과 눈이 마주치자 살짝 당황하는가 싶더니 곧 대야를 백무연의 옆에 거칠게 내려놓았다. 물방울이 튀어 백무연의 옷에 튀었다. 대야에서 은은한 김이 나는 것으로 보아 따뜻한 물이었다. 둘 다 잠시 말이 없었다.

"왜 그렇게 생각이 없어요?"

반규린이 지나가는 말처럼 물었다. 붉어진 옆얼굴이 화가 난 기색이었지만 환자의 앞이라 애써 자제하고 있는 듯한 모습이었다.

"그렇게 갑자기 뛰어나가면 어떻게 하자는 거예요. 뒤에

서 있는 우리는 뭐가 돼요."

백무연은 대답할 말이 잘 생각나지 않아 조용히 눈을 감았다. 반규린은 그런 백무연을 바라보더니 벌떡 일어나서 밖으로 나가 버렸다. 문이 쾅 닫히는 소리가 들려올 줄 알았는데, 조용하기만 해서 백무연은 감았던 눈을 살짝 떴다. 거기에는 임파초가 문에 손을 얹은 채 가만히 서 있었다. 그가 열고 서 있는 문틈으로 찬바람이 불어왔다. 그것을 느꼈는지 임파초도 멋쩍어하며 말했다.

"아, 바람이 차겠군."

그리고는 문을 살며시 닫은 뒤 백무연에게 다가왔다.

"괜찮나?"

그 말에 백무연은 자신의 몸 상태를 확인했다. 양손은 움직이기가 약간 힘들고, 몸 전체가 몹시 피곤하고 뻐근했다. 그리고 등줄기가 칼날이 박힌 것처럼 쑤시는 것이 경미하나마 내상을 입은 것 같았다. 하지만 백무연은 애써 태연한 표정을 지으며 임파초에게 대답했다.

"별것 아닙니다."

"글쎄, 그 무지막지한 공격을 받아냈으니 정상은 아닐 텐데."

임파초는 그렇게 말한 뒤 잠시 말이 없다가 다시 입을 열었다.

"움직임이 많이 느려졌던데."

"……."

"평소 같았으면 그렇게 당하지는 않았을 텐데 말야."

"모르겠습니다."

그러자 임파초는 고개를 숙여 백무연의 얼굴에 가까이 대곤 눈을 빤히 쳐다보았다. 그 샅샅이 훑어보는 듯한 눈을 견디기가 힘들어 백무연은 고개를 틀어 살짝 시선을 피했다. 임파초는 감정이 느껴지지 않는 목소리로 말했다.

"무슨 생각이 그렇게 많은가."

"……."

"이제 자네 안에서 맺혀 있던 게 조금씩 풀리기 시작한 모양이야. 점점 사람 같아지고 있어. 눈을 피하기도 하고. 이제 의지만으로 사는 것은 아닌 것 같군."

백무연은 뭐라고 대답하고 싶었지만 아까와 마찬가지로 마땅히 뭐라 대답할 말을 찾아낼 수가 없었다. 임파초는 몸을 천천히 빼더니 백무연에게 말했다.

"아까 어떻게 됐는지 모르지?"

그것은 백무연도 궁금해하고 있던 일이었다.

"어떻게 됐습니까?"

"여자 둘이 뛰쳐나갔지."

"반 소저와 이 소저가?"

“그래. 둘이 힘을 합쳐서 반월도를 겨우겨우 받아냈어. 자네는 기절해서 쓰러지고. 그건 알고 있었나?”

백무연은 몰랐다는 듯 눈을 깜박일 뿐이었다. 임파초는 그 모습을 보고 다시 말을 이었다.

“이격(二擊)째가 들어오려고 할 때 벽호가 연막탄을 던졌고, 그래서 우리는 몸을 뺄 수 있었지. 하지만 여기서도 칠살과 쓸데없이 부딪치게 됐군. 반 소저의 원래 계획과는 많이 틀어지게 됐어.”

“하지만.”

“무슨 얘기를 하려는지는 알고 있어.”

임파초는 결연히 이야기를 꺼내려던 백무연의 말을 끊었다. 그러면서 백무연을 바라보고 있는 임파초의 눈은 빛나는 광채 같은 것은 없었지만 누구보다도 냉정하고 침착하게 가라앉아 있었다.

“사람을 죽이려 하던 것을 막았다 이거지. 그런데 자네가 사람을 죽인 건 어떻게 할 건가? 누구든 죽이지 않으면 자기가 죽어. 강호의 가장 기본적인 규칙을 부정하고 어떻게 여기서 살아가겠다는 거지?”

“…….”

“사람을 죽이려는 걸 막겠다는 건 좋아. 하지만 왜? 자네는 왜 그런 생각을 하고 그런 행동을 하는 거지? 이렇게 누워 있는 김에 그걸 생각해 봐. 내가 보기에 자네는 어떤 일을 하면서 그 이유는 오래 전에 까먹어 버린 것 같아. 이유는 없고 맹목적인 의지만 남은 거지."

임파초는 그렇게 말한 뒤 천천히 방을 걸어나갔다. 혼자 남은 백무연은 임파초의 모습이 문 뒤로 사라진 후에도 그의 등이 있었던 곳을 계속 응시하며 그가 남긴 말의 의미를 곱씹었다.

왜? 나는 왜 사람을 구하려 하는 것인가?

사방이 고요한 가운데 이해은의 쌔근거리는 숨소리만 방 안을 조용히 채우고 있었다.

밖으로 나온 임파초를 기다리고 있는 것은 달빛처럼 차가운 얼굴을 한 반규린이었다. 그 모습을 보자 임파초는 난처한 표정을 지었다.

"아, 반 소저. 추운데 왜 나와 있는 거요. 고운 피부가 꽁꽁 얼면 어떡하려고."

그러자 반규린은 굳어진 표정으로 임파초에게 말했다.

"도대체 당신은 누구죠?"

하지만 임파초는 능청스럽게 눈을 깜박이며 대답했다.

"나는 곧 나지. 내가 나 자신이 아니면 다른 사람이겠소?"

"왜 우리를 따라오고, 계속 곤경에 빠뜨리는 거죠?"

반규린은 임파초의 말장난에 전혀 넘어갈 것 같지 않았다. 그 진지한 모습을 보자 임파초도 얼굴에서 웃음기를 거두고 잠시 말이 없다가 천천히 입을 열었다.

"글쎄."

그리고는 한참이 지나도록 아무 말도 없었다. 그러다 혹시라도 임파초의 입에서 무슨 말이 나오나 하고 내심 기다렸던 반규린은 더욱 매서운 어조로 몰아붙였다.

"정체를 알기 전에는 당신을 한 발짝도 움직이게 할 수 없어요."

"반 소저, 왜 이러시오. 난 그저 도둑일 뿐이라고. 값나가는 장물을 찾아 강호를 떠도는 도둑 말이오. 그런데 우연찮게 당신들과 인연이 닿아 이렇게 같이 행동하게 된 것이고, 더군다나 이미 우리는 계약도 맺었잖소."

임파초의 이 말에는 전혀 일리가 없는 것도 아니어서 반규린은 잠시 생각에 잠겼다. 임파초의 말대로, 반규린은 임파초와 계약을 맺었던 것이다. 서평군왕부(西平郡王府)와 그 이후의 여정까지 자신들과 행동을 같이 해주는 대신 임파초는 반규린의 지위를 이용해 황궁비고(皇宮秘庫)를 한 시진 동안 둘러볼 수 있는 권한을 받게 되는 것이 바로 계약의 내용이었다. 그 이유는 바로 삼색야명주 중 마지막 하나의 구슬 백옥주(白玉珠)를 찾기 위함이었다. 지금껏 어디서도 흔적을 찾아

볼 수 없었던 백옥주가 바다같이 넓고 깊은 황궁의 비고 안에서 빛을 잃은 채 잠들어 있을 확률이 꽤 높다고 임파초가 말했기 때문이었다.

일단 백옥주를 찾은 뒤라면, 구영문에 있는 적열주까지 합쳐서 삼색야명주를 모두 모으는 것은 쉬운 일이라며 임파초는 오히려 먼저 반규린에게 이 계약을 부탁했던 것이다.

하지만 반규린이 그것을 승낙하고 임파초를 자신의 옆에 붙잡아둔 것은 그밖에도 다른 이유가 있었다. 그의 행동은 아무래도 수상한 점이 많았다. 처음 만났을 때부터 지금까지. 정말 그가 말하는 것처럼 평범한 도둑이라면 굳이 자신들과 이렇게 많이 부딪칠 일부터 없었을 것이라고 반규린은 생각했다. 또한 칠대살성 중 한 명을 죽일 정도로 대단한 그의 무공은 더더욱 그의 정체를 의심스럽게 했다.

반규린은 여전히 날카로운 눈초리로 임파초를 보았다. 그러자 임파초는 무슨 말인가를 하려다가 한숨을 쉬었다. 그 태도가 어쩐지 의미심장해서 반규린은 임파초의 입에서 무슨 말이 나올 것이라고 생각했고, 아니나 다를까 그는 시선을 돌려 허공을 바라보다 문득 입을 열었다.

"어쩔 수 없군. 내가 누군지 그렇게도 궁금한 거요?"

"당연하죠. 처음 볼 때부터 수상했어요."

"휴……."

임파초는 씁쓸한 웃음을 지으며 반규린을 바라보았다. 달빛에 비친 그의 얼굴엔 칼자국이 더욱 깊게 파인 것처럼 보였다. 임파초가 마침내 입을 열려 하자 반규린은 자기도 모르게 침을 꿀꺽 삼켰다. 그 상태에서 임파초는 잠시 뜸을 들이더니 결국 한 글자씩 또박또박 말했다.

"난 미남(美男)이오."

"……."

"놀랐나? 하지만 이게 나의 본질인 걸 어쩌겠소. 내가 미남이라는 것이 바로 나인걸. 그나저나 날 보고도 그런 것을 몰라봤다니, 반 소저의 눈도 참……."

"닥쳐요!"

퍽! 소리와 함께 임파초의 뺨에서 불이 났다. 반규린은 주먹을 날린 뒤 곧바로 발로 허리를 세게 찼지만 임파초는 몸을 훌쩍 날려 발차기를 피해냈다.

"미안하군. 나 같은 미남에게는 여자에게 처음 한 방은 맞아줘야 한다는 규칙이 있어서. 하지만 그 다음부터는 나도 스스로를 아껴야 하기 때문에 맞아줄 수가 없소."

어느새 임파초는 경공술을 발휘하여 유령처럼 멀어지고 있었다. 반규린은 그 모습을 바라보며 주먹을 꽉 쥐었지만 이미 임파초의 껄껄 웃는 소리만 남아 허공에 맴돌고 있을 뿐 그의 형체는 이미 어둠 속으로 사라져 있었다.

반규린은 분한 나머지 입술을 깨물었다. 오늘도 임파초에게 놀림만 당하고 제대로 된 대답은 듣지 못한 것이다. 부하들에게도 수소문해 보았지만 하나같이 기록과 소문이 전혀 존재하지 않는다는 대답뿐이었다. 임파초라는 이름은 물론이고 청동검객이라는 별호, 그리고 이목구비와 몸의 생김새까지 그에 관한 정보는 어디에도 존재하지 않았다. 황실의 정보기관인 황비각(皇秘閣)에서도 감당할 수 없는 상대라, 어쩔 수 없이 염치불구하고 직접 물어본 것인데, 저 임파초가 역시 제대로 된 대답을 할 리가 없었다. 반규린은 화를 가라앉히려 애쓰며 하릴없이 집 주위를 거닐었다.

*　　　　*　　　　*

왜 나는 사람을 구하려 했을까.

백무연은 침상 위에 앉아서 조용히 그것만을 생각하고 있었다.

죽음을 바라보는 것은 이미 익숙해져 있었다. 아니, 익숙해져 있다고 믿고 있었다. 그러기에 지금껏 수많은 사람들의 시신을 보아오면서도 마음에 특별한 감흥이 일지 않았다. 그들은 단지 삶의 다른 모습일 뿐이었고, 때문에 삶과 다를 바 없는 평범한 일이었다. 오늘 시신이 되어 누워 있는 사람은 어제 살아서 거리를 활보하던 사람이며 또 내일은 화염 속에서 형체도 없이 스러질 덧없는 존재였다.

하지만, 정말 그것뿐이었을까.

그런 식이라면 사람을 구해야 할 이유가 없었다. 어차피 한 번은 흙이나 재로 돌아갈 사람이라면 너무나도 자연스러운 그 행위를 왜 구태여 막아야 한단 말인가.

'죽음을 일상처럼 다루면서도, 다가오는 죽음은 막고자 했다.'

아직 그 이유는 알 수 없었다. 단지 자신이 그렇게 행동했다는 것만 되새길 수 있을 뿐이었다.

백무연은 곰곰이 생각에 잠겨 있다가 문득 가느다란 신음 소리를 듣고 상념에서 깨어났다. 이해은이 잠결에 소리를 낸 것이었다. 그녀는 침상 옆에 다리를 모으고 앉아 머리를 기대고 잠들어 있었다. 그것을 보고 미안한 마음이 들어, 백무연은 이해은의 작은 몸 위에 이불을 덮어주었다. 그러자 이해은은 더욱 깊은 숨소리를 냈다. 그 모습을 잠시 바라보다, 백무연은 문득 몸을 일으켜 집 밖으로 나가려고 했다. 그때,

"오빠, 안 아파?"

어느새 이해은이 사슴처럼 똘망똘망한 눈을 뜨고 백무연을 바라보고 있었다. 백무연은 이해은을 돌아보며 고개를 끄

덕였다.

"괜찮아진 것 같군요."

그러자 이해은은 환하게 웃으며 말했다.

"다행이네. 걱정 많이 했단 말야."

그렇게 말하며 이해은은 쪼르르 달려와 백무연의 손을 잡고 살펴보았다. 붕대를 감은 양손에는 아직 쓰라린 아픔이 남아 있었지만 이해은은 그걸 모르고 세게 잡았다가 백무연이 미간을 살짝 찌푸리는 걸 보고 얼른 손을 놓았다.

"많이 아파요? 미안……."

"아니, 괜찮습니다."

백무연은 침상에 걸터앉았고 이해은도 그 옆에 있는 의자에 앉았다. 백무연은 이해은이 걱정스러운 눈으로 자신을 바라보고 있자 어쩐지 무안해져서 할 말을 찾다가 문득 여기가 어디인가 하는 것에 생각이 미쳤다.

"여기는……."

"아, 벽호 오빠가 데려다 줬어요."

"벽호 오빠……?"

그러고 보니 폭탄을 손에 들고 웃통을 벗은 채였던, 몸이 까무잡잡한 남자가 바로 그였다는 생각이 났다. 자신은 그 남자가 반월도에 맞으려는 것을 구하기 위해 뛰어나갔다. 이유는 알 수 없었지만, 같은 상황이 오면 자신은 또 그렇게 할 것 같았다.

"그렇군요."

"벽호 오빠가 고맙다는 말을 전해 달랬어요."

백무연은 그 말을 듣자 뭐라고 대답해야 할지 잘 알 수 없었다. 고맙다는 인사를 듣기 위해 한 일이었던가?

그때 문이 열리며 반규린이 들어왔다. 그녀는 어쩐지 골이 난 표정이었으나 백무연과 이해은이 정답게 대화를 나누고 있는 것을 보고 이내 얼굴빛을 바꿔 부드럽게 말했다.

"좀 괜찮아졌어요?"

"네, 덕분에."

백무연의 대답을 듣자 반규린은 고개를 끄덕이고는 이해은을 돌아보며 물었다.

"좀 자는 게 좋지 않겠어? 벌써 한밤중인데."

"응, 근데 나뿐만 아니라 언니도 걱정 많이 했잖아."

"걱정은 무슨."

반규린은 픽 웃으며 고개를 저었다. 그때 다시 문이 열리며 임파초가 들어왔다.

"반 소저야말로 식사도 제대로 못하면서 백 공자를 간호하지 않았나. 이마에 댄 수건을 벌써 몇 번을 갈았는지."

"뭐라고요? 아니, 그보다 왜 갑자기 나타나서 엉뚱한 소리예요!"

반규린은 얼굴이 은은하게 붉어져서 소리쳤고 임파초는 그 앞에서도 태연하게 웃으며 말했다.

"아니, 난 사실을 말한 것뿐인데."

그 말을 듣고 있던 백무연은 자신의 이마에 손을 가져다 대 보았다. 물기가 남아 있는 미지근해진 수건이 머리에 단단히 동여매어져 있었다. 자신은 생각에 빠져 있느라 이마에 수건이 있는지도 몰랐다. 백무연은 새삼스럽게 수건을 풀었다. 축축하면서도 따뜻한 기운이 이마와 뒷머리에 남아 있었다. 임파초는 백무연에게 말했다.

"일단은 푹 쉬는 게 좋아. 게다가 반 소저 같은 미인이 성심을 다해 간호했으니 죽을병이라도 저절로 낫겠군."

"아저씨, 나도 있는데?"

이해은이 섭섭한 표정을 지으며 임파초를 바라보았고, 그러자 임파초는 입꼬리를 말아 올리며 웃음을 지었다.

"물론 우리 꼬마 아가씨도 있지. 허허, 우리 백 공자는 복도 많군. 나 같은 절세미남도 요즘은 꽤나 쓸쓸한데 말이야."

그러자 반규린이 험악한 표정을 짓고 떠밀듯 백무연을 다시 눕혔다.

"자, 저런 헛소리는 무시하고 얼른 눈을 감아요. 무리하지 말고, 좀 자는 편이 좋을 테니까."

백무연은 순순히 자리에 누웠으나 문득 입을 열어 말했다.

"지금 우리는 어디에 있는 겁니까?"

그 말에 임파초가 대답했다.

"정파 쪽에 있지. 자네가 벽호라는 젊은이, 하지만 그 나이에도 불구하고 제팔벽력단의 단주, 어쨌든 몸을 던져 그 사람을 구한 것만은 틀림없으니까. 부족한 실력에도 불구하고 말이야. 반월도에게 당하던 자네의 모습만 본 벽호는 그 용기를 더욱 높이 사더군. 물론 평소의 자네를 봤다면 그렇게 생각은 안 했겠지만. 평소대로라면 무기가 날아가는 건 오히려 반월도 쪽이었겠지."

백무연은 그 말에 잠시 무언가를 생각하는 듯하더니 다시 물었다.

"이곳은 아직 전쟁 중이 아닙니까?"

"응, 게다가 정파 쪽이 불리한 상황이라고 하는군. 듣자 하니 저쪽에서는 칠살의 하부조직(下部組織)들 중에서 일, 이, 삼위의 최강조직인 참월(斬月), 홍엽(紅葉), 앵화(櫻花)가 모두 나타났다는 거야. 자네가 상대했던 반월도는 바로 참월의 소살, 그러니까 참월이라는 조직의 대장이지. 가슴에 빨간 이파리를 수놓고 있던 여자는 홍엽의 소살이었을 테고."

그 말을 듣자 백무연의 머릿속에는 불길을 뚫고 나타났던 흑의인들 중 앞에 섰던 두 명의 인상이 흐릿하게 되살아났다.

커다란 반월도를 들고 있던 남자와 가슴께에 피처럼 붉은 잎 하나를 수놓고 있던 여자.

임파초의 말은 계속되었다.

"원래 이쪽은 제팔벽력단만 있던 지역이라 갑자기 나타난 세 조직을 막기에는 벅찼던 모양이야. 그래서 인근의 태산파(泰山派)와 화산파(華山派)가 달려왔지만 역시 역부족인 것 같고. 제칠기마단(第七騎馬團)이 유성한혈마(流星汗血馬)들을 띄워 지원하러 달려오고 있다고 하지만, 그들이 원래 있던 지역이 여기서 천 리도 넘게 떨어진 곳이라 이틀은 족히 걸려. 그동안 이곳의 정파인들은 꽤나 힘들 거야. 칠살에서도 칠대살성 중 두 명이 오고 있다는 소식이 있으니까. 그리고 구영문에서도 그에 지지 않기 위해 내문(內門)의 사람들을 보내려 한다는 말도 있다고 벽호가 말해주더군. 이대로 가다가는 점점 판도가 커질 거야."

"그렇군요."

백무연은 누운 채로 대답했다. 하지만 여전히 궁금한 것은 남아 있었다.

"왜 칠살에서 처음에 이곳을 공격한 겁니까?"

그러자 임파초는 잠시 대답을 않다가 조용하게 말했다.

"역시 그것을 궁금하게 여겼군."

"……"

“특별한 이유는 없는 것 같다고 벽호가 말했어.”

“그렇습니까?”

“그래. 수상하지 않나? 적어도 정파 쪽에서는 이곳이 그런 식으로 공격을 당할 만한 이유는 전혀 없다고 생각하고 있는 거야. 그렇다면 칠살, 아니, 사파(邪派)는 왜 그렇게 힘을 집중시켜 가며 이곳을 뚫으려 할까? 상부의 뜻일까? 아니면 여기에는 또 다른 음모가 있는 것일까.”

그때 반규린이 끼어들었다.

“제삼의 단체, 그들이 여기에 손을 뻗치고 있을 가능성이 있어요. 이곳은 이제 며칠만 지나면 엄청난 살기와 화염에 뒤덮일 거예요. 반경 삼십 리는 완전히 전쟁터로 변해 버린다고 생각해도 좋아요. 순식간에 이런 일이, 더군다나 아무런 이유도 없이 벌어지게 된다는 건 아무래도 수상해요.”

“하지만 그것이 어떻게 가능한 겁니까?”

백무연은 잘 이해가 되지 않았다. 그가 지금까지 보고 들어온 구영문과 칠살, 즉 정파와 사파의 싸움이란 치열하고 심각했지만 도를 넘어선 큰 전쟁으로 넘어선 일은 거의 없었다. 반규린이 말한 일이 이토록 쉽게 일어날 수 있다는 것이 그에게는 놀라웠다. 그때 임파초가 말했다.

“팽팽한 힘의 균형에서, 어느 한 부분에 균열이 생기면 그것을 메우기 위해 더욱 많은 힘이 그 균열로 모아지지. 칠살도, 구영문도 전쟁은 소모적이라는 것을 잘 알고 있지만 어느 순간부터인가 발을 뺄 수가 없는 자신들을 발견하게 돼. 서로 경쟁하듯 이곳으로 힘을 계속 쏟아 부을 수밖에 없고, 그럼 이곳은 순식간에 서로가 다투는 엄청난 힘들이 모아진 누구도 제어하기 힘든 소용돌이로 변해 버리는 거야.”

“혼란은 바로 그 제삼의 단체가 노리는 것이라고 생각해요.”

반규린이 평소와는 달리 임파초의 말에 동의하는 모습을 보이며 말했다.

“그러니 서평군왕부에 가기 전에, 여기서 먼저 그들을 만날 수도 있다는 거죠. 그들의 정체를 밝혀내는 것이 내 임무니까, 우리도 여기 머물 수밖에 없어요.”

반규린의 똑 부러진 말에 백무연은 망설이지 않고 동의를 표했다.

“알겠습니다.”

“하지만 백 공자는 부상을 입었으니까, 일단 회복에만 힘쓰도록 하세요.”

반규린은 부드럽게 덧붙였다. 사람들은 몇 마디 더 얘기를 나누다가 곧 불을 끄고 나뉘어져 잠이 들었다. 백무연의 침상에는 임파초가 올라와 같이 잤다. 그 코고는 소리가 몹시 컸지만 백무연은 신경 쓰지 않은 채 누워서 천장을 바라보고 있었다. 여기저기 한 움큼씩 떨어져 나간 회벽이 어쩐지 스산하게 보였다. 가슴속에 막연한 불안감이 이는 것을 느끼고, 백무연은 눈을 질끈 감았다 떴다. 이름 모를 밤벌레 하나가 치열한 전장 가운데서도 살아남아 질기게 울고 있었다.

*　　　　*　　　　*

정파의 사람들이 백무연 일행이 묵고 있는 숙소로 찾아온 것은 그로부터 얼마 되지 않아서였다.

"혹시라도 잠을 깨운 것은 아닌지…… 죄송합니다."

그렇게 말하는 벽호는 어제와 달리 얼굴에 묻은 그을음을 깨끗이 닦아내고, 귀와 목에 걸고 있던 번쩍거리는 사슬도 다 뺀 채라 사람이 전혀 다르게 보였다. 명문가의 귀공자와도 같은 그의 모습에 자리를 같이 한 태산파와 화산파의 영걸(英傑)들이 오히려 빛이 바랠 지경이었다. 더군다나 벽호의 지위는 구영문에 있는 한 단의 단주였으니, 그것은 현재 무림에서는 각 명문대파의 장문인에 거의 필적하는 위치였다. 하지만 벽호는 전혀 자만하거나 뻐기는 빛이 없이 겸손하게 사람들을 대했다.

"괜찮습니다. 모두들 기다리고 있었습니다."

임파초가 그런 벽호에게 정중하게 대답했다. 어제부터 벽호에게는 공손한 태도를 보이는 것이, 지금까지 봐왔던 그의 모습과는 전혀 달라서 백무연조차 그것을 이상하게 여겼다. 반규린도 의아한 눈빛으로 임파초를 바라보았지만 그 칼자국이 난 얼굴에 장난기라고는 조금도 보이지 않았다.

'사람에 맞춰서 상대한다는 건가?

반규린은 그렇게 생각하고 내심 고개를 끄덕이다가, 갑자기 눈을 날카롭게 빛내며 다시 임파초의 등 뒤를 노려보았다. 그렇게 따지면 자신을 대하는 임파초의 태도는 뭐란 말인가. 하지만 임파초는 이미 자신은 쳐다보지도 않으며 자리에 앉고 있었다. 그 모습에 반규린도 일단 임파초의 추궁은 뒤로 미뤄두기로 했다.

벽호는 눈을 돌려 백무연을 바라보며 말했다.

"상처는 어떠십니까?"

"예, 아…… 그럭저럭 괜찮습니다."

"그렇습니까?"

벽호는 반가운 듯 반문했고 그런 그의 밝은 표정에 백무연은 아무런 말도 할 수 없었다. 벽호는 다행이라는 듯 만면에 웃음을 띠고 말했다.

"상처가 깊지 않다니 다행입니다. 보잘것없는 몸을 구해주신 은혜, 잊지 않고 있습니다. 이번 일이 끝나면 꼭 보답하겠습니다."

"아닙니다."

백무연은 손을 내저었지만 벽호는 고개를 끄덕이며 말했다.

"참월의 소살에게 그런 공격을 받았는데도 하루도 안 되어 회복하다니, 정말 대단하십니다."

그 말에 백무연은 당황스러운 듯 웃음을 지었다. 사실 정상적인 상태였다면 이길 수 있는 상대였다.

반월도를 든 사내는 꽤 강했지만, 자신이 지금까지 싸웠던 가장 강한 적, 백리추에 비하면 약했던 것이다. 그리고 칠대살성의 요광(搖光)이라 불리던 자의 기도(氣道)도 아직 백무연은 기억하고 있었다. 그에 비해도 반월도를 든 사내, 참월의 소살은 떨어지는 편이었다.

하지만 백무연은 졌고, 결과적으로 상처를 입었다. 왜일까?

'어쩐지 손을 쓰기가 망설여졌다.'

아니, 그보다는 자신이 내지르는 초식에 확신이 없었다고 하는 편이 더 옳았다.

상념을 접어두고 힘겹긴 하지만 백무연도 의자에 앉아 사람들 틈에 끼었다. 주위를 둘러보니 반규린, 임파초, 이해은과 함께 벽호도 앉아 있었고 그밖에도 화산파와 태산파에서 왔다는 네 사람의 남녀가 있었다.

화산파의 대제자 사풍월(査風月), 이제자 사풍도(査風道) 형제와 태산파의 대제자 장인목(張仁穆), 그리고 배분은 낮지만 장문인의 딸로서 이 자리에 함께 온 유화영(兪花英)이 그들이었다. 사풍월과 사풍도는 하나같이 빼빼 마른 몸에 날카로운 눈빛의 스물 대여섯쯤 되어 보이는 청년들로 몸가짐에서 고수의 풍모를 여실히 드러내고 있었고, 장인목은 그들과 같은 연배였는데 약간 비대한 몸에 인상도 후덕해 보였고 늘 웃는 낯을 하고 있어 화산파의 제자들과는 분위기가 많이 달랐다.

그리고 유화영은 열 대여섯의 소녀로 백무연 등과 같은 또래였는데, 꽤 아름다운 소녀였으나 그녀는 오히려 들어올 때 반규린과 이해은을 보고 흠칫 놀라는 기색이었다.

그들을 보고 놀란 것은 유화영만이 아니라 같은 파의 장인목, 그리고 화산파의 사풍월과 사풍도 형제도 마찬가지였다.

그만큼 반규린의 청초하면서도 사람의 눈길을 끄는 미모와 이해은의 귀엽고 발랄한 모습은 꽃다운 재녀들이 넘쳐나는 강호에서도 실로 보기 드문 존재들이었다. 때문에 그들은 한동안 실례를 무릅쓰고도 잠시 반규린과 이해은에게 눈길을 떼지 못했다. 그러다 벽호가 어색한 웃음과 함께 자리를 권한 것이었다.

"이분들이 바로 제가 말씀드렸던 분들입니다."

일단 자리에 앉고 앞으로의 일에 대한 논의가 시작되었지만 사풍도는 그 와중에도 반규린을 계속 흘끔거렸고, 또 유화영은 묵묵히 앉아 침묵을 지키고 있는 백무연 쪽을 흘끔흘끔 바라보았다. 백무연은 유화영의 눈길을 느끼자 자기도 모르게 그녀를 마주 보았고, 시선이 마주치자 유화영은 깜짝 놀라며 얼른 고개를 돌렸다. 백무연은 그녀를 이상하게 바라보았지만, 자신을 향한 장인목의 부드러운 시선을 느끼곤 그를 마주 보다가 곧 유화영의 일은 잊어버렸다.

벽호가 입을 열었다.

"일단 지금의 정세는 몹시 위험한 상황이라, 이분들께 부탁을 드렸다는 것을 여러분도 아까의 설명으로 아실 것입니다."

"물론입니다."

"정말로 감사한 일입니다."

사풍월과 장인목이 차례로 대답했다. 특히 장인목은 빙긋 웃으며 임파초와 반규린 등을 차례로 훑어보았는데, 그 은은한 미소는 어쩐지 상대에게 은근히 압박을 주는 느낌이었다. 물론 그것은 전혀 겉으로 드러나지 않았지만, 반규린과 임파초는 그런 기분을 느끼고는 어색하게 마주 웃어주었다.

백무연 일행도 뒤늦게 그들에게 자기소개를 했다. 백무연의 사문에 대해서는 역시 아무도 아는 바가 없었고, 반규린도 자기의 신분을 밝히지 않았지만 두 파의 젊은이들은 굳이 물으려 하지 않았다. 왜냐하면 그 유명한 항산파의 이해은이 동행하고 있기 때문이었다.

"처음 봤을 때부터 예사 분이 아닐 거라고 생각했지만 항산옥녀(恒山玉女)라는 이(李) 소저일 줄은 미처 몰라 뵀었소이다."

장인목이 만면에 웃음을 띠고 정중하게 인사하자 이해은도 당황하며 예를 받았다.

"장 대협의 분수검(分水劍)은 이미 그 명성이 높은데 저 같은 후배를 몸소 알아봐 주시니 고맙습니다."

그리고는 사풍월, 사풍도 형제를 바라보며 말했다.

"매화쌍검(梅花雙劍)도 안녕하십니까?"

그러자 사풍월 형제도 말없이 고개를 끄덕여 인사를 대신했다. 원래부터 무뚝뚝한 사람들인 것 같았다. 하지만 워낙 활달한 이해은이기에 그들의 반응에 별로 신경 쓰지 않고 고개를 돌려 장인목과 몇 마디 더 대화를 나누었다. 사풍월 형제는 그런 그녀를 약간 냉랭한 눈으로 바라보고 있었다.

사실 이들의 이런 반응은 세간에 널리 알려진 이해은에 대한 소문 때문이었다. 바로 항산파 장문인 이인묵의 살해와 관련된 것으로, 사안이 중대한 만큼 구영문과 항산파에서는 이것에 대한 진상을 자세히 밝혀놓지 않은 상태였다. 때문에 이해은이 아버지를 죽인 것일지도 모른다는 소문이 아직 떠돌고 있었고, 그런 이해은을 직접 대하자 곧은 심지를 지니고

있는 사풍월 형제는 자연스럽게 거부감이 든 것이었다. 이해
은도 자신에게 거리를 두는 사풍월 형제와 굳이 친해지고 싶
은 마음이 들지 않아서 그쪽을 잘 쳐다보지 않았다.

백무연은 그런 것을 알지 못하고 장내에 이상한 공기가 흐
르는 것을 멀뚱하게 바라볼 뿐이었다. 하지만 그와 달리 반규
린은 그 모습을 보자 대충 상황을 짐작하고 눈살을 찌푸렸다.
그러나 굳이 입에 내어 말할 성질의 것은 아니어서, 속으로
한숨만 쉬었다.

그때 벽호가 말했다.

"그럼 일단 지금의 형세를 설명하지요."

그렇게 말하고 난 뒤 벽호는 가지고 온 지도를 원탁 위에
쭉 펼쳐 보였다. 거기에는 주변의 모습이 자세하게 그려져
있었고, 붉은 점과 검푸른 점이 찍혀 있었다. 지도에는 천성
산(天聲山) 주변도라고 쓰여 있었다. 이해은이 그걸 보고 중
얼거렸다.

"천성산?"

그러자 그 말을 들은 장인목이 친절하게 설명해 주었다.

"맞소. 이곳은 천성산이라고 하지. 이곳에 대해 들어본 적
이 없소?"

"네."

"허허허…… 그럼 천성산의 이름이 왜 생겼는지도 모르겠

구려?"

"네."

"이런, 이런. 그런 것은 꼭 알아두어야 하는데. 여기까지 왔으니 내 알려주겠소. 거기에는 재미있는 일화가 있지. 예전에 몇 대 전의 황제께서 외적을 막기 위해 친히 이곳으로 진군하신 적이 있었소. 그런데 밤이 되자 이곳에 산치고는 넓은 고원이 많아 숙영지(宿營地)로 머물렀는데, 그날 밤에 외적들이 야습을 해온 것이었소. 기습을 받은 아군은 우왕좌왕하여 크게 패할 지경에 이르렀는데, 용맹했던 황제께서 친히 병사들의 사기를 돋우기 위해 우렁찬 고함을 지른 거요. 그러자 엄청난 메아리가 울렸고, 그것을 지원군이 오는 소리로 착각한 미개한 외적들은 달아나기 시작했소. 아군은 그들을 뒤쫓아 큰 승리를 거두고, 그때부터 이곳을 천성산이라 명명하게 되었던 거요."

장인목의 부드러운 설명을 듣고 이해은은 귀엽게 고개를 끄덕였다.

"아, 그렇구나."

그때 임파초가 흥미가 있는 듯한 눈초리로 장인목에게 물었다.

"그렇다면, 이 산에서 메아리가 그렇게 많이 퍼진단 말씀이오?"

“이야기에는 물론 과장된 면이 있겠지만, 산의 어느 특정한 부분에서 소리를 지르면 그 메아리가 과연 사방으로 퍼지고 다시 돌아오는 소리가 꽤 잘 들린다는 말은 있습니다. 그곳이 어딘지는 잘 모르지만.”

장인목이 그렇게 말을 맺을 때 가만히 있던 사풍월이 불쑥 끼어들었다.

“아니, 내가 알기로 장 형이 말한 선대의 고사(故事)는 분명 사실이오.”

그러자 장인목이 의아한 눈초리로 사풍월을 바라보며 물었다.

“사 형께서 그걸 어찌 아시오?”

“이 산은 어느 한 지점을 두고 병풍처럼 봉우리들이 둘러져 있어 그런 소리가 나는 거요. 화산에도 그런 곳이 한군데 있소.”

그러더니 사풍월은 이해은 쪽을 슬쩍 보고는 입을 다물었다. 그러자 이해은은 왠지 모르게 자신을 꺼리는 그에게 보란 듯 살며시 미소를 지어 보였다. 그 모습이 오월의 복사꽃처럼 귀엽고 발랄했지만 사풍월은 인상을 살짝 찌푸리며 그녀의 눈길을 피했다. 그러자 이해은은 뾰로통하게 볼을 내밀었다. 그 모습에 유화영이 풋 하고 웃었다. 백무연은 그런 그들의 모습이 여전히 이해가 되지 않았다.

*   *   *

"그럼."

벽호가 다시 입을 열자 다른 사람들은 모두 그에게 시선을 집중했다. 벽호는 탁자에 펼쳐 놓은 지도에서 한곳을 가리키며 말했다.

"여기가 지금 우리가 있는 곳입니다."

벽호의 손가락이 닿은 곳에는 붉은 점 하나가 성곽처럼 요철이 있는 선으로 둘러싸인 채 그려져 있는 부분이었다.

"산성이라고 하기에는 많이 낡긴 했지만. 작은 산성이지요. 이곳은 예전에 외적의 침입을 막기 위해 선대(先代)에 쌓아올린 성입니다만 근 수십 년간 버려진 채였습니다. 하지만 지대는 약간 높아서 그나마 다행이지요."

벽호는 잠시 말을 멈췄다가 다시 말했다.

"적은 여기와 여기, 그리고 여기."

벽호가 가리킨 곳은 세 군데였고, 그곳들에는 검푸른색의 점이 각기 하나씩 찍혀 있었다. 그것들은 붉은 점을 위협하듯 전방(前方)의 세 방향에서 둘러싸고 있는 모양이었다.

"적의 규모는 우리의 약 두 배 정도 됩니다. 구성원도 칠살의 정예가 약 삼분지 이로, 결코 만만한 상대가 아닙니다."

벽호가 자세하게 말한 정세는 대략 이러했다.

사파 측:참월(斬月)에서 약 오백 인, 홍엽(紅葉)에서 약 삼백오십 인, 앵화(櫻花)에서 약 이백 인, 이상 칠살. 기타 사파들에서 약 오백 인. 총 천오백여 인.

정파 측:벽력단(霹靂團) 십 인, 태산파 약 이백 인, 화산파 약 사백 인. 총 육백여 인.

여기에 백무연 일행까지 포함한다고 해도 정파 쪽이 불리한 것은 당연한 이치였다. 물론 성곽을 끼고 싸운다는 장점이 있었지만 벽호의 말에 따르면 그 성곽이라는 것도 이미 풍화되고 파손되어 거의 유명무실한 것으로, 기댈 것이라고는 지대가 높다는 것밖에 없었다.

하지만 이러한 점을 설명하는 벽호의 얼굴에서는 한 치의 흔들림도 보이지 않았다. 그런 그를 보자 백무연은 젊은 나이에 그만한 지위에 오른다는 것이 무엇을 의미하는 것인지 약간은 느낄 수 있었다. 그것은 반규린이 주는 느낌과도 비슷했다.

벽호는 설명을 끝낸 뒤 사람들을 둘러보며 물었다.

"지금까지 궁금하신 점이 있으십니까?"

다들 생각에 잠겨 아무 말도 없었다. 그러자 벽호는 고개를 끄덕였다.

"좋습니다. 그럼 오늘의 전략을 말씀드리겠습니다. 아마 오늘, 적은 총공격을 가해 올 겁니다. 왜냐하면 금일 야간에 본문(本門)으로 제칠기마단이 도착할 예정이기 때문입니다. 칠살은 아마도 정보망을 통해 그걸 예상하고 있을 테고, 당연히 우리와 제칠기마단의 합류 전에 끝내려 할 겁니다. 아마도 날이 밝으면 곧바로 공격해 오지 않을까 싶습니다."

백무연은 그 말에 자기도 모르게 창밖을 바라보았다. 아직 어두컴컴한 바깥은 모든 것이 잠들어 있는 듯 고요하기만 했다. 하지만 몇 시진 뒤 태양이 빛을 비추면 모든 살아 있는 것들은 깨어나 서로 죽고 죽이는 처참한 싸움을 시작하게 되는 것이다. 백무연은 자기도 모르게 한숨을 쉬었다.

죽음. 자신에게 그것은 점점 낯설어지고 있었다.

그가 상념에 빠져 있는 중에도 벽호의 말은 계속되었다.

"…때문에 우리가 먼저 공격합니다."

벽호의 마지막 말은 또렷하게 백무연의 귀에 꽂혔다. 그는 깜짝 놀라 고개를 돌렸다. 그러다 벽호와 눈이 마주치자, 벽호는 호감이 가는 미소를 지어 보이고는 다시 말을 계속했다.

"그 기습은 벽력단과 화산파의 사풍도 대협과 귀 파의 이백여 인, 태산파의 분수검 장 대협과 귀 파의 백여 인, 그리고 여기 계신 임 대협과 반 소저께서 맡아주시는 겁니다."

임파초와 반규린, 이해은 등은 그에 대해 별말을 하지 않았다. 백무연이 정신을 잃고 누워 있는 동안 벽호에게 이미 들었던 말이기 때문이다.

하지만 백무연은 처음 듣는 말이었고, 더군다나 그 기습 계획에 반규린과 임파초도 포함되어 있다는 사실을 듣고 내심 놀랐다. 위험하다면 꽤나 위험한 계획인 것이다. 현재 전력의 절반 이상을 동원해 야습을 감행하는 것인데, 성공한다면 물론 적을 물리칠 수도 있겠지만 실패하면 꽤나 난처한 상황에 빠질 수 있었다.

더군다나 매장(埋葬)의 지세(地勢)를 살필 줄 아는 백무연이 볼 때 벽호가 말하는 방향으로의 야습이 실패할 경우 그러지 않아도 적에 비해 작은 정파의 세력은 완전히 두 개로 나뉠 위험마저 있었다.

'말해야 하나?'

백무연은 생각했다. 하지만 벽호의 자신있는 얼굴을 보니 대놓고 반대 의견을 말하기가 망설여졌다. 더군다나 자신은 손님격이고 게다가 경미하지만 부상까지 당한 몸이 아닌가. 말을 해봤자 먹힐 것 같지가 않았다. 그때,

"알겠습니다. 잘 부탁드립니다."

임파초가 말하며 정중하게 읍했다. 그 모습을 보자 백무연은 더 이상 무슨 말을 할 자신이 생기지 않았다. 임파초가 그렇게 말한 이상 뭔가 생각이 있을 터였기 때문이었다. 물론 그래도 위험할 것이라는 생각은 아직도 있었지만.

하지만 따지고 보면 이곳에 이렇게 있다는 것부터가 이미 위험한 것이기도 했다. 백무연은 그렇게 생각하며 눈을 돌리다, 문득 반규린의 얼굴을 보았다. 그녀는 몹시 담담한 표정을 짓고 있어서, 백무연은 그것을 보고 자기도 모르게 눈을 깜박였다. 그런 백무연과 반규린의 눈이 마주쳤다. 순간 반규린은 흠칫 하며 고개를 돌렸다. 그녀가 무슨 생각을 하고 있는지 백무연은 잘 알 수가 없었다. 그녀의 시선은 야습의 제반사항을 상세히 설명하고 있는 벽호를 향해 있었기 때문이었다. 백무연은 그 모습을 보고 어쩐지 마음 한구석이 스산해지는 것을 느꼈다.

"…때문에 적의 수뇌부가 모여 있는 이곳을 치고 들어가 제압하자는 것입니다."

벽호의 말이 띄엄띄엄 들렸다. 백무연은 반규린을 바라보며 조용히 생각에 잠겼다. 그녀의 뒷모습 너머로 보이는 창밖은 아직 어두컴컴했다. 달도 없는 밤이었다.

*   *   *

한편, 같은 시각 사파(邪派) 측 진영.

넓은 장막에 이십여 명의 사람들이 모여 넓은 탁자를 가운데 두고 앉아 있었다. 회의를 하고 있는 사람들의 숫자만 해도 정파 쪽의 두 배는 되는 인원이었다.

그들 중 가장 상석에 앉은 남자는 낮에 커다란 반월도를 들고 있던 무뚝뚝한 남자, 바로 참월의 소살인 참월도(斬月刀)였다. 그 옆으로 홍엽, 앵화의 두 소살이 앉아 있었고 그들과 좀 떨어진 자리에 다른 파의 우두머리들이 자리를 채우고 있었다. 그들은 모두 특이한 복색에 괴상한 독문병기를 들고 있었지만, 잡티 하나 없는 깔끔한 흑색으로 몸과 얼굴을 감싼 세 사람의 칠살 쪽의 자리에 좀 더 무게가 실리고 있었다.

일단 참월도가 번뜩이는 안광을 빛내며 주위를 둘러보고는 입을 열었다.

"어떻게 생각하시오?"

그러자 사람들 중 하나가 일어났다. 그 사람은 낯빛이 음침하고 뒤통수가 튀어나와 있으며 키는 몹시 작은 사람이었는데 바로 칠살을 제외한 사파들 중 가장 세력이 큰 독사방(毒蛇幫)의 방주 갈첨(葛尖)이었다. 갈첨은 참월도를 곁눈질로 슬쩍 보며 말했다.

"야습을 하자는 말은 알겠소만, 적이 미리 방비를 하고 있다면 오히려 크게 낭패를 볼 것이외다. 그럼에도 불구하고 칠살에서는 야습을 고집하니, 약간 당황스럽다는 생각이 드는구려."

그러자 칠살에서도 한 명이 일어났다. 바로 홍엽의 소살이었다. 그녀는 복면 안에서 반짝이는 두 눈으로 갈첨을 바라보았다. 부드러운 눈빛이었지만 그 가운데에서 싸늘한 한기가 느껴져, 갈첨은 자기도 모르게 살짝 인상을 찌푸렸다.

"그러면 갈 방주께서는 야습을 하지 말자는 건가요?"

홍엽의 말에 독사방주 갈첨은 헛기침을 하며 대답했다.

"정상적인 방법으로도 이길 수 있는 적인데 굳이 위험한 수단을 택할 필요가 있겠습니까."

"흠."

홍엽은 갈첨의 속이라도 들여다보려는 듯 뚫어지게 바라보았다. 그러자 갈첨은 그 시선을 살짝 피하며 다시 참월도에게 말했다.

"원래 계획대로, 내일 날이 밝은 후에 공격하면 될 것이 아닙니까? 내일 전력을 다하면 저까짓 낡은 돌덩이 몇 개 쌓아놓은 언덕쯤 금방 무너뜨릴 수 있을 겝니다."

갈첨이 굳이 이렇게 말하는 데에는 이유가 있었다. 칠살에서는 야습에 참가할 인원을 정할 때 대부분을 기타 사파의 인원으로 통보했던 것이다. 그 결정을 독사방 등의 당사자들이 좋아할 리 없었다. 갈첨은 독사방뿐 아니라 다른 파들에서도 지지를 받고 이러한 이야기를 하는 것이었지만, 참월도는 고개를 흔들었다.

"내일 언제 구영문의 제칠기마단이 도착할지 모르오. 이왕

거두어야 할 승리라면 빠르고 안전하게 얻는 것이 좋지 않
소."

그 말을 듣자 갈첨은 다시 다급하게 입술에 침을 바르고 말
을 이으려 했다. 하지만 그때,

"하하하하!"

높고 또렷한 웃음과 함께 기타 사파의 우두머리들 중에서
한 명이 일어났다. 사람들이 놀라 그를 바라보니 온몸을 백
은(白銀)으로 화려하게 장식한 미남자(美男子)가 있었다. 그
는 사람들의 주목을 받자 웃음을 멈추더니 조용히 말했다.

"다 틀렸소."

그 말에 사람들은 순간 무슨 말을 하는지 잘 이해가 되지
않아 멍한 표정을 지었다. 그때 홍엽이 그 미남자에게 말했
다.

"은검산장(銀劍山莊) 총관(總管) 구연기(丘聯畿). 도대체 무
슨 말을 하는 거죠?"

아름다운 목소리였으나 거기에는 이미 살기가 담겨 있었
다. 조금이라도 허튼소리를 하면 홍엽의 독문무기인 대라만
엽(大羅萬葉)이 발출될지 몰랐다. 하지만 은검산장의 총관 구
연기는 태연하게 홍엽을 바라보며 말했다.

"우리가 야습을 갈 필요가 없고, 적이 방비하고 있지도 않
을 거요."

그의 말은 점점 알 수 없었기 때문에 홍엽은 물론이고 다른 사람들도 어리둥절해서 말을 잇지 못했다.

"적이 방비하고 있지 않을 거라고? 그런데 우리가 야습을 갈 필요가 없다니?"

독사방주 갈첨도 구연기의 말이 이해가 되지 않는지 되뇌는 모습이었다. 그때 상석에 굳건히 앉아 있던 참월도가 낮게 깔리는 목소리로 말했다.

"무슨 말인지 설명해 보시오."

그러자 구연기는 눈을 돌려 참월도의 복면을 바라보며 대답했다.

"왜냐하면 오히려 적이 야습을 해올 계획이기 때문이오. 우리 은검산장은 이럴 때를 대비해 태산파 쪽에 몇을 첩자로 박아놓았소. 그들이 준 정보이니 확실하오. 때는 해가 뜨기 전. 아마도 수뇌들이 모여 있는 이쪽을 집중적으로 노릴 거요."

"그럴 수가!"

갈첨을 비롯한 각 파의 우두머리들은 크게 놀랐다. 참월도와 홍엽 등 칠살의 세 사람도 얼굴 표정은 확인할 수 없었지만 굳은 채로 아무 말도 없는 것으로 보아 역시 놀란 것 같았다.

그때 홍엽이 날카로운 눈을 빛내며 구연기에게 물었다.

"대단하군요, 은검산장이란. 강호에 나온지도 얼마 안 되었는데 그만큼 준비를 철저히 하다니."

마치 무언가 수상한 기색을 느끼기라도 한 듯 홍엽의 말투는 추켜주는 듯하면서도 상대의 빈틈을 찾으려는 것 같았다. 하지만 구연기는 뒷짐을 지고 태연하게 말을 받았다.

"당연하오. 신진일수록 더욱 준비를 철저히 해야 하는 것 아니겠소? 그렇지 않으면 칠살이나 독사방처럼 쟁쟁한 선배들에게 밀려 제대로 설 자리도 없어질 테니."

구연기의 어조와 표정은 너무도 침착해서 홍엽은 별다른 이상한 점을 찾지 못하고 흥 소리를 내며 고개를 돌렸다. 그때 참월도가 말했다.

"그 정보가 확실하다면 마땅히 그 방비를 해야겠군."

그러자 구연기는 더욱 자신있게 말했다.

"틀림없소. 내 말대로 한다면 야습을 가는 것보다도 훨씬 큰 승리를 거둘 수 있을 거요."

"하지만 그 말이 틀린다면."

갑자기 참월도의 눈빛이 싸늘해지며 몸에서 살기가 스멀스멀 피어올랐다.

"당신의 목숨으로 갚아야 할 것이오."

"그건 걱정 마시오."

구연기는 가슴을 쫙 펴고 당당하게 대답했다. 그 모습은 실로 영웅다운 풍모였다.

"적은 틀림없이 올 테니까."

사람들은 한동안 그의 모습에서 눈을 떼지 못했다. 그러다 참월도가 다시 말했다.

"그럼 매복을 해야겠군. 그 배치를 정하도록 합시다."

다시 논의가 시작되고 여기저기서 많은 말들이 나올 때, 홍엽의 시선이 구연기의 얼굴에 살짝 머물렀다. 하지만 구연기는 그것을 아는지 모르는지 희미한 미소를 띠고 있을 뿐이었다.

*　　　　*　　　　*

여기에 있는 구연기는 바로 반규린과 싸우다 소총포(小銃砲)를 쏘고 달아났던 그 구연기였다. 그는 몇 달 전에는 녹림(綠林) 쌍도채(雙刀寨)의 삼채주였지만, 지금 이곳에는 사파의 신진세력인 은검산장의 총관으로 나타난 것이다.

최근 은검산장의 대두와 발전은 가히 놀라운 것이었다. 계속되는 정사대전으로 무림인의 씨가 점차 말라가고 있는 상황에서, 혜성처럼 나타나 단 몇 달 만에 사파의 중심세력들 중 하나로 부상한 그들이었다. 그러면서도 그 정체는 총관으로 나와 있는 구연기를 제외하면 철저하게 비밀에 가려져 있었다.

　물론 이러한 구연기와 은검산장의 대두는 사파 자체가 정파와는 달리 자유로운 분위기여서 누구든지 일신의 무공을 믿고 문파를 열 수 있었고, 그것이 강하기만 하면 다른 것은 문제 삼지 않는 분위기였기 때문도 컸다. 하지만 그런 점을 고려하더라도 오늘의 일은 지금껏 아슬아슬하게 지켜오던 선(線)을 넘은 일로, 곧 칠살을 비롯한 다른 문파들에서 그에 대한 철저한 뒷조사가 들어올 가능성이 매우 컸다.

　하지만 구연기는 태연하게 자리에 앉아 사람들의 말에 귀를 기울이고 있을 뿐이다. 왜냐하면 그의 마음속에는 이미 은검산장과 자신의 퇴장에 대한 계획이 철저하게 세워져 있기 때문이었다.

＊　　　＊　　　＊

　백무연은 잠에서 깨어났다. 코에 닿는 공기가 차가웠다. 자리에서 일어나니 몸은 많이 회복되어 있었다. 반규린이 자기 전에 정양환(靜養丸) 한 알을 주었다.

　"한숨 푹 자면 나을 거예요."

　그 말대로 백무연의 몸은 많이 회복되어 있었다. 찢어진 손아귀에는 아직도 따끔한 아픔의 감각이 남아 있었지만 반월도의 도풍에 내상을 입었던 등과 허리는 거의 다 나아 있었다. 하지만 아직 몸엔 힘이 없었다.

"휴."

백무연은 숨을 내쉬었다. 옆방에서는 곤한 숨소리가 들리는 것으로 보아 이해은이 아직 자고 있는 모양이었다. 백무연은 잠시 그 숨소리를 듣다가 밖으로 나갔다.

날이 어슴푸레하게 밝아오고 있었다. 하늘의 빛이 점차 옅어지고 밝아지며 뭇 별들이 자취를 감추려 했다. 그리고 저 멀리 희뿌연 안개와 함께 희미한 돌들이 하나둘씩 보이기 시작했다. 불규칙하고 무질서한 데다가 곳곳이 낡고 헐어 있는 돌들의 집합. 그것들이 안개에 의해 사이사이가 끊어진 채로 넓게 이어져 있었다. 성곽이란 저것들을 말하는 것인가 하고 백무연은 생각했다. 그렇다면 오늘 야습을 하기로 한 것이 옳은 선택일 수도 있었다.

하지만, 마음속에 남아 있는 이 불안감은 무엇이란 말인가? 백무연은 문득 고개를 들어 서쪽이라고 짐작되는 방향을 바라보았다. 해가 뜨는 방향에서 가장 먼 그곳은 아직 어둠이 남아 있었다.

'잘하고 있을까.'

지금 저곳에 반규린과 임파초, 그리고 정파의 사람들이 있을 것이다. 사파의 수뇌부를 제압한다고 했는데, 아마 가능한 한 그들을 살려두기 보다는 죽이려 할 것이란걸 백무연도 짐작할 수 있었다. 백무연은 잠들기 전 반규린을 바라보았지만 그녀의 눈빛에는 이미 확고한 의지가 있었다.

  "임무예요."

  임무. 그녀에게 가장 중요한 건 임무인 모양이었다. 그를 위해서 다른 사람의 목숨은 없어져도 좋은 걸까. 아니, 나는 애초에 왜 사람의 목숨에 이렇게 연연하는 것일까.

  백무연은 땅바닥에 주저앉았다. 맨땅의 한기가 엉덩이부터 척추를 뚫고 올라오는 듯했지만 참을 만했다. 그리고 뒤로 누웠다. 막 자라나기 시작한 풀 냄새가 코를 찔렀다. 어둠과 밝음이 희미하게 뒤섞여 있는 먼 하늘이 보였다.

  옛 생각이 났다.

  장의문(葬儀門)에서 태어나 자라온 자신이었다. 어느 순간부터는 깊은 산중에서 아버지와 둘만 생활해 왔지만 그때도 기본적인 생각은 변하지 않았다. 즉, 장의문의 사람이 해야 할 일에 대한 생각이었다.

  장의문의 사람이 해야 할 일. 그것은 죽은 자를 보살피는 것과 장의문의 무공을 익히는 것, 이렇게 두 가지였다. 산 자에 대한 내용과 가르침, 그리고 살아 있는데 죽음의 위기를 맞은 자와 생명과 죽음의 비교에 대한 깨달음 등은 전혀 그에게 주어진 바가 없었다. 죽음은 익숙했지만 그것에 대해 깊이 생각해 본 적은 없었다. 이런 문제로 이렇게 고민하는 것을 몇 달 전의 자신이 봤다면 무척이나 낯설어 할 것 같았다.

어머니를 찾아 강호에 나왔지만, 어느 순간부터 자신은 반규린을 따라다니고 있었다. 이유는 자신도 잘 알지 못했다. 처음에는 그녀가 내민 한 장의 계약서 때문이었지만 그것은 곧 그리 중요하지 않게 되었다. 그 뒤로 여러 가지 일들이 있었고, 둘은 서로 돕기도 하고 구해주기도 하며 지금까지 온 것이다.

항산파에서, 백리추의 손에 반규린이 붙잡혀 있던 때가 문득 기억났다. 그때 자신은 반규린을 살리고 싶었다. 백리추는 반규린이 죗값을 치러야 한다고 했지만, 백무연은 반규린이 죽어서는 안 된다고 생각하고 백리추에게 달려들었다. 하지만 그때부터 의문이 들었던 것이다.

왜 그녀가 죽어서는 안 되는가? 마음 한구석에서는 너무도 당연한 것이었지만 다른 한편으로는 이해가 되지 않는 일이었다. 지금껏 수많은 죽음들을 지나쳐 오지 않았던가. 유독 그녀의 죽음만이 자신에게 특별한 의미로 다가오는 이유는 무엇인가.

그것은 어려운 문제였고, 지금껏 풀리지 않는 과제였다. 생각은 매듭에 매듭을 지어 더욱 복잡해졌고, 정신을 차려 보니 자신은 이미 다른 죽음들에도 민감하게 반응하고 있었다. 염과 화장을 하고 죽은 자를 보살피는 일도 예전처럼 태연하게 할 수 없었다. 혼란스러웠고, 지금도 혼란스럽다.

백무연은 그렇게 생각하다가 깜박 잠이 들었다. 하지만 곧 그의 머리 위에서 눈부신 태양이 밝은 빛을 내뿜으며 지상으로 떠올랐고, 서서히 잠에서 깨어나는 그의 귀에 멀리서 어떤 소리가 들렸다.

'으음?'

백무연은 누운 채로 미간을 살짝 찡그렸다. 작았던 그 소리는 점점 커져 왔다. 백무연은 어느 순간 눈을 번쩍 떴다. 어둠이 거의 물러간 텅 빈 하늘이 보였다. 백무연은 소리에 집중하기 위해 귀를 땅바닥에 댔다. 그의 예민한 귀는 곧 소리에서 싸움의 흔적을 잡아냈다.

"급하다."

소리에서 느껴지는 것은 왠지 모를 다급함이었다. 백무연은 그것을 느끼자마자 직감적으로 야습을 나간 일행에게 무언가 좋지 않은 일이 닥쳤을 것이라고 생각했다. 그가 당장 움직이려 할 때 집 안에서 이해은이 하품을 하며 나오는 것이 보였다.

"오빠, 좋은 아침. 아흠……."

그때 백무연은 이해은에게 다가가서 팔을 붙잡았다.

"아무래도 일이 잘못된 것 같습니다."

그 심각한 안색을 보자 이해은도 무슨 말인지 대충 알아들은 듯 눈을 깜박이며 말했다.

"그렇다면?"

"같이 가겠습니까?"

"난 괜찮은데, 오빠는 아직 몸이……."

"괜찮습니다."

말과 함께 두 사람은 신법(身法)을 발휘해 하늘을 날고 있었다.

*　　　*　　　*

한편 야습을 나갔던 벽호와 반규린 등은 쉽게 적의 본진에 다다를 수 있었다. 일이 너무 쉽게 풀리는 것 같아 반규린은 약간 이상한 느낌이 들었지만 벽호와 다른 정파인들은 거침없이 앞으로 나가고 있었다. 임파초 쪽을 바라보았지만 그 얼굴은 무표정하기만 했다.

'저 인간은 아까부터 도대체 무슨 생각을 하는 거야?'

반규린은 살짝 화가 나려고 했다. 하지만 그때였다.

펑!

한줄기 포향(砲響)과 함께 갑자기 여기저기서 살기가 느껴지더니, 순식간에 수많은 사람들이 나타나 정파 사람들을 둘러쌌다. 볼 것도 없이 매복이었다. 어느새 퇴로는 사람과 병장기의 장벽으로 완전히 막혀 버렸다.

"이, 이런!"

갑자기 일어난 일에 벽호를 비롯한 정파인들은 크게 당황하여 머뭇거렸다. 각자의 얼굴에 솔직하게 놀란 표정이 나타나 있는 것을 보자, 반규린은 절로 한숨이 나왔다. 일단 이런 상황에 빠졌지만 온 힘을 다해 뚫고 나갈 생각을 해야지, 저런 식으로 놀라기부터 하면 어쩌자는 말인가. 전대 벽력단주가 죽고 벽호가 뒤를 이은 지 채 육 개월도 안 됐다는 것을 태산파의 유화영에게 들은 터라, 반규린은 역시라고 생각할 수밖에 없었다. 나이에 맞지 않게 침착해 보였지만 역시 생각지도 못한 위기상황에 부닥쳐서는 경험의 부족이 그대로 드러날 수밖에 없었다.

반규린은 다시 임파초를 찾았다. 예상대로 임파초는 적이 나타났는데도 전혀 미동도 하지 않고 있었다. 그 태도가 너무나도 자연스러워서 마치 적이 매복하고 있을 것을 미리 알고 있던 사람 같았다.

'도대체 무슨 자신감이야.'

반규린은 그 모습을 보자 황당할 정도였지만 일단 이 상황에서 믿을 수 있는 것은 임파초뿐인 것 같았다. 다른 정파의 사람들에게서 느껴진 것은 결국 목숨을 건 사투에 대한 불안함이었다. 그리고 그것은 그들의 나이와 경험 때문이기도 했다. 오랜 정사대전으로 인해 많은 이들이 죽고 그나마 남아 있는 사람들 중 제일 젊고 경험이 없으며 그 때문에 제일 두려움을 모르고 혈기가 넘치는 사람들이 오늘의 습격대였던 것이다. 하지만 그런 것은 목숨의 위협 앞에서 결국 아무것도 아닌 게 된다. 실전은 연습과는 다르다. 어찌 보면 이들 중에서 제일 나이가 어린 축에 속할 테지만, 경험만은 결코 누구에게도 뒤지지 않을 반규린은 그렇게 생각하며 다시금 입술을 깨물었다.

'열 살 때부터 황실 감찰관이 될 때까지 수많은 전투를 겪은 나다.'

하지만 그녀의 예감에도 지금은 무척 어려운 전투가 예상되었다.

그때 사파 측에서 몇 사람이 앞으로 나섰다. 낮에 보았던 칠살의 소살들, 참월도와 홍엽. 그리고 또 다른 사파의 수장들로 보였다.

"역시 왔군."

참월도가 낮게 깔리는 목소리로 말했고 그러자 다른 목소리가 그것을 받았다.

"내가 말했잖소, 틀림없이 온다고."

그 목소리는 어쩐지 귀에 익어서, 반규린은 자신도 모르게 그 사람의 얼굴을 똑바로 쳐다보았다. 그리고 역시 자신을 바라보는 그와 시선이 마주치자 둘은 잠시 굳었다가 하나같이 크게 놀랐다.

"너, 너는?"

"다, 당신은?"

반규린을 보자 구연기는 깜짝 놀랄 수밖에 없었다. 전에 손도 못 쓰고 푸른 독무에 당했던 악몽 같은 기억이 되살아났기 때문이다. 하지만 그때는 정파의 사람으로 보이지 않았는데, 어느새 이 여자가 정파에 있게 된 것인가? 구연기는 눈을 부릅뜨며 말했다.

"네가 왜 여기 있는 거냐?"

"흥, 그러는 너야말로 쌍도채에서는 나온 건가?"

반규린의 놀라움도 구연기 못지않았다. 녹림십팔채의 하나인 쌍도채의 삼채주로 있던 자가 지금은 사파의 핵심들 중 하나에 자리하고 있는 것이다. 아니, 물론 그의 뒤에 있는 것으로 보이는 조직의 힘을 감안할 때 충분히 가능한 일일 수도 있었지만 어쨌든 이렇게 생각지도 않은 곳에서 조우한 것은 놀라웠다. 그리고 무엇보다 자신에게 소총포를 쏘고 도망쳤던 기억은 지울 수 없었다. 반규린은 자기도 모르게 주먹을 꽉 쥐었지만 일단 포위당한 몸이라 상대하기보다는 빠져나가는 쪽이 더 급했다.

한편 구연기는 자신이 유리한 상황에 있다는 것을 생각하자 이내 실소를 흘렸다. 반규린을 사로잡아 예전의 원수를 갚아줄 생각이 든 것이었다. 무엇보다 자신을 독무 속에서 곤경에 빠뜨리고 도망치게 만들었으며 대계(大計)까지 방해한 그녀를 여기서 놓치고 싶은 마음은 전혀 들지 않았다.

그녀의 눈부신 미모도 전장 속에서 더욱 색다르게 보여 구연기는 마음속에서 어두운 흑심마저 들었다.

"차라리 잘됐군, 이렇게 만나서."

구연기는 입가에 맴도는 웃음을 감추지 않은 채 뒷짐을 지며 참월도를 올려다보았다.

"저 계집만은 생포할 수 있겠소? 구원(舊怨)이 있어서 말이오."

그러자 참월도는 알 수 없다는 눈으로 구연기를 잠시 바라보더니 곧 고개를 끄덕이며 말했다.

"알겠소. 당신의 공에 비하면 그 정도는 작소."

그러더니 부하에게 들려 있던 반월도를 받아 들어 정파인들을 겨누며 말했다.

"한 명도 놓치지 마라."

그 말을 신호로 치열한 접전이 시작되었다.

사람과 사람, 칼과 칼이 얽히며 피가 사방에 흩뿌려졌다. 고함과 비명 소리가 여기저기서 들렸고 피아를 구분할 수 없어 자신을 보호하기 위해 누구든 사방으로 병장기를 휘둘러야 했다. 어느새 전장이 된 사파의 진영은 점점 참혹해져 갔다.

참월도는 커다란 반월도를 휘두르며 앞으로 돌진했다. 그의 반월도가 스치는 곳마다 어김없이 비명 소리가 들리고 정파인이 죽어나갔다. 그 모습을 보자 참지 못한 사풍월이 차가운 웃음소리를 내며 달려들었다.

"흥!"

곧 두 사람은 혼전 속에 얽혔다. 사풍월의 손끝에서 수많은 매화송이가 피어나며 참월도의 전신을 수놓듯 압박했다. 하지만 그것들은 번번이 참월도의 손속에 의해 맥없이 이지러졌다. 수십 합을 싸워도 자신의 공격이 계속 막히기만 하자 사풍월은 점점 초조해졌지만 상대의 실력이 꽤나 강해서 이미 몸을 빼기도 쉽지 않은 상황이었다.

사풍월은 앞뒤 재지 않고 달려든 것이 후회되기 시작했지만 이미 그런 생각을 해도 늦은 뒤였다. 참월도가 내뿜는 병장기의 도풍(刀風)은 점점 강해졌고 그 앞에서 사풍월이 빚는 매화송이는 어지럽게 흔들렸다.

분수검 장인목도 초조해하기는 마찬가지였다. 온화한 겉모습과는 달리 그의 분수검은 포위망을 이루고 있는 사람의 바다를 한 치의 오차도 없이 정확하게 갈랐다. 그때마다 사파인들의 팔다리는 허공에 높이 떠올랐지만 그때마다 어김없이 새로운 인원이 그 빈틈을 메우는 바람에 장인목은 시간이 갈수록 점점 지쳐갈 뿐이었다. 다른 정파인들도 마찬가지로 중과부적이라 죽고 다쳐서 쓰러지는 사람의 숫자는 계속 늘어났다.

더욱 힘들어진 것은 그의 앞에 나타난 세 명의 쌍둥이였다. 그들은 하나같이 번쩍이는 대머리에 콧수염을 기른 괴상한 몰골이었다. 몸집은 적진의 참월도만큼 크고 제각기 고리가 짤랑거리는 구환도(九環刀)를 들고 있었다. 그 모습을 보자 장인목은 그들이 독사방(毒蛇幫)의 구(仇)씨 삼형제임을 알아챘다. 그들의 합격술은 오랜 전투에서도 질기게 살아남은 명성만큼 날카롭다는 말이 있었다. 장인목은 그들의 손아래 죽은 정파의 고수들이 한둘이 아님을 기억해 내고 순간적으로 가슴이 서늘해졌지만 겉으로는 온화하게 웃으면서 말했다.

"여기서 구씨 삼형제를 만나다니, 영광이오."

그렇게 인사를 나누는 척하며 재빨리 검을 들어 가장 가까운 사람을 찔렀다. 하지만 다른 두 사람이 구환도를 교차시켜 공격을 가로막는 바람에 기습은 성공하지 못했다.

구씨 삼형제는 오히려 성난 표정이 되어 장인목을 강하게 몰아붙이기 시작했다. 장인목은 태산파의 절기를 아끼지 않으며 그들을 막았지만 활로를 뚫기에는 힘이 모자랐다. 그 순간에도 주변에서 정파의 사람들은 계속 죽거나 쓰러지고 있었다. 그 소리가 들리자 장인목의 검끝은 점점 어지러워졌다.

그사이 벽호 등 벽력단의 사람들이 그나마 제일 눈에 띄게 활약하고 있었다. 그들은 여기저기서 폭탄을 터뜨리며 포위망을 뚫으려 했지만 사파 중에도 고수들이 있어 폭탄을 허공에서 되받아 던지거나 재빨리 피하고는 다시 돌아오는 바람에 그마저도 쉽지 않았다.

벽호는 뜻대로 되지 않자 입술을 악 물었다. 피가 배어 나오는 그의 입술을 임파초는 냉정하게 바라보고만 있었다. 임파초는 가만히 서서 자신에게 다가오는 사람만 정확하게 베며, 나머지는 같은 편인 벽호의 일거수일투족을 살피는 데 온통 집중하고 있었다. 하지만 벽호는 그 시선을 느끼지 못한 듯했다.

반규린은 쌍검을 빼 들고 정신없이 찌르고 베다가 임파초의 하는 꼴을 보게 되자 너무나도 어이가 없었다. 온 힘을 다해 포위를 뚫어도 가당찮을 판에 만사가 귀찮은 듯 가만히 서서 다가오는 적만 베고 있다니, 무슨 속셈인지 알 수가 없을 뿐만 아니라 알고 싶지도 않았다.

"도대체 거기 서서……!"

반규린은 버럭 소리를 지르다가 앞으로 달려드는 적의 공격을 재빨리 막아냈다. 말을 할 여유조차 그녀에게는 없었다. 사방팔방이 온통 적뿐이었다.

한편 구연기는 싸움에서 약간 떨어져서 팔짱을 끼고 정세를 관망하고 있었다. 그의 옆으로 키가 작고 낯빛이 음침하며 뒤통수가 기이하게 튀어나온 중년인이 다가와 나란히 서자 구연기는 그를 슬쩍 바라보았다. 바로 독사방주 갈첨이었다. 잠시 그들은 말없이 서서 전장을 지켜보기만 하다가, 결국 갈첨이 지나가는 듯한 말투로 입을 열었다.

"싸우지 않으시오?"

"이미 칠살에서 싸우고 있는데 제가 굳이 전장을 어지럽힐 필요가 있겠습니까?"

구연기의 말에 갈첨은 칼칼한 목소리로 허허 웃은 뒤 구연기를 올려다보며 말했다.

"글쎄, 여기 온 지 오래되었지만 은검산장의 실력은 아무한테도 보여준 적이 없으니 말이오."

"우리도 사파의 일원으로 정파를 부수기 위해 노력하고 있습니다. 오늘의 야습을 예측한 것이 그 증명이지 않습니까?"

"흠, 그러면 그렇다고 볼 수도 있지만……."

갈첨은 은검산장과 구연기가 약간 못 미더운 모양이었다. 어쩌면 수많은 전장을 거쳐 온 그의 날카로운 감각은 은검산장과 구연기에게서 뭔가 부자연스러운 것을 느꼈는지도 모른다. 그렇게 생각하자 구연기는 속으로 슬며시 짜증이 치밀었다. 어차피 이번 일만 끝난다면 자신은 더 이상 은검산장의 구연기로 남아 있지 않을 것이다. 이런 녀석쯤 손을 써서 없애 버리면 그만이 아닌가? 어차피 혼전 중이니 누가 누구를 죽였는지 알 리가 있겠는가.

잠시 그렇게 생각했지만 역시 다시 고개를 저었다. 안 될 말이었다. 대계를 실행하기 위해서는 한 발자국 한 발자국을 신중하게 밟아나가야 했다. 여기서 잘못하여 꼬리를 밟히면 나중의 계획에 지장이 있었고, 그것은 용서받지 못할 실수가 될 것이다. 구연기는 다시 낯빛을 바꾸어 온화하게 말했다.

"그러시다면 제가 직접 나가보지요."

그렇게 말한 뒤 구연기는 전장으로 뛰어나갔다. 갈첨은 그 뒷모습을 바라보며 고개를 갸웃거리다가 눈을 돌려 다른 쪽을 바라보았다. 뛰어나가다가 슬쩍 뒤를 본 구연기는 갈첨이 다른 곳을 보는 걸 확인하자 자신에 대한 의심이 풀렸다고 생각하며 기뻐했다.

한편 재빠르게 움직이며 몸을 피하는 반규린의 눈앞에 나타난 것은 바로 몸에 착 달라붙는 흑의에 가슴에는 피처럼 새빨간 이파리를 수놓은 사람, 홍엽이었다. 그녀는 반규린을 발견하자 기다렸다는 듯 손에서 암기를 날렸다. 반규린은 깜짝 놀라서 암기를 피했지만 그것은 그녀의 귀를 살짝 스치고 지나갔다. 반규린은 등골에 한기를 느끼며 귀를 매만졌다. 얼얼

한 느낌이 있었지만 다행히 피를 흘리지 않는 것으로 보아 외상은 없는 것 같았다.

하지만 숨 돌릴 틈도 없이 제이의 공격이 날아왔다. 반규린은 유연한 몸놀림으로 다섯 개의 암기를 피해내고 하나는 홍검(紅劍)으로 재빠르게 떨어뜨렸다. 땅바닥에 뒹구는 그것은 홍엽의 가슴에 수놓아진 것과 같은 모양, 같은 크기의 붉은 이파리였다. 다만 튕겨질 때의 소리로 보아 금속성의 재질인 것 같았다.

반규린이 자신의 암기를 두 번이나 연달아 피해내자 홍엽은 약이 오른 듯 재빠르게 반규린의 앞으로 다가갔다. 홍엽의 몸에서 나는 기이한 향내가 반규린의 코에 스밀 지경이었다. 반규린은 갑작스러운 홍엽의 움직임에 당황하며 쌍검을 휘둘렀지만 홍엽은 그것을 더욱 빠르게 피해내며 오히려 반규린에게 더 달라붙었다.

"제법이구나."

그 말과 함께 홍엽의 손이 눈에 보이지도 않을 정도로 빠르게 움직였다. 그러자 홍수가 쏟아지듯 많은 이파리들이 날아들었다. 그것도 지금까지와는 달리 바람에 날리는 진짜 잎처럼 빙글빙글 도는 것이어서 그 궤적을 제대로 확인할 수조차 없었다. 게다가 너무나도 가까운 거리. 반규린은 얼떨결에 자신의 청홍소검(靑紅小劍)을 앞으로 교차시켰을 뿐 더 이상의 방어를 위한 행동을 하지 못했다.

'이, 이런.'

몸을 최대한 수그렸지만 아마 수십 방은 맞을 것 같았다. 반규린은 예상되는 고통을 참기 위해 이를 악 물었다.

그런데 철판에 우박이 떨어지듯 요란한 소리가 나며 암기들이 자신의 몸 주위로 우수수 떨어졌다. 반규린은 의아함을 느끼며 앞쪽을 바라보았다.

하얗고 작지만 탄탄해 보이는 어떤 사람의 등이 그녀의 앞에 자리 잡고 있었다. 반규린은 곧 그가 누구인지 알아보았다.

"백 공자!"

그녀의 말을 듣자 그 사람은 고개를 돌려 뒤쪽을 바라보았다. 역시 틀림없는 백무연이었다. 그녀가 멍하니 보고 있는 가운데 백무연이 입을 열었다.

"괜찮습니까?"

말투도 평상시와 전혀 다를 바가 없었다. 최근 보여주었던 우울한 모습과는 달랐다. 무언가 변화가 생긴 것일까? 반규린은 의아해졌다.

"백 공자?"

"왜 그러십니까?"

"아, 아니에요."

일단 백무연이 와서 다행이었다. 아직도 위급한 상황이었지만 반규린은 백무연이 여기에 온 것만으로 일단 안심이 되었다. 반규린은 안도의 한숨을 내쉬었다.

하지만 백무연이 왔다고 모든 것이 끝난 것은 아니었다.

"뭐냐, 네놈은."

홍엽은 차가운 목소리로 말했지만 마음 한구석에는 은근한 놀라움이 자리 잡고 있었다. 자신의 대라만엽(大羅萬葉)이 막힌 것이다. 그것도 상대가 어떻게 손을 썼는지 제대로 확인하지도 못했다. 손과 눈만은 누구보다도 빠르다고 자신하고 있는 그녀에게 이것은 충격적인 일이었다.

'우연인가?'

하지만 소년의 얼굴에는 한 치의 흔들림도 없었다. 그렇다면 우연이 아니었다. 상대는 저 나이에도 불구하고 대단한 무공을 지녔다는 말이 되는 것이다. 그것을 느끼자 불현듯 호승심이 홍엽의 가슴에 끓어올랐다.

"막았단 말이지?"

홍엽은 다시 한 번 두 손을 미묘하게 움직였다. 그러자 아까의 두 배 속도로 이파리들이 날아들었다. 백무연은 그에 맞추어 양손을 앞으로 뻗었다. 그러자 하얀 빛줄기가 그의 양손에서 뻗어 나오며 바람처럼 암기들을 감쌌고 붉은 암기들은 어느새 힘을 잃고 그 자리에 팔랑거리며 떨어져 버렸다. 홍엽은 그 모습을 보자 입술을 악 물었다.

"이, 이게!"

암기를 막은 것은 바로 백무연이 손에 감고 있던 붕대였다. 백무연이 무기로 쓰는 염포만큼 단단하진 않았지만 그렇기 때문에 암기를 직접 쳐내기보다 바람을 일으켜 방향을 바꾼 것이었다. 아까 한 번 부딪쳐 보고 적이 발출하는 암기의 성향을 대충 파악한 덕분이었다.

하지만 더 놀라운 일은 백무연이 아무도 모르게 손에 쥐고 있던 상대의 암기를 일제히 던져 낸 것이었다. 처음에 홍엽이 쏜 암기를 막을 때는 직접 양손으로 잡아냈던 것이다. 그 예상치도 못한 공격에 홍엽은 깜짝 놀라 옆으로 다섯 바퀴나 구른 뒤에야 겨우 그것들을 피해낼 수 있었다. 하지만 다 피하지 못해서 결국 한 발이 정강이 쪽에 박히고 말았다.

"아악!"

그녀는 아픔에 몸을 뒹굴었고 그사이에 백무연은 반규린을 잡아끌었다.

"갑시다."

"자, 잠깐만요. 다른 사람들은?"

그러자 백무연은 손을 들어 다른 쪽을 가리켜 보였다. 그곳을 보니 어느새 나타난 이해은이 고검(古劍)을 휘두르며 최선을 다해 장인목을 도우고 있었다. 그러자 장인목을 상대하던 구씨 삼 형제는 하나같이 손발이 어지러워졌다. 그 틈을 놓치지 않고 장인목은 그들 중 한 명의 구환도를 부러뜨렸고 다른 한 명의 무기를 쳐서 떨어뜨렸다. 적들이 머뭇거리는 사이 장인목과 이해은은 재빠르게 몸을 뺐다.

여유가 생기자 장인목 역시 주위를 둘러보며 다른 이들을 걱정했고 그의 눈에 참월도와 어려운 싸움을 이어나가고 있는 사풍월이 눈에 띄었다. 장인목이 얼른 달려들어 사풍월을 구하려 할 때 그의 옆을 바람처럼 스치고 지나가는 하얀 그림자가 있었다. 백무연이었다.

백무연은 참월도의 옆에 다다르자마자 불문곡직하고 붕대를 뻗어 반월도를 칭칭 감았다. 마침 반월도로 강한 일격을 내지르려는 때에 의외의 방해를 받아 참월도의 움직임은 완전히 어긋나고 말았다. 참월도의 강한 도풍에 붕대는 조각조각이 나서 흩어졌지만 이미 그에게는 약간의 틈이 생겼다. 그 틈을 놓칠 사풍월이 아니었다.

"이얏!"

한줄기 날카로운 기합과 함께 내지른 그의 검은 다섯 개의 매화송이를 만들었고 그들 하나하나는 벼락처럼 참월도의 양 팔로 떨어져 내렸다. 참월도는 애써 몸을 피했으나 그중 두 개는 정통으로 맞고 말았다. 도를 든 팔에 진한 핏물이 배어 나오며 참월도는 무너져 내렸고 커다란 소리와 함께 반월도가 바닥에 떨어졌다. 사풍월이 검을 치켜들고 끝장을 내려 했지만 우두머리가 위기에 처한 것을 본 부하들이 벌 떼같이 달려들어 백무연이 급히 말했다.

"얼른 갑시다."

그러자 사풍월도 아쉬운 마음을 뒤로 한 채 서둘러 몸을 뺐다. 참월도의 부하들은 우두머리의 상세를 살피느라 쉽게 다가오지 못했다. 사풍월도 겨우 숨을 돌리자 주위를 둘러보며 말했다.

"다른 사람들은 어떻게 됐소?"

그의 눈에 어떻게든 혈로를 뚫으려 분투하는 벽호와 다른 벽력단원들, 그리고 석상처럼 가만히 서 있는 임파초가 눈에 띄었다. 그 모습을 보자 모두들 몸을 날려 벽호에게 다가갔다. 벽호는 그들을 보고 반가운 기색을 띠었고 그때 반규린이 재빨리 말했다.

"얼른 연막탄을 던져요. 그 틈에 빠져나가요."

그러자 벽호는 두 말 없이 양손 가득 연막탄을 쥐고 그것을 사방으로 던졌다.

퍼퍼퍼펑!

순식간에 매캐한 연기가 장내를 감쌌고 고수들은 모두 호흡을 멈췄다. 그보다 약간 실력이 떨어지는 사람들은 매캐한 연기를 마시고는 눈물과 콧물을 흘리며 끊임없이 콜록거렸다. 그 바람에 사파인들의 추격은 늦어질 수밖에 없었지만 만약의 경우를 대비해 미리 약속되어 있던 정파인들은 벽호가 연막탄을 꺼내는 순간 숨을 멈춰 연막을 피했다. 연막이 점차 걷히자 죽거나 심하게 다친 사람을 제외하고는 정파인들은 이미 사라져 있었다. 그것을 보자 갈첨은 손을 뻗어 거칠게 연막을 걷어내며 소리쳤다.

"제기랄!"

구연기도 어느새 그의 옆으로 다가와 말했다.

"그래도 이번에 입힌 피해는 큽니다. 원래부터 인원수의 차이가 있었으니, 다시 점심때쯤 공격하면 적도 배겨나기 어려울 겁니다."

그 말에 갈첨은 주위를 둘러보았다. 확실히 쓰러진 숫자는 정파와 사파가 엇비슷했지만, 그것만으로도 원래부터 머릿수가 많은 사파 쪽에서는 이득이었다. 갈첨은 구연기의 밝은 살핌에 절로 고개를 끄덕였다.

"그 말이 맞소. 그나저나 참월도가 부상을 입었군."

갈첨의 말에 구연기도 눈을 돌려 부하들의 부축을 받고 있는 참월도 쪽을 바라보았다. 게다가 홍엽까지 제대로 서지 못하는 것을 보자 구연기는 자못 걱정스러운 표정을 지었다.

"그렇군요. 하지만 적들의 피해도 만만치는 않을 겁니다."

"그랬으면 좋겠지만……."

말을 받는 갈첨의 머릿속에는 아까 갑자기 나타나서 형세를 완전히 바꿔놓은 백의소년의 움직임이 남아 있었다. 사파이고 수많은 기인들을 보아온 그로서도 처음 보는 특이한 무공이었으며 게다가 경공도 거의 유령처럼 빨랐다. 갈첨은 그의 존재를 상기하며 이 싸움이 더 어려워질지도 모른다고 생각했다. 오늘 본 백의소년은 자신이 처음 보는 정파인이었고, 무엇보다 자신이 알고 있는 정파에 저런 무공은 존재하지 않았다.

'어떻게 된 것인가?'

이 싸움에 참가하기 전부터 느껴왔던 이질감이 그의 존재로 인해 점점 더 커지는 것을 느끼고 갈첨은 인상을 찌푸렸다. 벌써 참월도와 홍엽이 부상을 입었다는 것부터가 예정에 없던 일이었다. 어쩐지 불안한 느낌이었다.

한편 구연기 역시 아까 보았던 백의소년을 아주 잘 기억하고 있었다. 갑자기 나타난 백의소년, 백무연을 보자 구연기는 사람들 사이로 살짝 몸을 숨겼던 것이다. 백무연의 실력을 기억하고 있기도 했지만, 몸을 숨긴 것은 두려워서가 아니었다.

'이왕 이렇게 된 것, 저쪽에서 더 날뛰어주어야 한다……'

그리고 생각대로 백무연의 활약에 홍엽은 물론이고 참월도까지 부상을 입고 말았다. 구연기는 예상보다 일이 더 잘풀리자 속으로 회심의 미소를 지을 수밖에 없었다.

‘백의소년, 홍의소녀. 이번에는 날 도와주는군.’

구연기는 그렇게 생각하며 해가 높이 떠오른 하늘을 바라보았다. 한 시진만 있으면 점심때가 된다. 그렇게 되면 두 번째의 싸움이 있을 것이다.

‘어떻게 되든지 다 계획이 서 있다.’

구연기는 멀리 보이는 산성의 성곽을 바라보았다. 이상하게 빛나는 그의 눈에서는 속마음을 전혀 읽을 수 없었다.

장의문주

정파인들은 성곽으로 돌아와서 겨우 한숨을 돌렸다. 돌아온 인원은 갔던 사람들의 반도 안 되었다. 게다가 그들도 이미 지치고 상해 있어서 다음 공격이 들어온다면 막아내기가 꽤나 힘겨울 것 같았다.

벽호는 어깨가 축 처진 채 한숨을 내쉬었다. 그 모습을 보자 다른 사람들도 맥이 빠지는 듯 아무렇게나 주저앉았다. 그때 반규린이 그런 벽호에게 다가가 등을 세게 쳤다.

"어억!"

"뭐 하는 거예요? 지금 당신이 대장인 걸 모르겠어요? 모두들 당신의 지시를 기다리고 있다구요. 이러고 있을 때예요?"

"반 소저……."

"빨리 다친 사람들을 안으로 옮기고 조를 나눠 성벽의 방비를 해야 다음에 올 적들을 막을 수 있지 않겠어요. 정신 차려요. 그렇게 맥 빠진 채로 가만히 있다간 그대로 전멸이니까."

반규린은 벽호를 똑바로 쳐다보며 말한 뒤 휙 등을 돌려 한쪽으로 가버렸다. 그 모습을 보자 벽호는 잠시 가만히 있다가, 정신이 번쩍 든 듯 기운차게 사람들을 돌아보며 여러 가지 지시를 내렸다. 그 모습을 보자 반규린은 겨우 표정을 풀며 고개를 끄덕였다.

그런데 그녀의 눈에 석상처럼 서서 여전히 벽호만 바라보고 있는 임파초가 눈에 들어왔다. 임파초는 그늘 쪽에 서 있어서 자세히 보지 않으면 자연물인 줄 알고 지나칠 정도로 호흡을 감추고 은신해 있었다. 그 모습을 보자 반규린은 정말로 화가 났다.

'도대체, 도대체……'

아까부터 임파초의 행동은 이해가 되지 않았다. 이곳에 와서 벽호를 보자마자 전혀 다른 사람이 되어버린 듯한 그의 행동. 모든 주의는 벽호의 일거수일투족을 살피는 데에만 집중하고 있었고 다른 것은 관심도 없는 듯 전혀 돌아보지 않았다. 그런 임파초가 하는 일이 정말로 이상했고 화가 났지만, 반규린은 갑자기 생각을 돌렸다.

'무슨 생각이 있을 거야.'

지금까지 이상한 일을 많이 해왔어도 결과적으로는 남에게 심한 해를 끼친 적이 없는 임파초였다. 더군다나 그가 이렇게 오랜 시간동안 진지한 모습을 유지하는 것은 반규린도 처음 보는 것이었다. 그런데 그런 임파초가 갑자기 고개를 돌려 반규린 쪽을 바라보더니, 싱긋 웃는 것이었다.

어쩐지 그 웃음에는 지금은 건드리지 말아달라는 의미가 담겨 있는 것 같아서, 반규린은 잠시 멍하니 있다가 곧 눈을 질끈 감고 임파초의 옆을 스쳐 지나갔다. 그녀가 지나가자 임파초의 시선은 다시 벽호에게 고정되었다.

반규린은 어느새 이리저리로 급히 뛰어다니고 있는 백무연을 발견했다. 그는 염포 대신 붕대를 들고 부상자들의 상처를 싸매고 있었다.

이해은과 유화영이 그에게 달라붙어서 일을 돕고 있는 것을 보자 반규린도 얼른 합류해서 그것을 도왔다. 부상자들의 상세를 돌보는 백무연의 눈빛에는 한 점의 망설임도 보이지 않았고, 그것을 보자 반규린은 왠지 모를 안도감을 느꼈다. 이제야 자신이 아는 백무연으로 돌아온 것 같았다.

조금 있자 사풍도가 당번으로 있던 사람들과 함께 늦은 아침밥을 지어왔다. 그가 차가운 낯빛으로 내민 주먹밥은 의외로 따뜻했다. 백무연과 반규린 등은 잠시 손을 쉬고 각기 주먹밥을 하나씩 잡아 천천히 베어 먹었다.

해가 점점 밝아진 주변은 따뜻하고 평화로웠으나 이제 곧 치열한 전쟁터가 될 것을 생각하자 반규린은 밥이 잘 넘어가지 않았다. 그런 반규린을 보며 백무연은 물통을 건넸다.

"좀 드십시오."

"고마워요."

반규린은 물을 마지막 한 방울까지 깨끗하게 마신 뒤에 백무연의 몫을 남기지 않았다는 생각이 뒤늦게 들었다. 그녀가 살짝 낭패한 눈길로 백무연을 바라보았지만 백무연은 그것을 느끼지 못한 듯 가만히 앉아서 시선을 허공에 두고 생각에 잠겨 있었다. 반규린은 여전히 그의 속을 짐작할 수 없었다.

그때 벽호가 다가왔다. 어느새 그는 처음 봤던 때처럼 웃통을 벗고 귀와 목에는 번쩍거리는 금사슬을 단 채였다. 순식간에 변한 그의 모습은 반규린뿐만 아니라 백무연에게도 약간 낯설었다. 벽호는 아직 흰 얼굴로 그들에게 다가와 말했다.

"두 분은 식사를 하시고 나서 중앙에 계시면서 밀리는 쪽의 원호를 해주십시오."

그러자 백무연과 반규린은 하나같이 고개를 끄덕였다. 벽호는 그 모습을 잠시 바라보다가 갑자기 반규린에게 말했다.

"그리고 반 소저."

"네?"

"고맙습니다."

벽호는 그렇게 말하며 얼굴을 약간 붉힌 뒤 재빨리 다른 쪽으로 걸어갔다. 백무연은 무슨 말인지 몰라 반규린을 바라보았고 반규린은 가만있다가 어깨를 으쓱하더니 중얼거렸다.

"뭐, 별거 아니에요. 처음부터 잘하는 사람이 있나요. 다 그러면서 배우는 거지."

그러면서 살짝 미소를 짓는 반규린을 백무연은 의아한 눈빛으로 쳐다보았다.

*　　　*　　　*

사파 쪽에서도 식사를 하고 있었다. 이미 정파 쪽에서 포획한 자들에 대한 심문과 처리는 끝난 상태여서, 갈첨은 이마의 땀을 닦으며 주먹밥을 한 입 크게 베어 먹었다.

"휴, 힘들군."

포로들이 죽어가면서 한 말들을 종합해 보면 현재 성곽의 방비는 제대로 되고 있지 않은 것 같았다. 그도 그럴 것이 어제 야습을 준비하며 방비에 대해서는 전혀 신경 쓰지 않았다는 것이었다. 지휘관은 역시 벽력단의 벽호였고, 그 애송이에 대해서 갈첨은 상당히 낮게 평가하고 있었다.

'아비가 일찍 죽어서 높은 자리에 오른 녀석. 겨우 불꽃장난이나 할 줄 알고 허우대만 멀쩡하지, 앞에서 칼로 한 번 그으면 벌벌 떨면서 내뺄 녀석이야.'

오늘 새벽의 무모한 야습도 그가 계획한 것이었고, 덕분에 사파에서는 꽤 괜찮은 승리를 거뒀다.

하지만 갈첨을 신경 쓰이게 하는 것은 오늘 봤던 새로운 인물들이었다. 포로들의 말에 의하면 그들은 어제나 그저께쯤 이곳에 도착해서 정파에 합류한 인물들이라고 했다. 그들 중 어린 여자 아이는 그 유명한 항산파의 이해은이고, 나머지 셋은 소속과 신분이 불분명하다는 것이었다. 정파에서 그런 자들을 받아들였다는 것은 꽤나 이례적인 일이었다.

'정파도 꽤나 급한 모양이군. 진작 그랬으면 이렇게 정사대전이 일어날 일도 없었을 텐데.'

사실 정파와 사파와의 오랜 원한의 뿌리 중 하나는 정파의 정통주의, 순혈주의에 있었다. 그들은 자신들이 아니면 모조리 사파로 단정하고, 그나마 세력이 커서 건드리기 힘들거나 정파만큼의 오랜 전통이 있는 자들을 중도문파로 인정해 줄 뿐이었다. 오랫동안 배척을 당해 온 사파들의 불만은 쌓일 대로 쌓였고, 마침내 칠살이라는 거대 세력이 나타나면서 그런

사파들의 원한을 한곳에 모아 정파와의 정면 대결을 할 수 있
게 된 것이었다.

처음엔 뜻 깊은 일이었지만, 수많은 시일이 지나고 셀 수
없는 사람이 죽고 다친 지금에는 원래 전쟁에 적극 찬성이던
갈첨 같은 사람들도 회의적이 될 수밖에 없었다. 결국 누굴
위한 전쟁이란 말인가? 정파의 거점 한곳을 뺏으면 이 싸움에
참가하고 있는 사파들에 무슨 이익이 있으며, 한곳을 뺏기면
무슨 손해가 있단 말인가?

'결국 칠살과 구영문의 싸움인가.'

요즘 들어서는 자신들 사파 전체가 칠살의 싸움에 말려들
어 버린 것이란 생각도 들었다. 사상자의 수에서도 다른 사파
들과 칠살이 비교가 될 수 없을 만큼 많은 차이가 난다는 것
도 그의 생각을 뒷받침해 주는 것이었다. 이미 봉문을 하거나
전멸당한 사파들도 부지기수였다. 칠살에 대한 불만을 직간
접적으로 드러내는 파들도 꽤 있었다.

하지만 칠살의 힘은 강했다. 처음 시작할 때는 평범하고 작
은 비밀결사였던 그들은 조직과 규칙에 대한 광적인 집착과
실행으로 그 세력을 크게 늘려갔고 정사대전으로 인해 더욱
엄청난 규모로 커졌다. 이미 그들의 밑에는 수십 개의 하부조
직이 있었고 거기에는 충성스러운 수만의 수하들이 있었으
며, 또 그 아래에는 수백만에 달하는 조직원들이 있었다. 정

파의 구영문이 소수정예라면 칠살은 거의 하나의 국가였다. 그 힘을 생각하자 갈첨은 자기도 모르게 살짝 몸이 떨리는 것을 느꼈다.

'아직은 그들에게 거역할 수 없다.'

분하지만 어쩔 수 없다. 하지만 화무십일홍(花無十日紅), 권불십년(權不十年)이라 하지 않던가. 특히 화무십일홍. 그가 요즘 제일 좋아하는 말이었다. 꽃이 열흘을 넘게 피는 것을 보았는가. 간혹 그런 미친 꽃도 있지만 대개는 십 일을 채우지 못하고 시들어 버린다.

꽃과 같이, 권력도 그런 것이다. 지금 성세인 칠살의 달도 언젠가는 차고 기울 것이었다. 갈첨은 그때까지 이 전쟁에서 더욱 독하게 살아남아야 한다고 생각했다. 언젠가 자신 혹은 그 뒤의 사람이 이뤄낼 독사방의 중흥이 올 때까지.

'그때까지는 최대한 몸을 낮추고 있어야 한다.'

갈첨은 그렇게 생각하며 총대장인 참월도가 있는 진채의 문을 걸어 올렸다.

"괜찮으십니까?"

"독사방주."

참월도는 누운 채로 무뚝뚝하게 갈첨을 반겼으나 그 눈빛에는 반가운 기색이 돌고 있었다. 그 모습을 보자 갈첨은 역시 오기를 잘했다는 생각을 했다. 그는 소매 속에서 속명환(速

命丸)을 꺼내 들었다. 현란한 오색(五色)의 광채가 빛나자 참월도도 그것을 알아본 듯했다. 사파 쪽에서는 꽤나 귀한 물건으로, 몸의 혈류를 빠르게 하여 상처의 회복을 돕는 물건이었다. 물론 비정상적인 혈류를 유발함으로써 수명이 어느 정도 깎이는 부작용이 있었지만, 사파 쪽에서 그런 것을 꺼리는 사람은 거의 없었다.

예상대로 참월도는 속명환을 보자 몸을 벌떡 일으켰다. 그러자 갈첨이 웃으면서 말했다.

"빨리 회복하셔야지요."

갈첨은 참월도에게 속명환을 건넸다. 참월도는 갈첨을 잠시 뚫어지게 바라보더니 천천히 입을 열어 말했다.

"고맙소."

그리고는 한 입에 속명환을 털어 넣은 다음, 다시 갈첨을 바라보며 물었다.

"뭔가 원하는 게 있으시오?"

사파인들 사이에는 이해득실이 확실하다. 그것을 이미 알고 있는 참월도였기에, 갈첨이 무언가 원하는 것이 있어서 이런 것을 준 것이라 생각했고, 그것은 건네준 갈첨도 진작부터 짐작하고 있었다.

갈첨은 일부러 느릿하게 입을 열었다.

"우리 독사방을 뒤쪽에 세워주십시오."

그 말에 참월도는 잠시 가만히 있더니 곧 고개를 끄덕였다.

"그런 것쯤 못해 드릴 것도 없소. 당장 전달하도록 하지."

"고맙습니다."

갈첨은 인사를 하고 물러났다. 참월도는 그런 갈첨의 뒷모습이 사라질 때까지 물끄러미 보고 있다가, 갑자기 찾아온 약효에 몸을 떨며 운기에 집중했다.

갈첨은 진채의 문을 걸고 나오면서 회심의 미소를 지었다. 그의 머릿속에 아까 보았던 백의소년과 홍의소녀, 그리고 키가 크고 무뚝뚝한 청의의 남자와 항산파의 이해은이라는 여자 아이가 떠올랐다.

'이번에는 뭔가 심상치 않다.'

그의 직감은 최대한 이번 싸움의 중심에서 멀리 떨어질 것을 권하고 있었다. 괜한 기우일 수도 있었지만, 눈을 감으면 계속 그 네 명의 얼굴이 나타났다.

"조심할 수 있을 때 조심하는 것이 좋겠지."

속명환의 아까움을 덜기 위해서라도 그만큼 그 네 명의 무공이 강력했으면 좋겠다고 갈첨은 생각하며 독사방의 제자들이 있는 곳을 향해 걸어갔다. 물론 후방으로 빠지라는 지시를 전달하기 위해서였다.

                    *   *   *

약 백여 명에 달하는 부상자의 치료는 거의 다 끝나가고 있었다. 백무연은 바쁘게 움직이다가 문득 한 사람의 앞에서 걸음을 멈췄다.

그 사람은 이미 죽어 있었다. 옆구리에 심각한 관통상을 입었지만 살아남기 위해 고통을 무릅쓰고 여기까지 왔던 것 같았다. 벌써 이해은이 붕대를 세 번이나 갈았지만 피는 여전히 빨갛게 배어 나왔고 결국 그는 자는 듯이 숨을 거두고 말았다.

백무연은 잠시 그를 바라보았다. 순간 장례를 어떻게 해야 할까라는 고민이 들었고 생각한 끝에 땅에 묻기로 했다. 주변에 불붙기 쉬운 기름이나 폭탄들을 벽력단원들이 계속 나르고 있었기 때문이었다. 그는 익숙한 솜씨로 염포를 꺼내 시체를 싸맸다. 너무도 깔끔하고 정확한 백무연의 솜씨에 다른 사람들은 죽음의 슬픔과 엄숙함보다는 그의 장의사로서의 능숙한 실력에 감탄하며 그것을 바라보고 있었다.

거침없이 나가던 백무연의 손은 시신의 두 손을 교차시키는 곳에서 멈췄다. 시신의 오른쪽 손은 주먹이 굳게 쥐어져 있어서 잘 풀리지 않았다. 백무연은 그 손을 열심히 주무른 다음에야 근육을 이완시켜 주먹을 풀 수 있었다. 손바닥 안에는 자그마한 금붙이가 하나 놓여 있었다. 여자의 귀걸이로 보이는 것이었다. 한 짝밖에 없는 그것은 연인이 정표로 준 것일 듯했다. 지금은 시신이 된 남자의 표정은 평온하게 눈을 감고 있으면서도 한편으로는 귀걸이의 주인을 생각하는 듯 아련한 느낌이 들었다.

백무연은 잠시 그 금붙이를 바라보다가 문득 시신의 입을 열고 그것을 안에 넣었다. 그리고는 염을 마친 뒤 흑삽으로 땅을 팠다. 다른 사람들이 달라붙어 땅 파는 것을 도왔다. 관 없이 구덩이에 시신을 놓고 백무연은 다시 흙을 그 위에 덮었다. 지켜보던 사람들 중 몇이 말을 주고받았다.

"양(楊) 형도 죽었군."

"나중에 돌아가면 설아(雪兒)한테 뭐라고 말해줘야 되나."

"우리가 살아 돌아갈지도 알 수 없는 판에, 그런 걱정은 해서 뭐 해."

"제기랄……."

백무연은 그 말들을 귓등으로 흘려들으며 작은 봉분을 만들고 무덤을 잠시 바라본 뒤 그 자리를 빠져나왔다. 그 뒤를 이해은이 쫓아왔다. 백무연은 나무 그늘 하나를 찾아 그 밑에 앉았고 이해은도 그 옆에 앉았다. 둘은 잠시 아무 말도 하지 않았다.

백무연이 문득 입을 열었다.

“그 사람, 많이 아파했습니까?”

그러자 이해은이 잠시 눈을 깜박거리더니 곧 말을 알아듣고 대답했다.

“아, 네. 집에 가야 된다고 하다가, 아무래도 힘들 것 같다고 그랬어요.”

“그랬군요.”

다시 침묵이 이어졌다. 햇살이 나무 그늘 안으로 따갑게 쏟아졌지만 백무연은 여전히 움직이지 않았다. 이해은은 백무연을 곁눈질로 슬쩍 보며 무슨 생각을 하는지 알려고 했지만 백무연의 표정에서는 아무런 감정도 읽어낼 수가 없었다. 백무연이 계속 가만히 있자 이해은은 고개를 갸웃거리며 물었다.

“그런데 왜요?”

그러자 백무연은 머뭇거렸다.

“음, 그냥 알고 싶었습니다.”

그리고는 조금 있다가 덧붙였다.

“죽음을 앞둔 사람이 어떤 생각을 하는지…….”

그 말에 이해은도 조용히 고개를 끄덕일 뿐 더 이상 아무 말도 하지 않았다.

벽호의 얼굴과 상반신에는 이제 거뭇한 그을음과 기름때가 묻어나기 시작하고 있었다. 반쯤 희고 반은 까만 그 모습

은 꽤나 사람의 눈길을 끄는 것이어서 아직 나이가 어린 이해
은도 무심결에 그 모습을 눈으로 쫓고 있었다. 벽호는 벽력단
원들과 다른 사람들에게 쉴 새 없이 이것저것 지시를 내리며,
자신도 폭탄과 기름통으로 보이는 것들을 이리저리 옮기고
있었다.

태산파의 장인목이 그런 벽호를 붙잡고 물었다.

"지시하신 대로 설치를 끝냈는데, 이제 어떻게 합니까?"

"적이 삼십 보(步) 앞까지 오면 불을 당기십시오."

그 말을 듣자 장인목은 고개를 끄덕이는 듯하더니 다시 벽
호를 보며 낮은 목소리로 말했다.

"혹시 모르니 퇴로를 확보해야 하지 않겠습니까?"

그는 장문인의 딸인 유화영을 걱정해서 하는 말이었다. 장
문인의 지시에 따라 이 전장까지 따라온 그녀였지만 자기 몫
의 어떤 일을 하기에는 너무도 어렸고 그 경험도 미비했다.
더군다나 그녀가 죽거나 사파에 사로잡힌다면 명색이 장인목
으로서는 태산파 장문인을 볼 낯이 없었다.

그리고 그는 이미 이 싸움이 질 가능성이 더 높다고 생각하
고 있는 것이다. 아마 모두들 말은 하지 않고 있지만 같은 생
각일 것이었다.

그 말을 들은 벽호는 잠시 아무 말이 없다가 곧 고개를 끄
덕이며 말했다.

"한 사람을 보내서 준비하게 하겠습니다. 뒤쪽의 통로를 열어놓지요."

"고맙습니다."

장인목은 정중하게 예를 표했다. 그러자 벽호는 손을 뻗어 그를 말리며 말했다.

"하지만 가급적이면 그 통로를 쓸 일은 없기를 바랍니다."

"물론입니다. 하지만 세상에는 만약의 경우라는 게 늘 있기 마련이니까요. 저의 입장도 이해해 주십시오."

장인목은 예의를 갖춘 어투로 부드럽게 말했지만 그 말은 그가 실제로 생각하고 있는 바를 벽호에게 더욱 정확히 전달하는 결과밖에 되지 않았다. 벽호는 어두운 표정을 감추지 못하더니 이내 그의 앞을 벗어나 다른 곳으로 갔다. 장인목은 그가 사라지자 문득 얼굴을 구기며 한숨을 내쉬었다.

"제기랄!"

그 또한 죽기는 싫은 것이다. 누구라도 마찬가지일 것이다.

나무 그늘 아래에 가만히 앉아 있던 백무연은 갑자기 벌떡 일어났다. 그러자 잠시 졸고 있던 이해은도 깜짝 놀라 같이 일어나며 물었다.

"왔어요?"

그러자 백무연은 그녀를 바라보며 말없이 고개를 끄덕였다. 이해은은 사방을 둘러보았지만 아직 성곽 안에 누군가 왔다는 표시는 없었다. 그때 파수를 보던 자들 중 하나가 빛으로 신호를 했다. 유리에 반사된 햇살이 성곽 안에 있던 사람들의 눈을 강하게 찔렀다.

그러자 이해은의 귀에도 무언가가 들리는 것 같았다. 사박사박 거리는 흙 밟는 소리가 사방에서 일고 있었다. 마치 과자 더미를 올라오는 개미들처럼 성곽을 향해 무수히 올라오고 있는 적들의 움직임이 이해은에게도 느껴지기 시작한 것이다. 이해은은 백무연을 바라보았고, 둘은 지체 없이 장내의 중앙으로 달려갔다. 반규린도 이미 와 있었다.

"오고 있는 거죠?"

반규린이 물었고 백무연은 역시 고개를 끄덕이며 말했다.

"아마도 총공격인 것 같습니다."

그 말에 반규린은 표정이 어두워졌지만 이내 고개를 흔들며 짐짓 밝은 얼굴을 하고 말했다.

"그래요? 올 거면 한 번에 다 와야지, 나눠서 오면 피곤해지니까."

그러면서 반규린은 이해은을 보며 말했다.

"그렇지? 자, 이번에도 합격술(合擊術)을 발휘해 보자고."

"으… 응!"

이해은도 고개를 끄덕였지만 지금의 상황은 확실히 파악하고 있는 듯 몸이 굳어 있었다. 그러자 반규린은 이해은의 어깨를 툭툭 쳤다.

"괜찮아. 여차하면 내가 오색독무(五色毒霧)로 다 무찔러 버릴 테니까."

그렇게 말하며 반규린은 백무연을 바라보았지만 백무연은 이미 성곽의 한쪽으로 달려가고 있었다. 그러자 그 뒷모습을 본 반규린도 눈을 부릅뜬 뒤 이해은에게 말했다.

"우리도 가자!"

"응."

두 소녀도 백무연이 간 곳과 반대 방향으로 달려가기 시작했다. 이미 한낮이 되어버린 천성산은 지금 다시 한 번 잔인한 전장(戰場)이 되려 하고 있었다.

*　　　*　　　*

사파인들은 드디어 산을 오르고 있었다. 그들은 산 위의 성곽을 포위하는 듯한 형세로 둘러싸고 위협하듯이 천천히 올라왔다. 그들이 걸어 올라오는 모습은 곧 정파의 파수꾼들의 눈에 띄었고, 정파에서는 잔뜩 긴장한 채로 사파가 준비해 둔 장치 안으로 들어오기만을 기다리고 있었다.

사파에서도 정파에서 무슨 장치를 했을 거라 예상하고 그 것을 찾아내느라 부러 천천히 올라오고 있었다. 하지만 특별 히 수상한 점은 발견되지 않았다. 그 광경을 보자 참월도의 옆에 서 있던 은검산장의 총관 구연기가 말했다.

"이대로는 적의 사정거리 안에 들어가고 맙니다. 일시에 들이치는 것이 좋겠군요."

새벽의 야습을 예측한 것으로 구연기를 꽤 믿게 된 참월도 가 그 말에 고개를 끄덕였다.

"맞는 말이오. 하지만 곧 무언가 반응이 있을 테니, 그때 들이치게 하는 편이 더 좋겠지. 여우를 잡을 덫에 토끼를 던 져 넣으면 덫은 토끼를 문 다음에 더 작동하지 않는 법이거 든."

"아, 그렇군요."

구연기는 새삼 놀랐다는 듯이 참월도를 바라보았지만 마 음에 품고 있는 생각은 달랐다.

'일부러 피해를 유발시키려고 했더니 전혀 넘어가지 않는 군. 역시 칠살에서 손꼽는 인물답다.'

그렇게 생각한 구연기는 고개를 들어 사파인들이 올라가 고 있는 산을 바라보았다. 저쪽에서 화살이나 칼 등을 날리면 맞을 거리에 사파인들이 점점 접근하고 있었다. 하지만 그 유 명한 벽력단이 있으니 그런 시시한 무기로 적을 상대할 리가 없었다. 지금껏 봤던 것처럼 대단한 폭발과 화재가 있을 것이었다. 그것이 과연 무엇일지 구연기는 흥분되는 마음으로 사태의 추이를 지켜보았다.

그때 성곽 위에 무언가가 나타났다. 이글거리는 그것은 사람들이 순간 태양으로 착각할 만큼 강한 불꽃을 뿜고 있었다. 자세히 본 후에 그것이 불타고 있는 바윗덩어리라는 것을 알았을 때에는, 이미 그것은 지축을 울리는 소리를 내며 사방에서 굴러 떨어지고 있었다.

"으아악!"

사파인들은 허둥지둥하며 그 불꽃 덩어리를 피하려 했다. 하지만 그때였다. 허둥거리며 후퇴하는 그들의 뒤에서 벽 같은 것이 일어나더니 퇴로를 막아버렸다. 그것은 바로 나무와 끈으로 만든 장애물이었다. 약한 것이었지만 당황한 사파인들의 눈에는 무엇보다도 단단한 장애물로 여겨졌다. 그것을 뚫어내기보다는 그것들을 피할 활로를 찾아 사람들이 이리저리 엉켰고, 어느새 그들에게 다가온 불타는 바위가 굉음과 함께 그들을 쓸어버렸다. 산을 둘러싸고 있던 사람들의 층에 조각칼로 떠낸 것처럼 빈칸이 생겼다.

하지만 그때, 참월도의 지시를 받은 부하들이 진군의 깃발을 높게 들며 호각을 불고 소리를 질렀다.

"돌격!"

그러자 잠시 주춤했던 사파인들은 이내 엄청난 살기를 내뿜으며 성곽으로 돌격해 들어갔다. 순식간에 성곽과 그들과의 거리가 좁혀졌다. 그 순간 성곽의 틈 곳곳에서 지독한 연기를 내는 불길이 일어나 접근하던 사람들을 일시에 태워 버렸다. 워낙 순식간에 일어난 일이라 사파인들은 손도 써보지 못하고 당했다. 다리를 다쳐 의자에 앉아 있던 홍엽이 그것을 보자 놀란 목소리로 소리쳤다.

"파겁화(破劫火)!"

"역시 벽력단이군요."

구연기가 감탄하며 홍엽에게 말을 걸었지만 홍엽은 구연기의 얼굴을 보자 뭔가 마땅치 않은 듯 고개를 돌리고 대꾸조차 하지 않았다. 구연기는 그 모습을 보자 멋쩍은 표정을 지었지만 속으로는 칼을 갈았다.

'흥, 뭐가 맘에 안 드는지는 모르겠지만 너 같은 건 마음만 먹으면 지금이라도 내 앞에 발가벗겨 꿇릴 수 있다. 내가 봐주고 있는 걸 모르고 함부로 날뛰는군.'

하지만 겉으로는 전혀 그런 기색을 보이지 않고 눈앞의 싸움을 보는 데에만 열중하는 척했다.

벽력단의 파겁화는 과연 무서워서 그것에 당한 사람들은 이미 땅바닥에 쓰러져 즉사한 뒤였다. 그러나 그것에 당하지 않은 자들은 어느새 성곽 안으로 뛰어들어 갔다. 곧 흙먼지가 뿌옇게 흩날리는 모습이 보였다. 성곽 안에서 치열한 싸움이 시작된 것이다. 그러자 참월도가 벌떡 일어났다.

"가지."

그 말과 함께 부하에게 들려 있던 자신의 반월도를 가볍게 잡았다. 그 모습을 보자 구연기는 놀랄 수밖에 없었다. 아까 분명 부상을 입은 것을 보았는데?

"괜… 찮으십니까?"

"아무것도 아니야."

참월도는 그렇게 말하며 앞으로 달려나갔다. 그 모습을 구연기는 멍하니 바라보고 있는데 문득 자리에 앉아 있던 홍엽이 말했다.

"안 가는 건가요?"

그러자 구연기는 표정을 바꿔 친근하게 웃으며 말했다.

"지금 갑니다, 몸매 좋은 아가씨."

"흥, 이 바닥에서 오래 살아남으려면 그 말버릇부터 조심하는 게 좋을 거예요. 배후가 누군지는 모르지만 너무 날뛰면 다치니까."

홍엽은 붉은 입술을 움직여 표독스럽게 말했고 구연기는 잠시 그런 홍엽의 입술에 시선을 두었다가 어깨를 으쓱하며 말했다.

"글쎄요, 참고하겠습니다."

그 말과 함께 성곽을 향해 몸을 날리는 구연기의 눈은 싸늘한 비웃음으로 가득했다. 스스로의 암기에 당한 부상 때문에 출전하지 못하는 홍엽은 그의 뒷모습을 바라보고 있었다. 그 눈빛은 아까 차갑게 경고를 하던 모습과는 달리, 어쩐지 여러 가지 감정이 뒤섞인 복잡한 시선이었다.

*   *   *

벽호는 사파인들이 성곽을 가볍게 넘어오는 것을 보자 입술을 꽉 깨물었다. 같은 편이 다칠 수 있었기 때문에 더 이상의 화기는 사용할 수 없었다. 이제는 정면으로 대결하는 수밖에 없었다. 그때 문득 장인목이 말했던 비상통로에 신경이 쓰여 그는 수하 한 명을 보고 말했다.

"아까 말했던 것은?"

"네, 시행했습니다. 현재 태산파의 유 소저와 다른 두 명이 거기에서 대기하고 있습니다. 위급하면 몸을 뺄 겁니다."

"음, 다행이군."

벽호는 고개를 끄덕인 뒤 허리춤에서 칼을 뽑아 들었다. 벽력단의 전신(前身)인 뇌력문(雷力門) 시절부터 전해져 내려왔다는 뇌정검(雷霆劍)이었다. 그는 그것을 들고 벌 떼처럼 몰려드는 사파인들의 한가운데로 달려나갔다.

"이야압!"

그가 손을 휘두르는 곳에는 어김없이 벼락이 치는 소리와 함께 상처 부위가 새까맣게 탄 적들이 누웠다. 실로 놀라운 무기였다. 그것을 보자 용기백배한 정파인들도 힘을 내어 적을 맞아 싸우기 시작했다.

벽호의 손은 점점 빨라지며 적들을 섬멸할 듯 정신없이 날뛰었지만 그만큼 그의 안색은 점점 창백해지고 있었다. 뇌정검은 강력한 만큼 많은 내력을 소모하는 무기였던 것이다. 그와 약간 떨어진 곳에 서서 벽호를 관찰하고 있던 임파초는 그 안색의 변화를 놓치지 않았다.

백무연은 직접 손을 쓰지 않고 한쪽에 떨어져 있다가 밀리는 정파인들을 돕고 있었다. 위급한 순간에는 염포를 뿌려 적의 급소를 쳐 기절시켰다. 그리고는 재빨리 다른 장소로 이동해서 그곳을 도와주고, 다시 숨 돌릴 틈도 없이 옆으로 갔다.

마치 유령처럼 움직이는 그의 놀라운 경공과 염포로 어김없이 적을 쓰러뜨리는 실력을 보고 흑의 복면인 하나가 달려들었다. 그의 가슴에는 홍엽과 마찬가지로 붉은 앵화(櫻花)가 하나 수놓아져 있었다. 칠살의 하부조직들 중 제삼서열 앵화의 수장이 바로 그였다. 그는 백무연보다도 작은 키였지만 복면 바깥으로 보이는 머리칼은 희끗희끗해서 나이가 상당히 있음을 짐작할 수 있었다. 그는 말없이 창을 겨눴다. 창의 날 부분에도 앵화가 새겨져 있었는데, 그것은 이미 사람의 피로 붉게 물들어 있었다.

"제법이군."

앵화의 소살은 그 말과 함께 번개같이 달려들었다. 백무연은 그 공격이 범상치 않음을 보고 얼른 몸을 날려 피했다. 하지만 남자의 창끝에는 눈이라도 달렸는지 백무연을 끈질기게 따라붙었다. 백무연은 계속 피했지만 남자의 창끝에 있는 붉은 앵화는 백무연의 심장을 겨누고 일정한 거리 이상을 떨어지지 않았다. 몰리던 백무연은 문득 물러나던 걸음을 멈추고 순식간에 몸을 빙 돌려 창의 사정거리 안으로 들어갔다.

하지만 남자는 그런 것쯤 이미 짐작했다는 듯 반 발짝 물러서며 창을 거두고, 순간 거둘 때보다 훨씬 빠르게 창을 다시 앞으로 내질렀다. 그러자 백무연은 다시 몸을 돌리며 창의 사정거리 안으로 들어가려 했다. 남자는 다시 피하고 내지르고, 둘의 이러한 공방은 직접적이진 않았지만 그만큼 치명적인 것으로, 조금의 실수라도 있으면 즉시 불리하게 될 것이었다. 어느새 가까운 곳에 있던 사람들은 싸우는 것도 잊고 그들의 대결을 넋 놓고 지켜보고 있었다. 그것은 단순한 호기심이라기보다는 고수(高手) 간의 대결에는 장수 간의 대결처럼 주변에 있는 사람들의 생사를 덩달아 좌우하는 힘이 있기 때문이었다.

　백무연은 문득 이러다가는 결판이 안 나겠다는 생각을 했다. 위치상으로도 남자는 거의 움직이지 않고 있었고 반면 백무연은 창끝을 피해 남자의 주위를 빙글빙글 돌고 있는 형편이었다.

　백무연은 문득 하늘로 몸을 날렸다. 남자는 약간 놀란 듯했지만 그의 창끝은 전혀 흔들림 없이 여전히 백무연의 심장을 겨누었다. 하지만 그 거리는 땅에서보다 약간 더 길었고, 그 틈에 백무연의 염포가 허공을 가르고 창끝에 감겼다.

　남자는 당황했다. 얼른 창을 빼려고 했지만 창은 바위틈에라도 끼인 듯 전혀 움직이지 않았다. 하는 수 없이 남자는 창을 던지고 허리춤에서 칼을 뽑아 들려고 했지만 이미 백무연은 유령처럼 남자의 바로 옆에 다가가 있었다. 백무연은 번개같이 남자의 통천혈(通天穴)을 짚었고 그러자 앵화의 소살은 부르르 떨며 그 자리에 맥없이 쓰러져 버렸다. 그러자 용기백배한 정파인들은 주변의 사파인들을 밀어내기 시작했다.

　반규린과 이해은도 다른 쪽에서 열심히 싸우고 있었다. 그들의 호흡은 연습을 거르지 않은 탓에 비연촌에서보다 더 나아져 있었다. 청홍소검과 고검(古劍)은 눈부신 빛을 발하며 적들을 압박했고, 사파인들은 그런 두 명을 겹겹으로 포위했지만 오히려 약간 밀리는 분위기였다.

그러던 중 갑자기 적들 사이에 틈이 생기더니 흑과 백이 섞인 강렬한 의상을 입은 여덟 명의 노인이 나타났다. 옷의 자세한 모양은 약간씩 달랐지만 그들의 얼굴은 하나같이 붉고 머리칼은 눈처럼 희었으며 생김새는 도깨비처럼 흉악했다. 그들을 보자 반규린은 깜짝 놀랐다.

"사천팔괴(四川八怪)?"

"으흐흐, 우리를 알아보다니, 실력만 괜찮은 것이 아니로구나."

반규린은 그들을 보자 절로 긴장하는 마음이 들었다. 그들 여덟 명은 예부터 사천 지방에서 흉포함으로 널리 악명을 떨쳐 온 노괴들이었다. 사파에서조차도 꺼리는 사람이 많았는데 의외로 이 정사대전에 참가하고 또 여덟 명이 모두 살아남아 이곳에 나타날 줄은 전혀 짐작하지 못했기 때문에 반규린은 더욱 긴장이 되었다.

그녀가 긴장하는 모습을 보이자 이해은도 상대의 실력이 만만치 않을 것임을 느끼고 눈을 매섭게 빛냈다. 그것을 본 사천팔괴들 중 하나가 징그러운 입술을 일그러뜨리며 말했다.

"눈에 힘줄 줄은 아는구나. 그런데 귀엽구나, 귀여워."

"뭐라고!"

"켈켈켈……."

그들은 순식간에 움직여 여덟 방향에서 반규린과 이해은을 둘러쌌다. 반규린과 이해은은 거의 등을 맞댄 채 상대를 노려보았다. 지켜보고만 있어도 그들의 살벌한 생김새와 은근히 주변을 죄어오는 잠력(潛力)에 숨을 쉬기가 힘들었다.

"이얍!"

괴상한 목소리와 함께 팔괴는 일제히 움직였다. 그들이 자랑하는 팔괘진(八卦陣)이었다. 느리게 움직이는 것 같았지만 그 모습을 정확히 잡아낼 수 없었고, 빠르게 움직이는 자들은 어느새 느리게 움직이거나 아예 움직이지 않고 있었다. 그들은 이 팔괘진으로 지금껏 한 명과도, 수십 명과도 똑같이 상대해 온 것이다. 그러기를 삼십여 년, 다른 것을 제쳐 두고 경력으로만 보아도 무림의 대단한 기인들임에는 틀림없었다.

하지만 그들은 일단 눈앞의 상대였고, 반규린과 이해은이 살아남기 위해서는 전력을 다해 이들을 물리쳐야 했다. 그렇지 않으면 노괴들의 흉악한 목 대신에 자신들의 가녀린 목이 아름다운 몸체에서 떨어져 나갈 수도 있는 것이다. 반규린은 이해은과 약속했던 대로 한소리 기합과 함께 서로 반대 방향으로, 일제히 팔괘진에 부딪쳐 들어갔다.

순간 팔괴들 역시 흩어지며 각기 네 명씩 나뉘어 반규린과 이해은을 둘러쌌다. 그것을 지켜보던 사람들 중 하나가 놀라서 외쳤다.

"팔괘에서 사상(四象)으로의 변화!"

그 말 그대로 넷씩 나뉜 팔괴들은 반규린과 이해은을 각기 사상의 방위에 맞추어 완전히 둘러싸고 있었다. 그리고 아까와 마찬가지로 천천히 돌아가며 공격을 하기 시작했다. 두 명이 양쪽에서 공격을 할 때 한 명은 미리 방어 자세를 취하며 돌고 있었고 다른 하나는 그들이 이룬 사상진(四象陣)의 틈에 숨어서 빈틈을 노리고 있었다.

반규린과 이해은으로서는 참으로 곤혹스러운 일이었다. 둘이서도 당해내기 힘들어 보이던 노괴들을 삽시간에 각기 따로 맡게 되니 일단 심적인 부담감이 컸고 노괴들의 사상진이란 것도 팔괘진 못지않게 공격과 방어가 동시에 이루어지는 까다로운 것이어서 뚫기가 여간 힘든 것이 아니었다. 반규린과 이해은의 이마에 하나같이 땀방울이 솟기 시작하자, 노괴들은 가래 끓는 소리를 내며 웃었다.

"벌써 지치면 어떡하나, 아직 시작도 안 했는데."

그렇게 말하더니 갑자기 그들의 움직임이 지금까지와는 비교도 할 수 없을 정도로 빨라졌다. 깜짝 놀란 반규린과 이해은도 역시 속도를 올렸지만 점점 따라잡기가 힘들어졌다.

노괴들의 태극단검(太極短劍)이 스치는 곳마다 살이 베이며 붉은 핏물이 튀어 올랐다. 반규린과 이해은의 자세는 점점 무너져 갔고 노괴들은 그 모습을 보는 것이 즐거운 듯 끌끌 웃으며 말했다.

"벌써 쓰러지려는 게냐? 이제 한창 재밌으려는 참인데."

그들은 일부러 치명상을 가하지 않고 잔상처들만 늘려갔다. 곤경에 빠지자 반규린은 지쳐 가는 중에도 무척 화가 났다.

'이 죽일 늙은이들이!'

순간 그녀는 마음을 독하게 먹고 청검(靑劍)을 거꾸로 쥐었다. 정검(正劍)과 역검(逆劍)을 동시에 쥔 셈이 된 그녀의 자세를 보고 사상진을 이루고 있던 노괴들 중 하나가 약간 놀란 어조로 말했다.

"그건 설마 반태극(反太極)의 세(勢)?"

하지만 반규린은 대답 없이 곧바로 그 노인에게 홍검(紅劍)을 휘둘렀다. 노인은 어쩐지 불길한 느낌이 들어 정면으로 검을 막지 않고 피했다. 그 자리를 옆에 있던 두 노괴가 막아주었지만 홍검은 어느새 사라지고 그들의 앞에는 그 궤적을 가늠하기 어려운 역검이 싸늘한 푸른빛을 빛내고 있었다. 순간 당황한 노괴들은 몸을 움츠렸다. 하지만 그때,

"호호호!"

회심의 웃음소리와 함께 네 번째의 노인이 비어 있는 반규린의 등을 노리고 들어오고 있었다.

"반태극이건 역태극이건 아직 멀었구나!"

노인은 그렇게 외치며 태극단검을 반규린의 등에 깊숙이 찔러 넣었다.

하지만 이게 어떻게 된 일인가? 노인의 앞에 파랗게 빛나고 있는 것은 방금 전까지 자신의 동료들을 노리던 바로 그 청색의 역검이었다. 노인이 어떻게 된 일인지 몰라서 당황하고 있는 사이, 다른 노괴들이 정신을 차리고 재빨리 반규린의 앞으로 태극단검을 뻗었다.

하지만 반규린의 대응이 한 수 더 빨랐다. 이미 청색의 역검은 다시 노인들의 앞에 귀신처럼 나타나 그들의 무기를 그물처럼 가둬 버렸고, 그 청색 광망의 바다에 떠오르는 붉은 태양처럼, 순식간에 나타난 홍검은 그들의 가슴팍을 찢어놓았다.

"으아악!"

"우악!"

순식간에 나타난 반규린의 청망홍섬에 앞에 몰려 있던 세 명의 노괴들은 깊이 찢어진 가슴팍을 드러내고 맥없이 날아가 버렸다. 하지만 그때 반규린도 왼팔에 따끔한 감각을 느꼈다. 뒤에 서 있던 노괴가 때를 놓치지 않고 반규린의 팔을 찔렸던 것이다.

하지만 반규린은 번개같이 돌아서 홍검으로 노괴의 어깨를 치고 동시에 청검으로 옆구리를 베었다.

"끄아아악!"

노괴는 짧은 비명과 함께 세 조각나며 바닥에 떨어졌다. 붉은 피가 사방으로 튀었고, 반규린의 하얀 얼굴에도 몇 방울이 튀겼었다. 반규린은 그것을 고운 손으로 닦아낸 뒤 아미를 찌푸리며 주위를 둘러보았다. 그러자 둘러서 있던 사파인들은 당황하며 자기도 모르게 살짝 물러났다. 반규린은 엉망이 되어 누운 네 명의 노괴를 보면서 중얼거렸다.

"태극은 만물을 생성하지만 반태극은 만물을 파괴하지."

그들의 주검을 보는 것이 과히 유쾌한 일은 아니어서 반규린은 눈을 돌렸다. 그때 이해은이 나타나 반규린을 반갑게 불렀다.

"언니!"

반규린이 바라보니 이해은도 왼쪽 옆구리에 상처를 입고 적들을 처리한 모양이었다. 반규린은 놀라서 물었다.

"어떻게?"

"응, 우리 파 절기 있잖아요, 그거."

그리고 이해은은 허공에 검을 휘두르는 흉내를 내보였다. 그러자 반규린도 무슨 말인지 알고 고개를 끄덕였다. 예전에 백무연이 보여준 적이 있고 또 항산파에서 한오영을 죽일 때 백리추가 썼던 벽공검법(劈空劍法)을 말하는 것인 모양이었다. 하긴 그것은 정말로 무림에 잘 알려지지 않은 기술이니 갑자기 그것을 썼다면 이 노괴들도 당해낼 수 없었으리라는 생각이 들었다. 그런데 이해은은 궁금하다는 듯이 물었다.

"언니는 어떻게 한 거예요?"

"아, 나는."

반규린은 잠시 생각하더니 말했다.

"이자들이 태극에 기원한 진법을 쓰기에 그걸 깨려고 반태극의 자세를 취하고 거기에 내가 알고 있는 청망홍섬의 초식을 섞었어."

"그랬구나."

이해은은 고개를 끄덕였지만 반규린은 과연 이해은이 제대로 알아들은 것일까 하는 생각이 들었다. 하지만 그것도 잠시, 반규린도 이해은도 방금 입은 가볍지 않은 상처 때문에 마주 보며 인상을 찌푸려야 했다.

"어, 언니도?"

"응, 너도?"

"히히."

둘은 마주 보며 웃었지만 다음 순간 기합을 내지르며 둘러선 사파인들을 향해 다시 뛰어들어 갔다.

　사풍월과 사풍도 형제가 이끄는 일대(一隊)는 수많은 사파
인들에게 둘러싸여 있었다. 그들은 매화검진(梅花劍陣)이라
는 화산파의 절기로 많은 적들과 대항하고 있어 그나마 간간
이 버텨 나가고 있는 중이었다. 하지만 그들이 있지 않은 곳
에서는 정파가 밀리는 기색이 확연해 보였다. 사풍월과 사풍
도는 성곽에 기어오르는 적들을 막아내다가, 문득 심하게 불
리한 곳을 확인하고 서로 눈짓을 한 다음 그쪽으로 몸을 날렸
다.

　거기에는 대부(大斧)를 든 두 사람의 거한이 있어 눈에 보
이는 모든 것을 날려 버리고 있었다. 한 번의 도끼질에 사람
은 그야말로 피와 살과 뼈로 나뉘어졌고 생명은 덧없이 사라
져 갔다. 사풍월은 그들에게 접근한 뒤 옆에 따르는 사풍도에
게 조용히 말했다.

　"저들이 그 유명한 천산쌍웅(天山雙雄)이다. 우리의 매화쌍
검진(梅花雙劍陣)으로 상대해 보자."

　사풍도는 말없이 고개를 끄덕였다. 둘은 천산쌍웅의 뒤에
접근한 다음 그들을 불렀다.

　"우리는 화산파의 매화쌍검이다. 천산쌍웅은 우리와 손속
을 나눠보지 않겠는가?"

　그러자 천산쌍웅 중 키가 더 크고 마른 쪽이 코웃음을 치며

말했다.

"가소로운 놈들. 죽는 것이 소원이라면 들어주마."

그렇게 말하며 격식도 무엇도 없이 다짜고짜 대부를 휘둘러 왔다. 사풍월과 사풍도는 그 공격을 보고 멈칫했으나 곧 능숙하게 피해내고는 검을 뽑아 들고 자세를 취한 채로 나란히 섰다. 그리고는 여유 있게 천산쌍웅을 바라보며 말했다.

"그건 이쪽이 할 말이다."

"흐흥!"

천산쌍웅은 여전히 비웃음과 함께 양쪽에서 대부를 휘둘러 장작을 쪼갤 듯한 기세로 두 사람을 갈라 왔다. 하지만 순간 공중에 수많은 매화들이 피어나더니 한편으로는 대부를 막으며 다른 한편으로는 그들의 전신을 노리고 쏟아지는 것이었다. 하늘의 유성처럼 무수히 쏟아지는 그 매화송이들을 보자 천산쌍웅도 순간 눈빛이 변해서 급히 그 공격을 피해낸 뒤 말했다.

"흐음, 한가락 하는 놈들이었군?"

그러면서 조심스럽게 상대의 빈틈을 찾기 시작했다. 상대가 진지해진 것을 알자 사풍월 형제도 더욱 신중하게 상대를 노렸다. 주위는 전투의 소음과 비명으로 가득 차 있었지만 그들 네 사람 사이의 공간에는 오직 적막과 침묵만이 자리하고 있었다.

"하앗!"

한순간 천산쌍웅이 호흡을 일치하여 대부를 들고 노려왔다. 키가 큰 쪽의 대부는 위를 쓸어왔고, 비교적 키가 작은 쪽은 하반신을 쪼갤 듯했다. 매화쌍검은 그 앞에서 가만히 있다가, 상대가 충분히 다가오자 공중에 번개같이 매화송이를 그려냈다. 그러자 눈을 뜰 수 없을 정도로 밝은 빛이 번쩍 빛났고, 천산쌍웅은 대부를 강하게 휘두르며 그대로 지나갔다. 하지만 매화쌍검은 아무 일도 없었다는 듯이 그 자리에 그대로 서 있었다.

굳은 듯했던 네 사람 중 가장 먼저 쓰러진 것은 사풍월이었다.

"으윽!"

이미 그의 가슴과 다리는 천산쌍웅의 대부에 완전히 쪼개져 있었다. 사풍도는 표정을 일그러뜨리며 얼른 그를 부축했다. 하지만 사풍월은 이미 명이 다한 듯했다.

"흐음……."

사풍월은 고개를 돌려 천산쌍웅 쪽을 바라보았다. 그러자 천산쌍웅이 엄청난 소리를 내며 땅바닥에 무너지는 소리가 들렸다. 그들의 전신은 방금 새긴 매화송이들로 가득했다. 사풍월은 늘어뜨린 손에서 마침내 검을 떨어뜨리며 말했다.

"후회는 없었다. 더 정진해라."

“예, 형님.”

사풍도는 귀신처럼 차가운 얼굴로 말했다. 형 앞에서 눈물을 보이기는 죽어도 싫은 모양인지 애꿎은 꽉 쥔 주먹만 하얗게 떨리고 있었다.

장인목은 사풍월의 죽음을 확인했지만 자신이 할 수 있는 일이 없음을 잘 알고 있었다. 태산파의 제자들을 이끌고 적의 공격을 막아내는 것도 이미 벅찬 일이었다. 분수검이라는 칭호에 걸맞게 그가 손을 한 번 휘두를 때마다 물이 갈라지듯 사람들이 갈라졌으나 이미 전황은 너무도 불리했다.

정파인이 하나라면 사파인은 거의 다섯이었다. 산술적으로 계산해도 싸움이 되지 않는 판이라 단지 버티고 있는 것만으로도 놀라웠다. 어쩌면 이대로 버티면 승산이 있을지도 모른다고 장인목은 생각했다.

‘저쪽은 초고수급들이 부상을 입거나 잘 보이지 않고 있다.’

그렇다면 앞으로 반 시진 정도만 더 버틴다면 적도 일단은 퇴각하지 않을까? 장인목은 그렇게 간절한 마음으로 빌고 있었다. 조금만 더 버티는 것이다.

그러나 갑자기 성곽을 넘는 참월도와 구연기 등 사파의 핵심 인물들이 보이자 장인목의 바람은 물거품이 되는 것 같았다. 그들의 모습, 특히 예의 커다란 반월도를 들고 앞장선 참월도를 확인하자 장인목은 눈을 크게 떴다.

'제, 제기랄. 이게 어떻게 된 일인가.'

아무래도 정상적인 방법으로 상처를 치료한 것 같지는 않았다. 그렇다면 사파의 비전인 무슨 수라도 쓴 모양이었다. 이렇게 되면 일단 참월도를 먼저 꺾는 수밖에 없었다.

'내가 할 수 있을까?'

더 이상 시간을 끌면 전멸이었다. 어차피 어떻게 해도 죽는 것이라면 장렬하게 싸우다 죽고 싶었다. 그 편이 자신에게도 또 태산파에게도, 그리고 아마 지금쯤 지하 통로를 열고 도망가고 있을 유화영 사매에게도 도움이 될 것이었다.

'유 사매……'

장인목은 문득 그녀를 생각하자 마음속에 따스한 바람이 부는 듯한 기분이 드는 것을 느낄 수가 있었다. 그녀는 아직 어렸고 또 장인목과는 많은 나이 차이가 났다. 게다가 장인목을 좋아하는 기미도 없었으나, 장인목은 어찌 된 일인지 그녀가 좋았다. 하지만 전혀 티를 내지 않았기 때문에 유화영은 아마 이런 사실을 모를 것이라고 장인목은 생각했다.

'결국 끝까지 모르겠군.'

장인목은 희미하게 웃은 뒤, 앞을 막고 있던 적 하나를 찌른 후에 몸을 날려 참월도의 앞으로 다가갔다. 그의 눈빛은 이미 생을 버린 사람의 것이었다.

＊　　＊　　＊

갑자기 달려오는 적을 확인하자 참월도의 눈이 기묘하게 빛났다.

"죽음을 두려워하지 않는 눈이로군."

그 말과 함께 그의 손에 들려 있던 반월도가 빠르게 움직이며 장인목의 머리를 노렸다. 장인목은 재빠르게 구르며 몸을 피했지만 반월도는 예의 무시무시한 파공음과 함께 장인목을 계속 따라왔다. 하지만 장인목은 갑자기 벌떡 일어남과 동시에 검을 뻗어 참월도의 인중을 겨눴다. 그 대담한 수법에 참월도는 물론이고 곁에서 지켜보던 사파인들마저 저도 모르게 당황스러운 표정을 지었다.

정신없이 몰리고 있는 상태에서 상대의 인중을 정확히 겨냥하는 것은 아무나 할 수 있는 일이 아니었다. 더군다나 참월도를 맞아 전혀 부족하지 않은 기세였고 대담함이었다.

참월도는 상대에게 흥미를 느꼈다. 평범한 소시민처럼 생긴 상대였지만 무공의 수준과 마음가짐에는 강호의 어떤 고수에도 뒤지지 않을 만한 영웅의 기상이 엿보이는 듯했다.

"누구냐?"

참월도가 물었다.

"태산파 대제자 장인목, 당신의 목을 거두러 왔소."

장인목은 그렇게 말한 뒤 번개같이 달려들어 참월도의 목을 따내려 했다. 하지만 거대한 반월도는 가볍게 상대의 공격을 튕겨내 장인목은 어쩔 수 없이 두 걸음 뒤로 물러서야 했다. 그 순간, 물러나는 그를 다시 따라오는 반월도에 장인목은 자기도 모르게 신음하며 검을 들어 막아냈다. 힘과 힘이 부딪치고 내력과 내력이 부딪쳤지만 장인목은 역시 아직 일문파의 장문인 급인 참월도를 막아내기에는 모자랐다. 급히 열 걸음을 물러나는 그의 입가에는 피가 흐르고 있었고 머리칼은 올올이 곤두섰지만 그 눈에 서린 독기는 전혀 사라지지 않았다. 참월도는 강한 상대에게 전혀 기죽지 않는 그 모습을 보자 더욱 호감을 느꼈다.

"괜찮은 기상이군."

그의 입에서 다른 이를 칭찬하는 말이 나오자 옆에서 지켜보던 구연기도 살짝 놀라며 참월도의 얼굴을 보다 장인목의 얼굴을 보았다. 참월도와는 반대로 구연기의 눈에는 장인목이 하찮은 필부의 용기로 달려드는 불나비 같은 존재로밖에 보이지 않았다. 더군다나 이미 내상을 입고 이리저리 구른 탓에 겉모습도 엉망이 되어 쓰러질 듯 비틀거리는 그 몰골은 더없이 흉해 보이기만 했다. 때문에 속으로 비웃음이 나왔지만 참월도가 들을까 봐 차마 내색하지는 못했다.

　반면 장인목은 비록 적이지만 상대가 자신을 인정해 주자 기분이 그리 나쁘지 않았다. 하지만 지금 그가 놓인 상황은 어떤 것에도 마음을 놓을 수 없는 상황이라, 장인목은 곧 너그러워지려는 정신을 다잡고 매서운 눈으로 참월도를 바라보았다.

　"이번에는 진짜로 가겠소."

　이미 기습 따위가 통할 상대가 아니라는 것을 알았기 때문에 장인목은 일부러 자신이 최선을 다해 공격을 할 것을, 그것도 문파의 절기를 쓸 것임을 은연중에 암시했다. 참월도도 그 말을 알아듣고 고개를 끄덕이며 말했다.

　"유의하겠다."

　"하압……."

　장인목은 온몸의 기를 극한으로 끌어올렸다. 이번 한 수로 승부는 결판이 나는 것이다. 태산파의 절기인 칠절파검(七絶破劍)을 쓰기에 충분한 상대를 만났다는 생각에 장인목의 가슴은 뿌듯했다. 그는 다시금 검을 참월도의 인중에 겨눴다. 참월도도 자세를 굳게 잡고 장인목의 공격을 기다렸다. 주위에 있던 사람들은 자신들의 싸움도 잊고 이 보기 드문 생사결의 광경에 저절로 숨을 죽였다.

　"칠절파검!"

장인목은 초식명을 높이 외치며 검을 들고 달려들었다. 그 공격이 아까와 별다를 것이 없어서 지켜보던 사람들은 이상하게 생각했다. 저것이 무슨 절기란 말인가? 하지만 그 공격을 상대하는 참월도는 그렇게 생각하지 않고 있었다.

분명히 무언가가 있다. 때문에 장인목이 반 이상이나 거리를 좁혔어도 참월도는 여전히 땅에 뿌리를 박은 듯 조금도 움직이지 않았다.

그때 눈부신 빛이 번쩍하며 사람들의 시야를 가렸다. 그와 함께 비파(琵琶)의 현이 끊어지듯 날카로운 소리가 나며 장인목의 검이 순간 사라져 버렸다.

"이, 이건?"

사람들이 깜짝 놀라는 사이 이번에는 쇠와 쇠가 부딪치는 강맹한 소리와 함께 반월도가 강하게 휘둘러지는 것이 보였다. 순식간에 반월도는 장인목의 몸을 위에서 아래로 그어 내렸다.

아주 잠시 동안 장인목은 그 자리에 그대로 서 있었다. 그러다 그는 머리에서부터 줄줄 피를 흘리며 그대로 자리에 쓰러졌다. 쓰러진 그의 몸은 이내 피로 가득히 물들었다.

참월도는 장인목이 쓰러진 앞에서 도를 휘둘렀던 자세 그대로 가만히 서 있다가 갑자기 자신의 팔을 내려다보며 중얼거렸다.

"같은 곳이군."

반월도를 굳게 잡고 있는 오른팔에 두 개의 검편(劍片)이 박혀 햇빛을 강하게 반사시키고 있었다. 장인목의 칠절파검식에 의해 떨어져 나와 참월도를 향해 날아온 검편들. 일곱 개 중 다섯 개는 막았지만 두 개는 결국 피하지 못하고 하필이면 상처를 입었던 오른팔에 다시 박히고 만 것이었다. 참월도는 그것을 바라보다 낮게 숨을 내쉬며 무기를 왼손으로 바꿔 쥐었다.

"앞으로는 왼손을 쓰기로 하지."

그것은 쓰러진 자에 대한 최대의 경의였다. 하지만 그것을 알아줄 단 한 사람일 장인목의 몸은 이미 차갑게 식어 있었고 혼은 이미 몸을 떠나 있었다.

그때였다.

"대사형!"

외침과 함께 달려온 사람들은 바로 태산파의 제자들이었다. 장인목의 돌연한 죽음에 그들은 몹시 슬퍼했다. 그리고 그들 중에는 장인목이 이미 몸을 피했을 것이라고 생각했던 유화영도 끼어 있었다.

유화영은 도주를 권하는 벽력단원과 다른 제자들을 뿌리치고 이곳으로 달려왔던 것이다. 이왕 이곳으로 왔으니 죽어도 함께 죽고 살아도 함께 살 뿐이라고 이 당돌한 소녀는 말했던 것이다. 물론 그녀는 상황을 판단하는 능력이 아직 부족했기 때문에 이 싸움에서 정파가 질 리는 없다고 확신하고 있었다. 하지만 자신이 믿고 있던 대사형의 죽음을 목도하자 슬픔의 감정과 함께 두려운 마음이 들었다. 주변에서도 정파인들이 부지기수로 죽어나가는 것을 보자, 이럴 줄 알았으면 아까 도주를 권하는 말을 들을 걸 하는 생각이 들었다.

하지만 그녀는 역시 일파의 장문인의 딸이었다. 마음속이야 어떻든 겉으로는 침착한 모습을 보이며 참월도를 노려보았다. 방금 도착한 그녀가 참월도와 장인목 사이에 오고 갔던 가늘지만 미묘한 호적수끼리의 인정을 알 리가 없었다.

유화영의 원한 서린 눈초리에 참월도는 약간 당황했으나 오히려 그녀의 눈길이 참월도를 칠살의 냉정한 일원으로 돌아가게 했다. 참월도는 왼팔로 반월도를 치켜들고 앞에 선 태산파의 제자들을 단번에 베어버리려 했다. 태산파의 제자들이 놀라서 검을 치켜들었으나 이미 반월도의 궤적은 그들의 사이로 떨어져 내리고 있었다. 유화영은 그 모습을 보고 놀라서 눈을 질끈 감았다. 장문인의 딸이지만 아직 그녀는 십육 세의, 실전 경험이라고는 전무한 어린 소녀에 불과했던 것이다.

그러나 순간 하얀 빛무리와 함께 한 소년이 장내에 나타나고, 반월도의 궤적은 살짝 바뀌어 옆의 맨땅으로 떨어져 내렸다. 참월도는 분노한 눈빛으로 눈앞에 나타난 백의소년을 바라보았다. 그는 바로 백무연이었다.

백무연은 장내에 도착하자 엎어져 있는 장인목의 시신을 보았다. 그 체형과 뒷모습, 그리고 다른 사람들의 반응으로 그가 누구일지 짐작하고 그를 죽인 사람이 참월도라는 생각이 들자 백무연의 얼굴은 미미하게 붉어졌다. 그와 더불어 몹시 차가워지는 눈동자는 이미 그의 마음에 분노가 자리 잡았다는 것을 말해주고 있었다. 백무연의 그런 눈길을 접하자 참월도는 자기도 모르게 살짝 긴장이 되는 것을 느끼고 깜짝 놀랐다.

'내가 이런 어린 녀석에게.'

하지만 생각해 보면 이 소년은 자신과 만날수록 점점 강해진다는 느낌이 들었다. 어제 만났을 때는 약한 정도는 아니었지만 결국 자신의 반월도 앞에 무기를 놓쳤다. 그러나 새벽의 야습에서는 자신의 무기를 묶고 오른팔에 상처를 입게 했으며, 지금은 자신도 미처 확인하기 힘들었던 수법으로 반월도의 궤적을 교묘하게 바꿔놓았다. 더구나 지금 마주하고 있는 그의 눈빛을 보자 참월도의 마음에는 묘한 불안감마저 일어나는 것이었다.

'왜지?'

이유는 잘 알 수 없었지만 수십 년 동안 강호무림에서 갈고

닦여 온 그의 감각은 그에게 위험을 경고하고 있었다. 감각은 무시할 수 없다. 그것은 참월도의 경험에서 나온 깨달음이었다.

때문에 참월도는 장인목에게와 마찬가지로 그의 이름을 물어보았다.

"누구냐?"

하지만 백무연은 그 질문에 대답하기는커녕 오히려 싸늘하게 되물었다.

"왜 죽였습니까?"

순간 참월도는 말문이 막혔다. 도대체 무슨 말인가?

그러고 보니 이 소년은 처음 부딪칠 때도 말했었다.

"왜 사람을 죽이려 합니까."

참월도로서는 계속해서 이상한 말을 물어보는 소년이 이해가 되지 않았다. 왜라니, 그럼 너는 이유가 있어서 살아가는 것인가? 죽이는 것도 마찬가지다.

방금처럼 상대가 마음에 드는 데도 어쩔 수 없이 죽이는 경우도 있지만 대부분은 죽여야 하기 때문에 죽이고 그것은 때로 나의 의지와 무관하게 전개되기도 한다.

하지만 분명한 것은 그 상황에서 죽이는 것 말고는 다른 선

택이 없다는 것이다. 이렇게 말하고 싶었지만 참월도는 곧 생각을 바꿨다. 무인은 칼로 말하는 법. 참월도는 대답 대신 땅에 박힌 반월도를 뽑아 들고 백무연을 바라보았다.

"간다."

그러자 백무연도 더 묻지 않고 자세를 잡았다. 얼핏 보면 거인의 앞에 선 어린아이 같은 백무연이었지만 기세 상으로는 전혀 밀리지 않는 당당한 모습에 주위의 사람들은 놀라움을 금치 못했다. 그리고 그들 중 일부는 새벽의 야습 때의 백무연의 활약을 기억해 내고 이 대결을 더욱 관심 있게 지켜보았다.

한편 전황은 정파 쪽에 점점 불리하게 돌아가고 있었다. 정파인들은 용감하게 싸웠지만 사파인들이 워낙 많았다. 벽호가 이끄는 벽력단도 최선을 다해 싸우고 있었지만 아무래도 아군과 적군이 뒤섞여 있어 화포나 폭탄 등을 자유롭게 사용하지 못해 점점 밀릴 수밖에 없었다. 결국 벽력단을 비롯한 살아남은 정파인들은 성곽의 중앙에 있는 광장으로 점점 몰리고 있었다.

반규린과 이해은도 각각 몸에 몇 개의 상처를 더한 채 중앙 쪽에서 다시 만났고 화산파의 사풍도와 다른 제자들, 그리고 태산파의 제자들이 남아 싸우고 있었으나 그 몰골은 반규린과 이해은보다도 훨씬 심했다. 건재해 보이는 것은 임파초뿐이었다. 평소의 익살스러운 모습과는 달리 표정을 무섭게 굳히고 일정 거리 안에 들어오는 적은 어김없이 베어버리는 그의 귀신같은 솜씨에 사파인들은 두려운 마음이 들어 그쪽으로 감히 접근하지 못했다.

반규린과 이해은은 중앙 쪽에서 참월도와 대치하고 있는 백무연을 발견하자, 각기 힘을 내어 앞을 막는 적을 무찌른 뒤에 그쪽으로 재빨리 다가갔다. 그리고 반규린은 거기서 다시 한 번 구연기를 발견했다. 그는 참월도의 뒤쪽에 팔짱을 낀 채로 편안하게 서 있다가, 다시 만난 반규린을 보고 움찔했다. 반면 반규린은 정파 쪽이 밀리고 있었고 본인도 상처를 입고 있었지만 검을 뽑아 지금까지 휘둘러 온 기세가 있어 눈앞의 구연기를 보고 그냥 넘어가려고 하지 않았다. 하지만 구연기가 서 있는 것이 참월도의 옆이라 실력이 어떨지 몰라 이해은을 향해 말했다.

"저기 있는 저 남자가 보여?"

그러자 이해은은 온몸을 은색으로 휘황하게 두른 잘생긴 남자를 발견하고 그를 가리키는 것이냐고 했다. 반규린은 고개를 끄덕이며 말했다.

"아주 나쁜 사람이야. 해치우자."

그 말에 이해은은 고개를 갸웃거렸다.

"정말? 좀 잘생겼는데?"

그러자 반규린은 살짝 당황했다가 곧 싸늘한 표정으로 말했다.

"언니한테 총포를 쐈던 사람이야."

그 말을 듣자 이해은은 깜짝 놀랐다.

"저, 정말이야? 언니한테 총포를 쐈어? 언니가 맞을 데가 어디 있다고."

"그렇지? 지금도 그때 맞은 데가 밤마다 저린다니까. 비가 와도 조금씩 쑤시고…… 안 그래도 찾고 있었는데 이렇게 만난 거야. 저런 건 한 칼에 베어버려야 돼. 그치?"

이해은은 반규린의 말을 듣자 금세 상대에 대한 미움이 일어난 모양이었다. 차가운 얼굴로 구연기를 바라보더니 한마디를 내뱉었다.

"응, 나쁜 놈."

그리고 바람처럼 몸을 날려 구연기에게 뛰어갔다. 그 모습은 마치 그녀가 괴물로 변했을 때처럼 신속해서, 반규린은 말이 통하자 다행이라고 생각하면서도 그녀가 너무 성급한 것을 살짝 걱정하며 그녀의 뒤를 쫓아갔다.

반규린과 뭐라고 말을 나누더니 갑자기 자신에게 달려오는 귀여운 여자 아이를 보자 구연기는 의아한 마음이 들었다. 하지만 여자 아이가 근래에 보기 드물 만큼 귀여운 외모를 지닌 것을 보자 문득 데려다 희롱하고 싶은 마음이 들었다. 예쁜 여자에게 한없이 약해지는 것은 구연기의 몇 안 되는 치명적 약점 중 하나였다.

"허허, 안녕? 오빠가 사탕 사줄까……."

하지만 그때 날카로운 검풍이 그의 목을 스치는 듯한 기분이 들어 그는 본능적으로 몸을 뒤로 숙였다. 겨우 정신을 수습하고 보니 귀여워 보이던 여자 아이는 한 자루 희뿌연 빛을 발하는 고검(古劍)을 꺼내 들고 쉴 새 없이 공격을 하고 있었다. 눈앞에서 차가운 바람이 휙휙 지나가자 죽지 않으려면 그것을 미친 듯이 피해내는 수밖에 없었다. 어느새 이해은의 얼굴은 더 이상 귀엽게 보이지 않고 하나의 성난 악귀야차로 보였다.

'제, 제기랄! 이 꼬마도 저 홍의 계집이랑 똑같은 부류인가!'

예전에 반규린에게 당한 것을 생각하자 치가 떨려왔다. 하지만 그것을 생각하기보다 당장 눈앞에 닥친 적의 공격을 막아내는 것이 먼저였다. 게다가 반규린까지 청색과 홍색의 쌍검을 뽑아 들고 합세하는 것이어서, 아직 무기도 제대로 꺼내지 못한 구연기는 정말로 미칠 것만 같았다.

"으야압!"

그는 일단 미친 듯이 땅바닥을 굴러 위기를 모면했다. 그가 너무 대단한 기세로 바닥을 구르자 싸우고 있던 다른 사람들도 차마 그를 막지 못하고 피해주었다. 사람들의 벽이 가로막자 이해은과 반규린도 더 접근하지 못하고 산발에 흙투성이가 되어 겨우 몸을 일으키는 구연기의 모습을 멍하니 바라보았다. 몸을 일으킨 구연기는 자신의 몰골을 느끼고 주체할 수 없는 분노가 치밀었다.

"좋아, 이렇게 했겠다?"

그가 심상치 않은 기색을 보이자 반규린은 문득 불길한 예감이 들었다. 전에도 이런 모습을 보인 다음에 곧바로 연막탄과 총포를 쏘았던 그였기 때문에, 이번에도 방심할 수가 없는 것이었다.

"피해!"

반규린은 그렇게 외치며 아직 영문을 모르는 이해은을 안고 한쪽으로 뛰었다. 그때 하늘이 찢어지는 듯한 소리에 모든 사람들이 움찔했다. 그리고 반규린이 서 있던 자리의 뒤쪽에 있던 사람이 피를 흘리며 쓰러졌다.

예상대로 구연기는 또 총포를 꺼낸 것이었다. 입장이 바뀌어 이번에는 반규린과 이해은이 구연기의 총포를 피했다. 하지만 구연기는 들고 있던 번쩍거리는 은제(銀製)의 총포를 집어 던지더니 다른 것을 꺼내어 또 쏘았다. 그러나 이번에도 다른 사람이 맞았다. 맞은 사람이 정파인지 사파인지 그런 것은 구연기에게 중요하지 않았다. 다시 총포를 집어 던지고 다른 것을 꺼낼 때, 순간 그의 눈앞에 거대한 벽이 세워지는 것이 보였다. 구연기뿐만 아니라 그것 뒤에 숨게 된 반규린과 이해은도 놀랐다. 그것을 가져온 사람들은 벽호와 다른 벽력단원 둘이었다.

"총포로군요. 저기에는 이것이 답입니다."

벽호가 황급히 철판을 양손으로 단단히 받친 채로 말했다.

"무서운 물건이에요."

반규린은 감사를 표하며 그렇게 말했다. 어느새 식은땀에 온몸이 흠뻑 젖어 있었다. 그때 구연기가 다시 한 방을 쏘았는지 큰 소리와 함께 철판이 이쪽으로 튀어나오는 것이 보였다. 반규린과 이해은은 하나같이 흠칫했지만 다행히 포탄은 두꺼운 철판을 꿰뚫지 못하는 듯했다.

그런데 그 와중에도 벽호는 상대가 쏘는 철포의 성능에 감탄한 모양인지 눈을 빛내며 말하는 것이었다.

"저런 것이 도대체 어디서 들어온 것일까요? 저렇게 작으면서 이 정도의 파괴력이 나오는 총포는 아직 중원의 기술로는 만들 수 없습니다. 아마도 서역에서……."

그러자 반규린도 고개를 끄덕였다. 자신이 예전에 구연기에게 맞았던 총탄에도 서역어가 씌어 있었다. 그리고 거기에 있는 말을 해독한 반규린은 어떤 단서를 잡고 서쪽으로 방향을 잡았던 것이다.

'그런데 여기서 저 총포를 다시 만나게 될 줄이야.'

게다가 구연기까지 다시 보게 된 것이다. 한편으로는 그녀가 찾아 헤매고 있던 귀중한 단서 중 하나인 구연기가 제 발로 걸어 들어온 것이나 다름없었으나 지금 총포에 쫓기는 상황은 결코 좋다고 말할 수 없었다. 이해은도 화가 나는지 이를 갈며 말했다.

"비겁해."

그런 그녀가 당장이라도 고검을 들고 뛰쳐나갈 것 같아 반규린은 얼른 어깨를 잡고 말렸다.

"괜찮아. 저자한테 아무리 총포가 많아도 다 쓰기를 기다리면 그만이야."

그 말에 이해은도 고검을 늘어뜨렸다. 하지만 그녀로서는 도무지 이해가 되지 않는 일이었다. 저자는 얼굴도 번듯하게 생겼고 차림새도 당당한 무림인다운데 왜 저렇게 비겁한 수를 연달아 쓰는 것인가?

물론 다양한 강호의 사람을 겪어보지 못한 이해은으로서는 당연히 가질 수 있는 의문이었다. 자신에게 환술을 걸었던 항산파의 한오영에 대해서도 이 정도까지의 생각은 들지 않았던 것이다. 그만큼 구연기라는 인간의 표리부동한 모습은 이해은에게 어느 정도의 충격을 주고 있었다.

총탄이 철판을 뚫지 못하는 것을 보자 구연기는 더 이상 총포를 쏘지 않았지만 그 대신 주변의 사파인들에게 지시해서 뒤쪽을 공격하도록 하고 자신도 그 뒤에 약간 떨어진 채로 따라갔다. 물론 몰래 다가가 총포로 쏘려는 것이었다.

'흥, 과연 어디까지 도망가나 보자. 이마에 한 발씩 뚫어줄 테니까. 감히 이 몸을 몰아붙인 대가다.'

그런 생각을 하며 살금살금 걷는 구연기의 얼굴은 비밀스러운 흉계를 꾸미는 간신의 그것과 비슷해졌지만 자신은 그것을 모르는 듯했다. 만약 이해은이 그 얼굴을 봤다면 구연기라는 사람에 대해서 어느 정도 더 이해할 수 있게 될지도 모를 일이었다.

한편 벼락이 치는 듯한 총포 소리가 나자 대치하고 있던 참월도와 백무연도 자연스럽게 그곳을 돌아보았다. 일이 진행되는 것을 바라보자 백무연은 장인목의 죽음에 대한 분노도 잊고 일단 반규린과 이해은을 구하러 가고 싶어졌다. 하지만 참월도는 그런 백무연을 놓아줄 생각이 없는 듯했다.

"하압!"

느리게 휘둘러지는 반월도의 궤적은 이미 백무연이 몸을 뺄 수 있는 경로까지 막아놓고 있어서 백무연은 오히려 반월도의 궤적 안으로 뛰어들었다. 그것은 아까 앵화창(櫻花槍)을 쓰던 소살(小煞)을 상대할 때와 같은 방법이었으나 아무래도 참월도는 부상을 당했어도 그보다는 위인 듯했다. 전혀 물러서는 기색이 없이 반월도가 계속 다가오자 그 궤적 안으로 뛰어든 백무연은 오히려 더욱 위태롭게 되었다. 칼끝으로 맞을 것을 칼날로 맞게 된 셈이었다.

하지만 백무연은 전혀 당황하는 기색 없이, 마치 이런 일을 예상하기라도 한 것처럼 갑자기 몸을 휙 움츠리며 참월도의 주위를 돌았다. 그러자 목표를 놓친 반월도도 헛되이 허공을 갈랐고, 백무연이 보인 예상외의 움직임에 참월도가 당황하는 사이 백무연의 손에서 발출된 염포가 허공을 가르며 참월도의 목에 있는 염천혈(廉泉穴)과 풍부혈(風府穴)을 노렸다.

이미 한 번 본 상대의 수법이라 참월도는 그것을 흩어버리려 반월도를 강하게 휘둘렀다. 하지만 백무연의 염포는 강맹한 도풍을 맞아 부드럽게 흔들리는 듯하더니 갑자기 방향을 바꾸어 상대의 반월도를 휘감아 버리는 것이 아닌가? 참월도는 전에도 백무연이 염포 대신에 휘두르던 붕대를 끊어버릴 듯이 무기를 거칠게 휘둘렀지만 반월도는 바위틈에라도 끼인 것처럼 움직이지 않았다. 그 틈에 백무연은 재빨리 몸을 움직여 반규린과 이해은 등이 숨어 있는 철판 쪽으로 다가갔다.

한편 반규린과 이해은은 갑자기 밀려든 적들을 상대하느라 정신이 없었다. 그들의 뒤쪽에는 철판이 있고 또 벽호와 벽력단원들이 있어서 등 뒤에서 적을 맞을 염려는 없었으나 그만큼 움직임도 제한되는 것이었다. 섣불리 옆으로 나갔다가 구연기의 총포에 맞을 것이 두려웠기 때문이었다.

반규린은 답답한 상황에 화가 났지만 어찌할 도리가 없었다. 혹시라도 이 틈에 구연기가 철판 뒤쪽으로 몰래 다가올지 모르는 일이었다. 그리고 총포를 쏜다면 피할 수 있을까? 걱정이 되었지만 일단 밀려드는 적들을 막아내기에도 급급했다. 벽호와 벽력단원들도 철판을 땅에 고정시킨 뒤 싸움에 합류했지만 불리한 형세는 전혀 나아지지 않았다.

"이얍!"

이해은이 상황을 타개하고자 다시 벽공검법을 쓰기 시작했다. 허공에 손짓하는 그녀의 검에 미처 닿지도 못한 적들이 쓰러지자, 사파인들은 놀라움을 감추지 못했다. 하지만 그 때문에 더욱 표적이 되어, 적들은 이해은을 집중적으로 노렸다. 그러자 이해은의 손발은 점점 어지러워졌다.

"이야앗!"

반규린은 돕고자 했지만 자신에게도 개미 떼처럼 많은 적들이 들러붙어 있어서 도저히 그럴 형편이 못되었다. 그녀가 다급해질수록 적들은 그녀를 더욱 끈질기게 붙잡고 놓아주지 않는 것이었다. 그런데 그런 반규린의 눈에 햇빛에 반사되는 어떤 물체가 사람들 사이로 살짝 비쳤다.

‘저건!’

틀림없는 은제(銀製)의 총포라는 생각이 그녀의 머릿속에 든 순간,

“안 돼!”

그녀는 크게 외쳤다. 순간 천둥 벼락이 치는 듯한 소리와 함께 싸우던 모든 이들이 움찔했다.

이해은은 특히 몸이 굳은 채로 서 있었다. 그녀의 얼굴은 몹시 이상한 것을 봤다는 듯한 표정이었다. 눈을 크게 뜨고 그녀는 천천히 한쪽 손을 들어 자신의 머리칼을 쓰다듬었다. 예쁜 정수리에는 불에 탄 듯한 상처가 나 있었다. 총탄은 그녀의 머리 위를 살짝 스치고 간 것이었다.

한편 구연기는 자신의 손목을 휘감은 하얀 천을 바라보며 그것을 떼어내려고 안간힘을 썼지만, 몸부림칠수록 하얀 천은 더욱 그의 몸을 조여왔다. 그것은 바로 백무연의 염포였다. 참으로 시기적절하게 백무연이 손을 써 구연기의 손목을 제압함으로써 총탄을 빗나가게 했던 것이다.

백무연은 겨우 시간에 맞춰서 다행이라고 생각했다. 사실 염포를 발출할 때 그의 머릿속에는 아무런 잡념도 없었다. 어서 빨리 구연기가 들고 있는 총포를 막아야한다고 생각했을 뿐이다. 때문에 그의 염포는 꽤나 강하게 구연기의 팔목을 붙잡고 있어, 구연기는 팔목이 끊어지는 듯한 느낌을 받고 비명

을 질렀다. 그것을 듣자 백무연은 살짝 놀라 염포를 약간 느
슨하게 했다.

그때 이미 이해은은 눈앞이 아득해지는 듯한 느낌을 받으
며 그 자리에 쓰러지고 있었다. 너무나도 충격이 컸던 것이
다. 그런 그녀를 보자 벽호와 벽력단원들이 달라붙는 적들을
거칠게 떼어내고 그녀를 보호하기 위해 달려갔다. 한편 구연
기는 자신을 방해한 백무연을 무섭게 노려보았다.

"이놈이……."

따지고 보면 그들의 악연은 예전에 구연기가 쌍도채의 부
하들을 이끌고 십자맹의 인원들을 납치하려 할 때부터였다.
그때 구연기를 막아선 것이 바로 백무연과 반규린이었던 것
이다. 그때 백무연이 보여준 놀라운 무공에 구연기는 크게
놀랐지만 한편으로는 자신의 일을 방해한 것에 대해 이를 갈
고 있었다. 그런데 지금 이렇게 결정적인 순간에 또 나타나
자신을 막아섰으니 백무연에 대한 구연기의 감정이 결코 좋
을 리가 없었다. 게다가 총포를 든 팔이 저려 견딜 수가 없었
다.

"이놈!"

구연기는 소리를 지르며 총포를 들고 있지 않은 손을 강하
게 휘둘렀다. 그러자 날카로운 소리와 함께 그를 묶고 있던
염포가 깨끗하게 잘리는 것이 보였다. 그것을 보고 가장 놀란

사람은 반규린이었다.

"어, 어떻게……?"

백무연의 염포는 어지간해서는 끊어지지 않는 대단한 재질로 되어 있음을 지금껏 수없이 보아온 그녀였다. 베인 면을 잡티 하나 없이 깨끗하게 둘로 나눈 그것은 바로 구연기가 어느새 손에 장착한 피처럼 붉은 조형(爪形)의 병기였다.

"흐흐, 혈마조(血魔爪)를 쓰게 하다니."

구연기는 입술을 한쪽만 일그러뜨리며 비웃는 듯 말했다. 아직도 붙잡혔던 팔목이 아픈 듯 손을 뒤로 돌리며 살짝 털었지만 혈마조를 장착한 손은 이미 백무연의 두 눈 사이에 겨눠져 있었다. 백무연은 자신의 염포가 찢어졌다는 사실에 약간 놀라기는 했으나 반규린만큼 크게 동요하지는 않는 것 같았다. 오히려 백무연의 눈빛은 아까 놀라서 달려왔을 때보다도 안정을 되찾고 있었다. 사실 백무연은 구연기가 더 이상 총포를 쓰지 않을 것 같다는 생각이 들자 내심 안도했다.

'그 무기는 쉽게 막을 수 없다.'

반면 구연기의 혈마조는 아무리 날카롭더라도 결국 사람이 휘두르는 것에 지나지 않는다고 생각한 것이다. 그렇게 생각한 백무연은 자신있게 앞으로 나섰다.

"이야야압!"

구연기는 백무연이 앞으로 나서는 것을 보자 큰 기합과 함께 뛰쳐나오며 백무연을 할퀴었다. 하지만 백무연은 한쪽으로 비키며 그 공격을 흘려냄과 동시에 한쪽 손에 지전을 들고 흩뿌렸다. 눈발처럼 구연기를 향해 날아가던 지전들이 동시에 불이 붙자 시야가 가려진 구연기는 성을 내며 손을 거칠게 휘둘러 그것들을 흩어버렸다. 하지만 그의 앞에는 이미 백무연이 자리 잡고 있다가 다시 염포를 날려 구연기의 양 팔목을 휘감아 버렸다.

“이놈이!”

구연기는 성을 냈지만 혈마조를 낀 손목마저 붙잡히고 난 뒤라 어쩔 도리가 없었다. 그러자 백무연은 그의 혈도를 짚으려 했다. 하지만 그 순간 구연기의 눈이 이상하게 빛났다. 그것을 본 반규린이 놀라 소리쳤다.

“조심……!”

순간 은실을 튕기는 듯한 맑은 소리가 났고, 백무연은 구연기의 앞을 그대로 지나쳤다. 사람들이 무슨 일인지 몰라 어리둥절하고 있는 사이 혈도를 짚인 구연기가 무릎을 꺾으며 풀썩 쓰러졌다. 그러나 그 순간 백무연도 비틀거리는 것이 사람들의 눈에도 똑똑히 보였다.

“백 공자!”

반규린이 외치며 달려갔고 몇 남지 않은 정파인들도 얼른 그 주위로 모였다. 백무연의 가슴에는 혈마조의 가시 두 개가 나란히 박혀 옷이 붉게 물들고 있었다.

"괜찮아요?"

반규린이 걱정스러운 어조로 그에게 물었으나 백무연은 이미 정좌한 채로 눈썹을 찡그릴 뿐 말을 하지 않았다. 아마도 이미 부상과 피로가 누적된 상태에서 다시 입은 상처라 충격이 꽤 큰 모양이었다. 믿었던 백무연마저 이렇게 되자 반규린의 상심은 더욱 컸다.

'이대로 다 죽는 건가.'

그녀는 최후의 수단을 쓰기 위해 세침(細針)을 꺼내 들고 독무(毒霧)를 쓸 준비를 했다. 하다못해 자신과 백무연, 이해은만이라도 몸을 빼기 위해서였다.

구연기는 눈을 부릅뜨고 쓰러져 있었다. 의식은 있었지만 몸을 전혀 움직일 수 없었다. 자신에게 가슴을 정확히 맞고도 오히려 자신의 혈도를 똑바로 짚은 백무연의 무공을 도저히 믿을 수가 없었다. 아니, 저것은 단순히 무공으로 되는 것이 아니었다.

'저놈은 뭔가 다르다……'

그는 차가운 땅바닥에 누운 채로 그렇게 중얼거리고 있었다.

벽력단원들 중 하나가 그런 그의 모습을 발견하고 손에 쥐고 있던 단도를 높이 들었다. 아마도 숨통을 끊어놓을 작정인 듯했다. 그럴 법한 것이, 이자가 보여준 무기들의 위력과 손속은 대단한 것이어서 혈도만 짚었을 뿐인 지금 그가 다시 해혈된다면 정파는 더욱 불리해질 것이었다. 비정한 전쟁터에서 이런 행동은 당연한 것이었다. 벽력단원은 단도를 높게 치켜들었다.

그때, 손목이 무언가에 붙잡힌 기분이 느껴져서 그는 놀라 뒤를 돌아보았다. 피에 반쯤 젖은 염포를 쥐고 있는 사람은 바로 앉은 채로 힘겹게 눈을 들어 그를 보고 있는 백무연이었다.

"안 됩니다."

"무, 무슨 말입니까."

너무나도 의외의 행동에 벽력단원이 말까지 더듬었지만 백무연은 감기려는 눈을 부릅뜨며 다시 힘주어 말했다.

"죽이는 것은, 안 됩니다."

"백 공자, 적이에요. 정신 차려요. 이대로 있다간 우리까지 다 죽는다고요."

반규린이 옆에서 답답한 듯 말했지만 백무연은 오히려 염포를 더 단단히 잡아당기며 말했다.

"아니, 누구도 죽어서는 안 됩니다."

그 말에는 반규린과 벽력단원들은 물론이고 주변에 둘러

서 있던 정파인과 사파인들, 그리고 땅에 얼굴을 반쯤 대고 누워 있던 구연기마저 놀랄 수밖에 없었다.

"그, 그게 무슨 말이에요?"

한참 뒤에 반규린이 다시 놀란 목소리로 물었지만 백무연은 더 이상 말하지 않았다. 하지만 여전히 염포를 굳게 잡은 채로 단도를 든 채 머뭇거리는 벽력단원을 바라보는 그의 눈빛에는 전혀 흔들림이 없었다.

백무연은 이제야 자신이 앞으로 살아가야 할 방향에 대해 어느 정도 가닥을 잡은 것이었다. 왜인지는 모르지만 자신은 사람이 죽는 것이 싫었다. 그것이 어릴 때의 기억 때문인지, 아니면 아버지와의 산중 생활의 영향인지, 그도 아니면 강호에 나와 반규린을 만났을 때부터 든 생각인지는 잘 알지 못했지만 이미 지금의 그에게 그런 것은 중요하지 않았다. 중요한 것은 더 이상 자신의 눈앞에서 사람이 죽는 모습을 볼 수 없다는 것이었다. 드디어 그는 오랜 여행 끝에 진정한 자기 자신과 자신이 원하고 소망하는 것과 마주친 것이었다.

지금까지 살아온 인생의 거의 대부분을 죽은 자들을 돌보는 것에 매진해 왔다면 지금부터는 그뿐만 아니라 산 자들을 죽음의 길에서 구하는 것에도 힘쓸 것이었다. 두 길은 어찌 보면 서로 어긋나는 것 같기도 했지만 그 둘이 만나는 점이 분명 있을 것이라고 백무연은 마음 깊이 확신했다. 그리고 그는 그 확신에 찬 시선으로 벽력단원을 바라보았다.

그의 시선을 받자 벽력단원은 결국 단도를 들었던 팔을 늘어뜨리며 옆으로 물러서고 말았다. 하지만 반규린은 그런 백무연이 여전히 이해되지 않았다. 도대체 이런 인간을 살려주어야 할 필요가 어디 있단 말인가? 그녀 또한 지금까지 수많은 사람을 해치고 죽여왔던 것이다. 하지만 그것은 불가피하고 부득이한 경우에 한해서였다고 생각했다. 물론 각각의 경우에 후회가 남지 않는 것은 아니었지만 그것에 굴복해서 주저앉았다면 자신은 여기까지 올 수 없었다. 그리고 사람을 상하게 할 때에는 그녀 자신이 믿는 확실한 정의에 의해서였다. 그런 기준에서 볼 때 지금 눈앞에 있는 구연기는 절대 용서할 수 없는 인간이었다.

"당신이 도대체 뭐죠?"

마침내 반규린은 화난 얼굴로 그렇게 묻고 말았다. 그러자 백무연은 어리둥절한 표정을 지었다.

"네?"

"뭔데 사람의 생사를 마음대로 하겠다는 거예요. 그렇게 대단해요? 그런 식으로 따지면 당신은 지금 여기 있는 모든 사람의 목숨을 구할 수 있어요? 여기가 아닌 다른 곳에서도 자신이 원치 않는 죽음을 맞는 사람이 얼마나 많은지 알아요? 그런데 당신은 확실하지도 않은 자신만의 이유 때문에 그들이 죽는 걸 절대 두고 볼 수 없다는 건가요? 좋아요, 하지만 이자를 살려줌으로 인해서 그 때문에 결국 더 많은 사람들이 죽고 상할 건 생각지 않는 건가요? 그때는 어떻게 할 거예요?"

그녀는 순식간에 많은 말을 쏟아내었다. 이미 그것은 백무연에게 하는 말이 아니었다. 지금껏 백무연처럼 생각한 적도 있었지만 결과적으로는 그러지 못하고 적의 심장에 칼을 꽂아 넣어야 했던, 첫 살인 후 방구석에 숨어서 몰래 흐느꼈던 과거의 자신에게 꾸짖듯 하는 말이었다. 말을 마친 그녀의 눈시울은 어느새 붉어져 있었다. 백무연은 그 말을 듣자 잠시 생각에 잠기는 듯하더니 고개를 들고 말했다.

"하지만, 전 그래도 누구도 죽어서는 안 된다고 생각합니다."

"…뭐라고요."

"사람이기 때문에 죽습니다. 생명이 있는 것은 누구나 태어나서 한 번 죽습니다. 하지만 그것이 자연스럽지 못하고 미움과 질투, 욕심 때문일 때 그뿐만 아니라 그를 둘러싼 모든 것에 불행이 생깁니다. 저는 그것을 막고 싶습니다."

백무연의 말에 반규린은 뭐라고 더 말하려다 입을 다물었다. 그의 티 없이 맑은 마음에서 우러나온 말에 자신에 대한 부끄러움이 일어나서 말을 제대로 이을 수가 없었다. 물론 아직도 하고 싶은 말은 많았다. 하지만 혼란스럽고 정리가 되지 않아 적절한 말로 그것을 표현할 수가 없었다.

그때 반규린은 등 뒤에서 살기를 느끼고 고개를 휙 돌렸다. 어느새 남들보다 머리 몇 개는 더 큰 거인, 참월도가 그들에게 다가오고 있었다. 이미 그를 가로막는 정파인들은 거의 없었고, 있더라도 무거운 반월도가 한번 번뜩이는 곳에 피를 뿜으며 쓰러졌다. 참월도가 다가오는 것을 보자 반규린은 일단 적을 막아야겠다고 생각했다. 하지만 그와 싸울 만한 사람은 결국 자신밖에 남아 있지 않았다. 벽호는 전에 참월도에게 죽을 뻔했고 이해은은 기절했으며 백무연 역시 가슴에 부상을 입었다. 반규린은 입술을 깨물며 청홍소검을 빼 들었다.

그런데 그녀보다 먼저 앞으로 나가는 한 사람이 보이는 것이었다. 반규린은 깜짝 놀라서 눈을 크게 떴다. 도대체 누가 저 참월도의 상대가 될 수 있단 말인가? 하지만 이미 반규린에게는 그 사람의 뒷모습밖에 보이지 않는 것이었다. 그리고 어쩐지 익숙한 목소리가 들렸다.

"허허, 오른팔에 상처를 입었군. 그런데 원래 왼손잡이인가? 왼손도 오른손 못지않게 잘 쓰는 것 같아."

"양손이 똑같다."

참월도의 무거운 대답에도 상대는 여전히 즐거운 태도를 잃지 않는 것이었다.

"그렇군. 그럼 내가 한 팔쯤 잘라도 생활하는 데는 큰 무리가 없겠는걸? 자, 어느 쪽이 남는 게 좋을까?"

그 말을 듣자 반규린은 그가 누구인지 겨우 알았다. 상대를 앞에 두고 이렇게 헛소리를 지껄이는 사람은 임파초 외에 없었다. 그녀는 임파초가 갑자기 벽호만을 주시하며 스스로의 주변에 벽을 만들었던 것을 갑자기 풀어버린 게 몹시 의아했으나, 일단 지금 임파초가 나타나 주었다는 것이 그녀에게는 너무나도 고마울 수밖에 없었다. 그녀도 기력이 다해 쓰러지기 직전이기 때문이었다.

갑자기 앞을 막은 임파초의 모습과 말투가 평범하지 않자 참월도에게는 경계하는 마음이 들었지만 그것도 잠시, 상대의 언사가 너무나도 분방하고 허무맹랑하자 혹시 겉만 번지르르한 풋내기가 아닌가 하는 생각이 들었다. 진지한 무인의 자세를 중하게 여기는 참월도로서는 임파초라는 사람 자체가 너무나도 가볍게 보여 그 실력 또한 허술하게 여겨졌던 것이다. 그런 생각이 들자 참월도는 성을 내며 말했다.

"비켜라!"

그러면서 그는 왼팔에 든 반월도를 크게 휘둘러 임파초를 없애려 했다. 상대의 반격도 염두에 두지 않은 직접적이고 강

맹한 공격이었다. 하지만 임파초는 칼이 공기를 찢고 도풍이
전신을 압박하는 와중에도 오히려 씩 웃는 것이었다.

'웃었다?

참월도가 의아하게 여기는 사이 임파초의 신형이 갑자기
눈앞에서 사라졌다.

'아니?

참월도는 눈을 크게 떴다. 그 순간 번쩍 하는 빛이 나타나
기가 무섭게 스러지고, 그는 반월도를 끝까지 휘두른 뒤 그
자세로 멈췄다. 숨소리로 보아 임파초는 어느새 그의 등 뒤에
가 있었다. 참월도는 어떻게 된 일인지 이해가 되지 않았다.

그때 왼쪽 어깨에 불로 지지는 듯한 고통이 느껴져 숨을 쉴
수가 없었다. 그는 무시무시한 비명을 지르며 쓰러졌다. 떨리
는 눈길로 내려다 본 땅에는 방금 전까지도 그의 어깨에 붙어
있었던 왼팔이 피에 젖은 채 초라하게 뒹굴고 있었다. 손아귀
에는 아직도 반월도를 단단하게 붙든 채였다.

임파초는 허리를 펴더니 뒤돌아 참월도를 바라보며 말했
다.

"어때, 그나마 오른팔이 강한 것 같아서 왼팔을 잘랐어. 이
제는 함부로 칼을 쓸 마음이 일어나지 않겠지?"

그렇게 말하고 천천히 백무연에게 다가가는 그의 앞을 막
는 자는 아무도 없었다. 백무연은 힘겹게 눈을 들어 참월도를

바라보다 임파초를 보았고 그런 그에게 임파초는 살짝 웃으며 말했다.

"걱정 마라, 죽이지는 않았으니까."

"그런……."

임파초의 말에 반규린이 어이가 없어서 뭐라고 말하려 했지만 임파초는 서늘한 눈빛으로 반규린을 가로막으며 말했다.

"아니, 나 이 녀석의 말에 약간 감동받았다니까."

그 말을 하는 임파초의 눈에는 어쩐지 서늘하면서도 따뜻한 빛이 담겨 있는 것이어서, 반규린은 아무 말도 할 수 없었다. 임파초는 그녀를 일별하고는 한쪽으로 휘적휘적 걸어가며 주변의 적들을 닥치는 대로 찌르고 베기 시작했다. 그런 그의 뒷모습을 바라보다 반규린은 힘없이 중얼거렸다.

"남자들은 전부 바보 같아."

그리고는 다시 한 번 기합을 외치며 그녀 역시 달려드는 적들을 막아내기 시작했다. 싸움은 점점 치열해졌지만, 사파의 주요 인물들이 제압당하면서 점점 균형이 맞아가기 시작했다. 무엇보다 악귀처럼 온몸에 피칠을 하기 시작한 임파초를 막아낼 자는 아무도 없었고 그 덕분에 정파인들은 큰 용기를 얻어 더욱 힘을 냈다.

인형이나 나무처럼 사람을 베어가는 임파초였지만 그의

칼날은 언제나 한 치쯤 급소를 벗어난 곳에서 움직이고 있었
다. 그 눈빛은 무엇을 생각하는지 흐릿해서 마치 꿈꾸는 듯했
다. 그의 주위에 수많은 사람들이 피를 뿜으며 쓰러져 갔다.

＊　　　＊　　　＊

　갈첨은 예정보다 시간이 한참 지났는데도 성곽에서 싸우
는 소리가 이어지는 것에 고개를 갸웃거렸다.
　"아직도 버티고 있단 말인가?"
　그 말과 함께 잠시 동안 생각에 빠졌던 그는 곧 고개를 들
며 주름진 입가에 미소를 지었다.
　"뭐, 이쯤해서 우리가 등장해 주는 것도 나쁘지 않겠지."
　그는 주위를 둘러보았다. 후군(後軍)으로 있는 홍엽과 기타
사파 등 약 오백여 인은 홍엽이 부상을 당해 쉬고 있는 관계
로 갈첨이 지휘를 맡고 있었다. 그는 기다림에 지쳐 지루해하
고 있던 사파인들에게 사냥개의 고삐를 풀어놓 듯 외쳤다.
　"모두 올라간다! 한 놈도 남기지 마라!"
　"우와아!"
　그 말에 사파인들은 저마다 함성을 질러대며 이미 피로 뒤
덮인 산을 경쟁하듯 오르기 시작했다.

은검장주(銀劍莊主)　163

그 함성은 성곽 안쪽에도 들렸다. 그것을 듣자 사파인들의 눈빛은 밝아졌고 정파인들의 표정은 어두워졌다.

"적의 예비대인가."

벽호가 절망적인 어조로 중얼거렸다. 반규린도 사풍도도 유화영도 역시 더는 버틸 힘이 없었다. 정파 측에서 아직 상처를 입지 않은 것은 아직도 검귀(劍鬼)처럼 날뛰는 임파초뿐인 듯했다. 나머지는 크고 작은 부상에 괴로워하면서도 몸을 일으켜 억지로 버티고 있었다. 그것은 사파도 마찬가지였다. 모두들 한계점에 도달했을 때, 시기적절하게 사파의 예비대가 도달한 것이다. 이미 성곽을 뛰어넘는 기운찬 얼굴들이 일부 보이기 시작했다.

반규린은 한숨을 쉬며 정좌해 있는 백무연과 이해은을 바라보았다.

'일단 우리라도 빠져나가야……'

하지만 임파초도 버리고 갈 수는 없었다. 반규린은 입술을 깨물며 방안을 강구해 보다가 일단 임파초 쪽으로 다가갔다. 탈출의 뜻을 알리기 위해서였다.

그러나 그때 천마(天馬)의 울부짖음과도 같은 우렁찬 말 울음소리가 먼 하늘에서 들려왔다. 대부분의 사람들은 그것이 무언지 몰라 어리둥절해 했지만 곧 그 소리의 정체를 눈치 챈 정파인들 중 일부가 놀람과 기쁨이 섞인 목소리로 외쳤다.

"제칠기마단(第七騎馬團)!"

그 말이 끝나기도 전에 장내에는 보통 말보다 머리 한 개쯤은 커 보이는 준마와 그 위에 탄 사람의 쌍 약 이십여 기(騎)나 나타났다. 온몸의 털이 잡티 하나 없이 순백색인 말들 위에 역시 눈처럼 하얀 옷과 복면을 쓴 자들이 타고 있는 모습은 보는 이들에게 상당한 위압감을 주었다. 말과 사람 모두 전력을 다해 달려온 듯 숨을 헐떡이고 있었고 몸에서는 하얀 김마저 나는 듯했다. 정파인들과 사파인들은 동시에 손을 멈추고 멍하니 그들을 바라보았다.

그들 중 제일 앞에 선 사람이 말 위에서 소리 높여 외쳤다.

"제칠기마단 단주 부일준(符一遵), 지금 도착했소!"

말과 함께 그는 커다란 기마창(騎馬槍)을 휘두르며 주위를 활보하기 시작했다. 그의 창이 빛나는 곳에 어김없이 사파인들이 피를 뿜으며 쓰러졌다. 실로 무서운 솜씨였다. 말과 사람이 거의 하나가 된 듯 움직이는 모습에 사파인들은 얼이 빠져 있다가 어느새 다가온 기마창에 목줄기를 뚫려 쓰러졌다. 제칠기마단의 다른 기수(騎手)들도 제각기 병장기를 꼬나 들고 움직이기 시작하자 장내는 순식간에 말발굽이 일으키는 먼지로 뿌옇게 되었다. 갈첨이 이끄는 사파의 후군도 지지 않으려는 듯 최선을 다해 싸웠지만 제칠기마단의 전투능력은 제팔벽력단의 그것과는 유(類)를 달리 하는 것이었다. 더군다나 지금까지 그들을 이끌어왔던 사파의 수뇌들이 모두 제대로 싸울 수 없는 상태여서 전황은 점점 정파 쪽에 유리하게 돌아가게 되었다.

하지만 그것도 잠시 곧 우렁차고 높은 웃음소리가 들리며 머리에 흑철립(黑鐵笠)을 눌러 쓰고 새까만 옷을 입은 세 사람이 장내에 나타났다. 아무도 그들이 어떻게 나타났는지 보지 못했지만 어느 순간 그들은 그곳에 등장해서, 말없이 정파인들을 죽이기 시작했다. 그들을 알아본 사파인들 중 하나가 놀라서 외쳤다.

"치, 칠대살성(七大煞星)이다!"

그들의 손속은 매섭고 잔인하기 짝이 없었다. 각기 검, 쌍철편(雙鐵鞭), 아미자(峨嵋刺)를 들고 손을 쓰는데, 처음에는 그들이 입고 있던 옷처럼 새까맣던 무기들이 금세 붉은 피로 범벅이 되었다.

그때 다시 천지를 울리는 듯한 강맹한 휘파람 소리와 함께 제일엽사단(第一獵師團)이 당도했다. 겉보기에는 평범한 사냥꾼 복장을 한 그들이었지만 사파인들을 사냥감 삼아 보자마자 다짜고짜 그물을 던지며 장창으로 찌르고 활을 쏘아대는 솜씨는 실로 인간사냥꾼이라 할 만했다. 이렇게 되자 전투는 다시 팽팽한 국면에 접어들었다.

난전 중에 땅바닥에 쓰러진 구연기에 유의하는 사람은 거의 없어서 그는 혈도를 짚인 그대로 방치되어 있었다. 그런데 그때 그의 부하로 따라온 자들 중 하나가 구연기에게 다가가서 재빨리 혈도를 풀어주었다. 그 경공과 솜씨는 가히 놀라운 것이어서 지금 나타난 구영문의 무사들에 비길 정도의 실력이었지만 그의 움직임이 워낙 은밀해서 그 손속을 확인한 사람은 아무도 없었다. 구연기는 혈도가 풀리자 빙긋 웃었고 그러자 그자는 안개처럼 흐릿한 웃음을 지으며 사람들 속에 녹아들 듯 사라져 버렸다.

구연기는 온몸을 우두둑 꺾어본 뒤 별다른 이상이 없는 것을 확인하고, 한편으로는 팽팽한 전황을 확인한 뒤 은밀한 웃음을 지었다.

'좋아, 모든 것이 계획대로 되어간다.'

순간 그는 멀리로 몸을 날려 성곽 뒤로 숨었다. 그의 움직임은 몹시 신속해서 아무도 그를 확인하지 못한 것 같았다. 목격자가 없음을 확인하자 그는 성곽의 한쪽 구석, 사람들의 눈에 잘 띄지 않는 곳에 정좌하고는 온 정신을 집중하기 시작했다.

'일어나라. 내 말을 들어라. 일어나라.'

그 순간 전장에서 온 힘을 다해 싸우고 있던 어떤 사람의 눈이 번뜩였다. 그 눈은 이미 자신의 이성을 잃고 남의 명령에 무비판적으로 따르는 눈이었다. 반응이 오는 것을 느끼자 구연기는 눈을 감은 채 다시 중얼거렸다.

'실행해라. 때는 지금이다.'

그러자 그 사람은 구연기가 시키는 대로 천천히 몸을 돌려 어떤 장소로 움직이기 시작했다.

그 사람은 바로 벽력단의 단주 벽호였다.

벽호가 걸어가는 곳은 진채들이 선 뒤쪽이었다. 난전 중임에도 불구하고 단주가 움직이는 것, 그리고 자신들이 몹시 중요하게 여기는 곳으로 걸어가는 것을 보자 벽력단원들은 놀라서 단주의 앞을 막아섰다.

"단주, 그곳은 아직……!"

그때 앞을 막아서는 자들이 있음을 느낀 구연기가 중얼거렸다.

'앞을 막는 자들은 모두 없애라.'

그러자 벽호의 손이 재빠르게 움직였다. 그것은 지금까지 죽을힘을 다해 싸워서 지친 사람의 손속이라고 보기에는 너무 빨라서 앞을 막던 벽력단원 둘은 눈 깜짝할 사이에 심장에 구멍이 뚫려 죽었다. 그들이 외마디 비명을 지르자 그 소리를 들은 사람들이 벽호를 바라보았다. 하지만 벽호는 아랑곳하지 않고 마치 몽유병 환자처럼 천천히 걸어갔다. 그것을 목격한 사람들 중에는 반규린과 제칠기마단장인 부일준도 있었다.

부일준은 신임 벽력단주가 자신의 단원들을 죽이자 몹시 놀라고 또한 화가 치밀었다. 하지만 그 움직임이 심상치 않아서 급히 부르며 뒤를 쫓았다.

"벽력단주!"

뒤에서 누군가 쫓아옴을 느낀 구연기는 식은땀을 흘리며 중얼거렸다.

'서둘러라. 잡히면 안 된다. 어서 일을 실행해라.'

그러자 벽호는 순식간에 신형을 이동시켜 자신이 목표하던 곳에 다다랐다. 부일준은 깜짝 놀랐다. 그것은 자신이 한 번도 본 적이 없는 경공이었고 어쩌면 순간적인 속도는 빠름의 단(團)의 단주인 자신보다도 더 빠를 것 같기도 했다. 하지만 놀람도 잠시, 확실히 수상함을 느끼고 부일준 역시 말에 박차를 가하며 벽호에게 달려갔다.

"멈추시오!"

한편 지켜보던 반규린도 일이 심상치 않음을 느끼고 급히 달렸다. 하지만 벽호는 멍한 얼굴로 그들을 돌아보며 이미 손에 쥔 어떤 금속 장치를 잡아당기고 있었다. 한눈에 보아도 그것이 몹시 위험한 물건이라는 것을 부일준도, 반규린도 즉시 깨달았다. 더군다나 폭파를 전문으로 하는 벽력단주가 지닌 물건이라면……? 거기까지 생각하자마자 그들은 거의 동시에 소리쳤다.

"안 돼!"

순간 시간이 멎는 것 같았다. 반규린의 귀에는 아무것도 들리지 않는 것 같았다. 사람들은 모두 정지해 있었고 일부는 칼에 베이며, 일부는 칼로 베며, 다른 일부는 죽어가고 있었다.

'어떻게 된 거지?'

반규린은 의아함을 느꼈다. 그녀의 시선 끝에는 여전히 멍한 얼굴로, 하지만 곧 그녀처럼 의아한 표정을 띠고 있는 벽호의 얼굴이 있었다.

순간 시간이 다시 움직이며 사람들이 동작이 원래대로 빨라진 듯한 느낌이 들었다. 싸우던 사람들은 계속 싸웠고, 죽어가던 사람들은 계속 죽어갔으며, 그들을 지켜보던 사람들은 계속 보고 있었다. 아무 일도 일어나지 않은 것이다.

반규린은 겨우 한숨을 내쉬었다. 그때 말을 몰고 거세게 달려오던 부일준이 말 위에서 재빨리 벽호가 들고 있던 것을 낚아챘다. 그리고 그것의 정체를 확인하자 놀라서 외쳤다.

"기, 기폭장치(起爆裝置)!"

전에 총포에 맞은 뒤로 화기와 폭발물류에 대해서는 어느 정도 공부를 해뒀던 반규린이라 기폭장치가 무엇인지는 금방 알 수 있었다. 바로 폭탄이 터지게 하는 단추인 것이다. 게다가 여기서 폭탄이라면? 아마도 몰리고 있던 정파에서 일이 잘

못될 것을 염려해 동귀어진(同歸於盡)을 노리고 묻어놓은 것일 가능성이 컸다.

그런데 왜 그것을 지금 터뜨리려 한단 말인가? 지금은 양쪽의 세력이 팽팽한 상황인데? 반규린은 혹시 벽호가 미치지 않았나 생각했지만 벽호의 눈은 미친 사람 같지 않았고 그저 흐리멍덩할 뿐이었다. 그런데 그런 눈을 어디선가 본 적이 있는 것 같은 생각이 반규린에게 드는 것이었다.

'어디서?'

반규린은 의문을 가졌고, 그때 번개처럼 머릿속에 스쳐 지나가는 생각이 있었다.

"환술."

그녀는 무의식중에 생각하던 것을 입 밖으로 내뱉고 말았다.

큰일이다.

도대체 누가 벽력단의 단주에게 환술을 걸었단 말인가? 이건 정말로 심각한 문제였다. 더군다나 대용량의 폭탄을 마음대로 다룰 수 있는 그이기에 사태의 심각성은 더욱 컸다. 하지만 거기에 생각이 미치자 반규린은 다시금 심장이 멎는 듯한 기분을 느끼며 벽호가 있는 쪽을 바라보았다.

어느새 그는 정체 모를 폭탄들을 가득 안고 있는 것이 아닌가? 그리고 주머니를 뒤지는데, 아마 부싯돌을 찾아 그것들에

불을 붙이려고 하는 것 같았다. 반규린은 벽력단이 쓰는 폭탄의 위력을 본 적이 있었다. 저 정도의 폭탄이라면 이 성곽쯤은 통째로 날려 버릴 수 있는 양이었다.

부일준이 그것을 보고 미친 듯이 달려왔지만 어느새 벽호는 귀신처럼 그를 피해 달아나며 손에는 부싯돌을 쥐었다. 그가 손을 약간만 세게 쥐어도 이곳은 폭음과 함께 날아가고 사람들 역시 연기가 되어 흩어질 것이다. 반규린은 온몸의 피가 차갑게 식는 듯했지만 오히려 긴장이 되어 아무것도 할 수 없었다.

그런데 그때,

누군가가 벽호의 등 뒤에서 씩 웃는 얼굴을 내밀었다.

반규린은 도저히 믿을 수 없다는 눈으로 그를 바라보았다.

그 사람은 익살스럽게 웃으며 벽호의 손을 탁 친 뒤, 기계적으로 얼굴을 돌려 바라보는 벽호의 얼굴에 확실하게 한 방을 먹였다. 순식간에 혈도를 짚어 그 자리에 세우고, 떨어지는 폭탄들을 곡예라도 하듯 모조리 잡아냈다.

반규린은 그 모습을 보자 신음하는 것 외에 어떤 말도 할 수가 없었다.

임파초였다.

그 말고 누가 그런 일을 할 수가 있겠는가?

순식간에 상황이 정리되자 말을 몰아 달려온 부일준은 한숨을 쉬고는 임파초에게 벽호를 잠시 동안 맡고 있을 것을 부탁했다. 그리고는 더욱 빠르게 적들을 몰아갔다. 방금 전은 정말로 생사의 위기가 여러 번 교차한 상황이었지만, 그가 오랫동안 쉬고 있을 만큼 적들은 기다려 주지 않았다.

하지만 그때 퇴각을 알리는 징이 울렸다. 그러자 사파인들은 잠시 당황하더니 곧 썰물이 빠져나가듯 몸을 빼기 시작했다. 싸움이 계속되자 인명의 손실을 염려한 것 같은 처사였다. 그들이 후퇴하는 곳에는 수많은 사상자가 피에 물든 채로 남아 있었다. 살아남은 자들은 겨우 한숨을 쉬며 그 자리에 주저앉거나 쓰러졌다.

반규린은 비틀거리며 겨우 걸어갔다. 거기에는 폭탄들을 안전하게 벽력단원들에게 맡겨놓은 임파초가 벽호를 정좌시켜 놓고 제법 점잖은 표정을 짓고 있었다. 하지만 반규린에게 그것은 몹시 부자연스럽게 여겨졌다. 하지만 방금 전에 놀라고 안심하고를 반복한 탓에 그녀의 기운은 이미 빠질 대로 빠져 있었다. 그녀는 겨우 입을 열어 자신을 느긋하게 바라보는 임파초에게 물었다.

"알고 있었군요."

"응."

더 이상의 문답은 필요하지 않았다. 결국 반규린도 그 자리에 주저앉았다. 온몸의 힘이 풀림과 함께 땅이 꺼질 듯한 한숨이 그녀의 입에서 새어 나왔다. 아무런 생각이 없었고 단지 끝났다는 느낌만 남아 있었다.

한편 구연기는 자신이 꾸몄던 일이 수포로 돌아가자 입술을 깨물며 이를 갈았다. 얼마나 분했던지 입 안이 피범벅이 될 지경이었다.

"제, 제기랄, 도대체 어떤 놈이냐."

그러다 퇴각의 징 소리가 들리자 그는 재빨리 몸을 빼 달리기 시작했다. 그가 가는 곳은 사파의 진채가 있는 곳과 정반대 방향이었다.

"흥, 이 정도면 내가 할 일은 다했다. 하지만…… 그놈, 칼자국은 나중에 꼭 복수해 주지."

그는 다시금 이를 갈며 중얼거린 뒤 불탄 나무가 태반인 숲 속으로 사라졌다.

*　　　*　　　*

한편 진채로 돌아오던 갈첨은 의문이 일었다. 후군은 자신이 거의 다 끌고 나왔는데 도대체 누가 퇴각의 징을 쳤단 말인가? 아무래도 새로운 원군이 도착한 것 같았다. 그리고 이렇게 전투에 영향을 미칠 정도의 결정을 내렸다는 것은 꽤 중요한 인물임에 틀림없었다.

‘하지만 칠대살성까지 우리와 싸우고 있었는데 도대체 누가……?’

갈첨은 더욱 궁금했지만 그것을 알기 위해서는 산을 빨리 내려가는 수밖에 없었다. 옆에 있는 사파인들도 역시 아무것도 모르는 것 같았다. 옆에 있던 백응노괴(白鷹老怪)가 갈첨을 툭 치며 물었기 때문이었다.

“이봐, 이게 어떻게 된 일인가? 거의 다 밀어붙인 거였는데 말이야.”

백응노괴는 문파 없이 홀로 돌아다니는 독보강호(獨步江湖)의 무림인으로, 성격이 편협하고 급해서 사파인들 사이에서도 그다지 상종하고 싶은 부류의 인간은 아니었다. 하지만 갈첨에게는 무림의 선배였고 백응노괴의 실력은 큰소리를 칠 만큼 대단했기 때문에 얼른 대답했다.

“저도 잘 모릅니다만 윗대가리들이 움직인 모양이죠.”

“윗대가리라니?”

“칠살 말입니다.”

요즘 들어 그 이름을 말하는 것은 더욱 조심스러워져 있었다. 칠살을 제외한 다른 사파인들은 대놓고 말하지는 않았지만 이미 사파의 판도가 칠살에게 넘어가 있다는 것을 뼈저리게 느끼고 있었다. 하지만 백응노괴는 칠살이라는 말을 듣자 오히려 흥분한 듯 목소리를 높였다.

"뭐? 아니 제 놈들이 뭔데 다 이긴 싸움을 그만두게 하는 거야? 조금만 있으면 기마단이고 벽력단이고 다 잡아 없앨 수 있었다고. 허 참, 이렇게 싸움을 몰라서야……."

아무것도 모르는 건 바로 당신이다, 라고 말하고 싶은 것을 애써 억누르며 갈첨은 억지로 미소를 지어 보였다.

"뭐, 그렇지만 어쩌겠습니까. 저쪽은 큰 조직이니 이쪽에 서는 하자는 대로 해야지요."

"제기랄, 언제 사파가 이렇게 된 거야? 우리의 정신이 뭐야, 자유 아니야 자유? 그런데 어디서 어중이떠중이들을 모아 놓은 것들한테 굽실거리고 장단이나 맞춰주니…… 이 짓도 정말 더러워서 못해먹겠구만."

백응노괴는 불만이 가득한 어조로 중얼거렸다. 그 말을 듣는 갈첨은 겉으로는 공손한 태도를 유지하면서도 속으로는 그를 차갑게 비웃었다.

'흥, 자유라. 그런 자유를 지키기 위해 칠살이 사파에서 싸우고 있는 거다. 네놈이 그렇게 웃고 떠들 수 있는 것도 우리가 그토록 싸워왔기 때문이야. 그렇지 않으면 너 같은 놈은 당장에 무림에서 쫓겨나서 막북(漠北)에서 마적질을 하거나 해남(海南)에서 조개나 구울 수밖에 없겠지.'

속이야 어떻든 갈첨은 더욱더 부드럽게 말했다.

"뭐, 일단 참아야지요. 기다리다 보면 좋은 때가 오지 않겠습니까."

"좋은 때라?"

백웅노괴는 그 말에 흥미를 느낀 모양이었으나 갈첨은 문득 불안한 마음이 일어 고개를 숙여 보이고는 걸음을 빨리해 먼저 내려갔다.

'혹시라도 내 속마음이 들키면 안 될 일이다.'

언젠가 자신의 독사방이 천하를 제패했으면 좋겠다. 구영문이고 칠살이고 다 없애 버리고. 그런 큰 뜻을 품고 있는 갈첨이었으나 그것을 들키는 것은 극도로 꺼리고 있는 그였다. 하지만 백웅노괴는 아까 주책없이 떠들던 모습과는 달리 황급히 사라지는 갈첨의 뒷모습을 차가운 눈초리로 주시하고 있었다.

사파인들이 진채에 도착하고 겨우 좌우를 정돈하니 뜻밖의 사람들이 진채 안에서 나타났다. 그들은 칠살의 사람들이었다. 역시 온몸을 검은색으로 두르고 있었지만 단 한 가지 다른 점이 있다면 앞선 자의 복면에 금색 테가 가늘게 둘러져 있다는 점이었다. 그 모습을 보자 사파인들은 어리둥절해 했지만 칠살의 인원들은 재빨리 오체복지(五體伏地)하여 예를 표했다.

"대살(大煞)님을 뵈옵니다."

수많은 인원이 일시에 복창하는 터에 사파의 진채는 크게 울렸다. 다른 사파인들은 어떤 자세를 취해야 할지 몰라 엉거주춤한 채로 있었다. 그때 대살이라 불린 자가 낮지만 기가 충만한 목소리로 말했다.

"일어나라."

그러자 칠살의 인원들은 마치 한 사람인 것처럼 서로 맞춰서 정확하게 일어났다. 군대의 사열보다도 더욱 대단한 광경이었다. 그만큼 대살이라 불린 자의 권능은 칠살 내에서 꽤 대단한 듯했다. 대살은 엉거주춤한 채로 있는 사파인들을 훑어보더니 갈첨의 이름을 불렀다.

"독사방주 갈첨."

그 목소리에는 이상한 기운이 실려 있어 갈첨은 저도 모르게 고개를 숙였다. 그때 대살이 다시 말했다.

"따라 들어오시오."

갈첨이 그가 지시하는 대로 중앙 진채로 들어가자 대살도 따라 들어갔고 그 부하들이 곧 문을 굳게 닫아걸었다.

등 뒤에서 문이 닫히자 갈첨은 불안한 마음이 일었으나 이미 내친걸음이었다. 어차피 대살이라 불리는 자의 목소리에 실린 내력만 보아도 자신은 상대가 되지 못했다. 죽이려고 하면 죽을 수밖에 없는 것이다. 체념을 하니 오히려 마음이 편해지며 어둡던 진채 안이 밝게 보였다.

그곳에는 홍엽도 앉아 있었다. 그녀를 보자 갈첨은 어쩐지 안심이 되는 것을 느꼈다. 부상자를 앞에 두고 자신을 고문하거나 죽일 일은 없다는 생각이 들었던 것이다. 물론 칠살은 사파 내에서도 상식을 벗어나는 인간들이 모여 있는 곳이라 어떻게 될지는 몰랐지만 어쩐지 불길한 느낌은 들지 않았다.

그를 보고 홍엽이 입을 열었다.

"몸이 불편해서 예를 취하지 못함을 용서하세요, 독사방주."

"아, 아닙니다."

갈첨은 황공한 듯 그녀에게 예를 표한 뒤 가만히 고개를 돌려 대살을 바라보았다. 대살은 번뜩이는 눈으로 그를 바라보고는 손짓으로 의자를 가리켰다. 갈첨은 그가 가리키는 대로 홍엽의 맞은편에 앉았고 대살은 스스로 상석에 앉은 뒤 잠시 말이 없었다.

끈적끈적한 침묵이었다. 갈첨은 분위기를 제대로 파악하지 못한 터라 무슨 말을 먼저 할 수가 없었다. 아무래도 자신은 대살과 이 자리가 주는 위압감에서 벗어나지 못하고 있었다. 한참을 기다려서 자신의 몸이 땀으로 흥건해진 뒤에야 대살이 천천히 입을 열었다.

"후군을 뽑아 공격한 건 좋은 결정이었소."

칭찬이었다. 하지만 다음에 무슨 말이 이어질지 몰라 갈첨은 번잡스런 행동 없이 다만 얼굴을 살짝 들어 감사의 예를 표했다. 그 모습을 보자 대살은 헛기침을 하더니 다시 입을 열었다.

"하지만 위의 뜻이 무익한 싸움을 피하는 것이라 인원을 물리게 되었소이다."

퇴각의 이유를 설명하는 대살에게 갈첨은 고개를 끄덕이며 동의를 표했다. 맞는 판단이었다. 사실 이곳에서 이렇게 많은 인원을 낭비하는 것은 사파로서도 좋은 일은 아니었다. 이곳이 어떤 전략적 가치를 가지고 있는지는 잘 알지 못했지만 자신으로서도 이렇게까지 하면서 이곳을 뺏어야 할 이유가 있을까 하고 생각해 오던 터였다.

그런데 대살은 그 후로 잠시 말이 없다가 문득 갈첨을 슬쩍 보았다. 복면 뒤로 날카롭게 빛나고 있는 눈동자는 마치 상대의 속마음을 들여다보려는 것 같아 갈첨은 저도 모르게 침을 꿀꺽 삼켰다. 그때 대살이 조용히 물었다.

"은검장주(銀劍莊主)는 누구요?"

이 말은 너무나도 뜻밖이라 갈첨은 잠시 대답이 궁해 침묵을 지킬 수밖에 없었다. 대살이 같은 질문을 반복한 후에야 갈첨은 식은땀을 흘리며 겨우 대답했다.

"사실은 저도 잘 모릅니다."

"흠."

대살에게는 그 대답이 만족스럽지 않은 듯하여 갈첨은 재빨리 덧붙였다.

"저뿐만 아니라 다른 동도들도 알지 못했고 참월도께서도 내력은 알지 못했습니다. 그런데 그가 이번에 기책(奇策)을 내어 적의 야습을 알아내어 약간은 이상한 생각이 들던 참이었습니다."

말을 하는 중에 은검장주 구연기에 대한 의심스러운 점까지 털어놓게 된 갈첨이었다. 하지만 알고 있는 것을 모두 말하는 편이 신상에 좋을 것이란 생각에 솔직히 말한 것이었다.

그런데 그에 답하는 대살의 말은 놀라웠다.

"그는 돌아오지 않았다고 하오. 그 부하들이란 것도 다른 파의 고용인이었고."

"예?"

갈첨은 저도 모르게 반문을 한 뒤 곧 상대방이 불쾌하게 여기지 않을까 하여 송구스런 표정을 지었으나 다행히 상대는 이해하고 넘어가는 듯했다. 하지만 갈첨은 여전히 구연기가 그렇게 사라진 것이 납득이 되지 않았다. 수상하기는 하지만 이번에 나름대로 큰 공을 세운 셈인데, 상을 받아야지 왜 사라진단 말인가? 갈첨의 의문을 풀어주려는 듯 쭉 잠자코 있던 홍엽이 입을 열었다.

"그에게는 애초부터 수상한 점이 많았어요. 하지만 이상하게 꼬리를 잡히지 않았죠. 그래서 조사 결과, 그는 첩자와 비슷한 활동을 했음이 드러났어요."

"뭐라고요?"

갈첨은 깜짝 놀랐다. 첩자는 진중(陣中)에서 가장 중죄(重罪)였다. 그렇다면 그 혐의를 자신에게도 덮어씌우는 것인가? 지레 겁을 먹은 갈첨은 재빨리 말했다.

"저는 그자와 말 한마디 제대로 해본 적이 없습니다."

"알고 있소."

대살이 말하자 갈첨은 겨우 한시름 놓았지만 여전히 자신을 이곳에 부른 이유는 짐작이 가지 않아 여전히 마음속에는 불안한 마음이 남아 있었다. 그가 눈알을 이리저리 굴리는 것을 보자 대살이 다시 말했다.

"그자는 수상한 자요. 혹시라도 발견되면 즉시 칠살에 연락을 주시오."

"물론입니다."

갈첨은 다시금 깊게 머리를 조아렸다.

그렇게 대화가 마무리되고 몇 마디를 더 나눈 후에 갈첨은 진채에서 겨우 나올 수 있었다. 마치 감옥에서 풀려난 듯 다리를 비틀거리던 그는 소식을 듣고 진채 앞에서 대기하고 있던 충성스런 부하들에 둘러싸여, 겨우 자신들의 진채로 돌아올 수 있었다.

"휴, 제기랄."

그는 욕을 하며 화주(火酒)를 들이켰다. 목이 타 들어가는 느낌과 함께 정신이 번쩍 들고, 겨우 현실 감각이란 것이 돌아오는 것 같았다. 갈첨은 화주를 병째 들이켠 뒤에 문득 씩 웃었다.

"방주님, 왜 그러십니까?"

그를 옆에서 보좌하고 있던 측근들 중 구환도를 잘 쓰는 구(仇)씨 삼 형제의 첫째가 물었다. 하지만 갈첨은 생각을 하느라 건성으로 대답했다.

"아무것도 아니야 임마."

갈첨의 생각으로는 대살이 자신을 부른 것이 이상했다. 말 그대로 자신이 은검장주인 구연기라는 첩자 놈과 연계되어 있었는지를 알아보려는 것이 그 이유였겠지만, 왜 구연기는 첩자 노릇을 했고, 그것과 대살이 여기 온 것은 또 어떤 관계가 있는가?

'첩자.'

분명히 홍엽은 첩자라는 표현을 썼다. 그렇다면 정파의 첩자라는 말인가? 하지만 그가 정말 정파의 첩자라면 야습을 알아내서 정파에게 크게 손해를 입힐 필요가 어디 있었겠는가? 그리고 그는 이번 전투가 끝나자 어디론가 사라져 버렸다. 그건 또 왜인가? 갈첨의 뾰족한 이마에는 핏줄이 살짝살짝 불거져 나왔다. 고민을 할 때면 버릇처럼 생기는 것이었다.

'설마…….'

갈첨의 눈이 살짝 빛났다.

'제삼의 세력?'

만약 정파와 사파가 치고받고 싸우는 도중에 제삼의 세력이 나타나 중간에서 이득을 취하려 한다면? 그렇다면 이번의 전투도 그런 것의 일환이고, 때문에 그에 말려드는 것을 눈치챈 칠살에서 먼저 공격을 멈춘 것이란 말인가?

등골이 서늘해졌다. 이것이 사실이라면 실로 무서운 일이었다. 구연기처럼 정파와 사파에 첩자들이 박혀 있다면, 약간의 조작으로 충분히 가능한 일이라고 생각되었다. 물론 말처럼 쉽지는 않겠지만, 어쨌든 있을 수 있는 일인 것이다.

'중간에서 이득을 본다…….'

그러고 보니 요즘 들어 수상한 점이 많았다. 분명히 정파와 싸우지도 않았는데 줄어들어 있는 사파의 세력들. 봉문한 곳도 있었고 장문인이나 우두머리, 교주나 그 딸 등 주요 인물들을 잃어버린 곳들도 있었다. 하지만 그런 곳들에 대해서는 아무런 소문도 없었다. 마치 누가 그 소문이 퍼져 나가는 것을 두려워해서 일부러 막아버린 것 같았다.

생각하면 생각할수록 일의 전말이 확실해졌다. 분명히 제삼의 세력이 있는 것 같았다. 그들이 정사대전이라는 큰판의 한쪽에 밥숟갈을 걸쳐 놓고 한몫을 단단히 보려 하는 것이다.

'중도문파인가?'

가장 먼저 생각이 미친 곳은 거기였다. 하지만 그렇다면 정파와 사파에서 모를 리가 없지 않는가? 정사대전을 시작할 때의 맹약이 있었으니, 만약 중도문파가 부당하게 개입했다면 휴전하고 그들부터 쳐 없앴을 것이다. 그렇다면 도대체 누군가?

그런데 생각하면 할수록 이것은 갈첨의 구미에 맞는 것이었다. 약한 세력이 강한 세력의 틈바구니에서 이득을 보는 것. 그것은 갈첨이 생각하는 것과 일치하지 않는가?

그리고 어쩌면 그 제삼의 세력도 자신들의 목적을 위해 갈첨의 독사방을 필요로 할지도 몰랐다. 그렇다면 더없이 좋은 일이었다.

'어쩌면 이것은 하나의 전기일지도 모른다.'

팽팽한 싸움에서 제삼의 세력이라는 존재는 커다란 변수로 작용할 수 있었다. 그리고 그것을 잘 이용한다면, 독사방 역시 일약 비상하여 풍운의 중심에 설 수도 있었다.

'꿈이 이루어질 수도 있는 것인가?'

갈첨은 기나긴 어둠만이 이어지는 동굴 속에서 한줄기 빛이라도 본 듯한 느낌이 들었다.

다음날 사파는 진채를 뽑아 떠나 버렸다. 절망적인 상황에서 벗어난 것은 성곽 위에 있던 정파인들에게는 물론 기쁜 일이었지만 마음 놓고 즐거워할 수만은 없었다. 이번 싸움에서 사상자가 부지기수였고, 특히 화산파의 대제자 사풍월과 태산파의 대제자 장인목이 나란히 사망자 명단에 이름을 올려놓고 있었기 때문이었다.

백무연은 정파인들의 도움을 받아 성곽 위의 시신들을 수습한 뒤 다시 아래쪽으로 내려가 산기슭과 사파 진채에 버려진 시신들까지 수습했다. 거기에는 물론 사파인들의 시신도 끼어 있었다. 하지만 죽은 자를 엄숙하게 다루고 있는 그에게 아무도 반대 의사를 표시하지는 않았다. 구태여 시체까지 차별할 이유는 없었던 것이다.

곧 시신의 산이 만들어졌고 높은 불기둥이 그것을 감싸며 활활 타오르기 시작했다. 사람들은 그 휘황한 불빛을 홀린 듯이 바라보았다. 눈물을 흘리는 자도 있었고 안타까워하는 자도 있었으며 조용히 묵념을 하는 사람도 있었다. 어쨌거나 죽음은 생(生)과의 이별이었고 이별은 대부분의 경우 슬픔을 낳는 것이었다.

백무연은 자신이 만들어낸 불기둥 앞 가장 가까운 자리에서 맑은 목소리로 경(經)을 외고 있었다. 그의 입에서 나오는 말들이 바람을 타고 재가 되어 흩날리는 지전과 함께 먼 곳으로 사라졌다. 사람들은 그 광경을 아연히 바라보고만 있었다.

반규린, 임파초, 이해은도 한쪽에 서서 그 모습을 지켜보고 있었다. 어제 하루 종일 푹 잔 뒤라 반규린과 이해은은 기운을 많이 회복하고 있었다. 임파초는 겉으로는 멀쩡해 보였고 상처도 없었지만 반규린은 그 역시 속으로는 지쳐 있을 것이라고 생각했다. 임파초가 어제처럼 열심히 검을 휘두르는 모습을 반규린은 본 적이 없었기 때문이었다. 반규린은 그 생각을 하다가 문득 고개를 돌려 임파초에게 물었다.

"어떻게 됐어요?"

"응?"

임파초는 백무연의 독경(讀經)에 집중하고 있었던 듯 반규린의 말을 잘 듣지 못하다가, 반규린이 눈살을 살짝 찌푸리며 다시 묻자 겨우 알아들었다.

"뭐가?"

"벽력단주 말이에요."

어제 벽력단주, 벽호가 성곽 아래에 묻혀 있는 수많은 양의 폭약을 폭발시키려 했고, 또 그것이 뜻대로 되지 않자 다량의 폭탄을 안고 터뜨리려 했다가 임파초에게 제압을 당하고 쓰러진 뒤에, 반규린은 벽호의 상태를 확인해 보았다. 확실히 환술에 걸려 있었다. 그에게서도 예전의 이해은에게서처럼 시충(尸蟲)이 발견되었던 것이다. 반규린은 그것을 보고 제삼의 세력에 대한 심증을 더욱 굳혔다. 분명히 동일한 수법이었다. 벌써 구영문에까지 그들의 손이 뻗어 있다는 말이 되는 것이었다. 더군다나 사파에는 구연기가 태연하게 자리하고 있었으니, 이미 제삼의 세력은 정파와 사파 양측에 그 영향력을 자유롭게 미치고 있는 셈이었다.

벽호는 어제 임파초에게 제압당한 뒤 마치 기억에 공백이 생긴 듯 지난 일을 기억하지 못했다. 얼핏 보면 정상으로 보였지만 이해은의 일을 생각해 볼 때 재발의 위험이 있다고 판단되었다. 그래서 그때 구영문의 제칠기마단장과 제일엽사단장, 그리고 벽호를 제압했던 임파초 세 사람이 그 처리에 대해 비밀스럽게 논의를 했다. 반규린도 끼고 싶었지만 구영문에서는 그것을 꺼리는 듯했다. 문파의 불명예스러운 모습을 한 명에게라도 덜 알리고 싶어하는 모습이었기 때문에 반규린은 어느 정도 이해는 했지만 한편으로는 기분이 가히 좋지 않았다.

그런데 임파초가 자신의 말을 제대로 듣지 않는 것처럼 보이자 반규린은 이제 그가 그 논의의 내용도 자신에게 숨기려는 것인가 해서 더욱 화가 났던 것이었다. 하지만 임파초는 곧 반규린에게 대답해 주었다.

"내문(內門)으로 압송한다는군. 거기서 알아서 하겠지."

"그래요."

그럴 것이라고 짐작은 했지만 역시나였다. 이번에 환술을 건 사람이 누구인지 반규린은 너무나도 궁금했지만 벽호가 구영문의 내문으로 옮겨진다면 그것을 알 길은 그녀에게서 완전히 멀어지는 것이었다. 반규린이 한숨을 쉬자 임파초는 씩 웃으면서 물었다.

"왜, 아쉬워?"

"네?"

임파초의 말에 무슨 다른 뜻이 있는 것 같아 반규린은 눈썹을 살짝 치켜 올렸다.

"무슨 말이죠?"

"꽤 잘생긴 녀석이었잖아."

"아니, 도대체 무슨 소리를 하는 거예요?"

"물론 정신이 약간 이상한 게 흠이긴 했지만."

"그건 환술에 걸린 거라니까, 몇 번을 말해야 알아들어요."

"그래? 그렇군. 뭐 그렇다고 해도 아쉬운 건 마찬가지 아냐?"

그렇게 말하며 임파초는 장난기 가득한 눈으로 반규린의 눈을 슬쩍 바라보는 것이었다. 하지만 반규린은 성을 내며 말했다.

"웃기지 말아요. 그런 사람이 뭐가 좋다고……."

"그래? 그럼 그런 유형은 별로라는 건가. 오, 그러면 어떤 사람이 좋은데? 저기 백 공자 같은 미소년?"

"미쳤어요?"

반규린과 임파초는 여느 때처럼 옥신각신을 시작했고 이해은은 그런 그들을 바라보다가 다시 백무연에게로 눈을 돌렸다. 백무연은 독경을 마치고 주변을 정리한 뒤 잠시 불기둥 근처에 머무르고 있었다. 그런데 백무연에게 누군가가 걸어가는 것이 이해은의 눈에 보였다.

"응?"

이해은은 눈을 크게 떴다. 백무연에게 걸어가는 사람은 낯이 익은 여자였다. 그녀는 수줍은 듯 백무연에게 다가가더니 무언가를 건네주고 도망치듯 사라져 버리는 것이었다. 이해은은 곰곰이 생각하다가 그녀가 누군지 생각이 났다. 그런데,

"태산파의 유화영 소저로군."

갑자기 옆에서 들려오는 목소리에 이해은은 깜짝 놀랐다. 어느새 말싸움이 멈췄는지 임파초가 팔짱을 끼고 제법 진지한 표정으로 서 있었다. 임파초는 이해은을 슬쩍 바라보면서 다시 말했다.

"이건 뭘까? 응? 아무래도…… 사랑의 고백인가?"

"그, 글쎄요?"

"에이, 꼬마 아가씨, 여자들은 다 감이 좋잖아. 여자가 나비처럼 사뿐하게 다가와서 갑자기 벌처럼 무언가를 톡 쏘듯

이 건네주고 쏜살같이 사라질 때, 그 대답은 단 하나라고 봐도 무방하지 않겠어? 더군다나 저런 청춘남녀의 경우에는 말이야. 흐흠."

그러면서 임파초는 갑자기 반규린을 슬쩍 바라보았다.

"안 그래, 반 소저?"

"왜 갑자기 나한테 그런 말을 하는 거예요."

반규린은 표정이 굳어지며 퉁명스럽게 대답했다. 하지만 임파초는 어깨를 으쓱하더니 다시 놀리듯 말했다.

"아니, 그냥. 어쩐지 이런 말을 하니까 반 소저 생각이 나서. 왜일까?"

"입에서 나오는 말이라고 함부로 지껄이지 말아요."

그렇게 말하는 반규린의 표정은 이미 싸늘해져 있어 마치 귀기를 내뿜는 검 같았다. 하지만 임파초는 전혀 기죽지 않고 빙글거리며 말하는 것이었다.

"아니, 뭐 내가 언제 무슨 말을 했다고 그러나?"

그러면서 임파초의 신형은 반규린에게서 떨어지는 쪽으로 살짝살짝 움직이고 있었다. 반규린은 임파초를 매섭게 노려보다가 돌연 몸을 휙 돌려 사라져 버렸다. 이것은 임파초로서도 예상 밖의 일이었는지 잠시 반규린을 멍하니 쳐다보다가 문득 이해은을 보며 물었다.

"내가 좀 심했나?"

"아저씨, 일부러 그랬죠?"

이해은은 미간을 찌푸리며 임파초에게 물었다. 하지만 임파초는 자신에게는 죄가 없다는 듯 과장스러운 표정으로 그 말을 받았다.

"엥? 무슨 말이야. 난 그저 생각이 나는 대로 말했을 뿐인데…… 아이구, 입이 주책인가."

"아저씨가 반 언니를 놀리는 건 좋지만 너무 정도가 지나치면 못써요.. 언니는 겉보기보다 마음이 여리단 말이에요."

이해은은 어른스럽게 말하고는 역시 몸을 돌려 반규린이 사라져 간 쪽으로 뛰어갔다. 이해은마저 전혀 생각 밖의 말을 하자 임파초는 가만히 서 있다가 머리를 긁적였다.

"예, 공주님. 죄송합니다."

한편 도망치듯 자리를 빠져나온 반규린은 가슴속에서 화가 치미는 걸 견딜 수가 없었다. 그녀는 임파초가 저런 말로 자기의 시선을 분산시키려는 이유를 짐작하고 있었다.

임파초는 이번에 그야말로 놀라운 능력을 보여주었다. 벽호가 환술에 걸려 있다는, 반규린 자신도 깨닫지 못한 사실을 그녀보다도 먼저 알아채고, 또 그것을 대비해서 미리 벽호를 감시하며 성곽 밑에 묻어둔 폭약의 기폭장치를 몰래 망가뜨려 놓고 결정적인 순간에 자폭하려는 벽호를 제압하기까지 했던 것이다. 실로 대단한 일이었다. 반규린으로서는 임파초의 정체가 궁금할 수밖에 없었다.

하지만 임파초는 자신에게 그것을 물어올 걸 알고 일부러 반규린의 감정을 건드려서 자신의 주의를 분산시키려 하는 것이다. 물론 그녀는 알고 있다. 알고 있는데, 그래도 정말 화가 나는 걸 어쩌란 말인가.

'장난도 정도껏 하라고.'

하필이면 말을 해도 백무연에 대한 걸 이야기할 게 뭐란 말인가. 백무연과 자신은 아무런 사이도 아닌데. 그것을 임파초도 알고 있으면서 왜 애꿎게 백무연이 갑자기 태산파의 유화영에게 무언가를 받는 장면에서 그런 얘기를 보란 듯이 해댄단 말인가. 반규린은 갑자기 주먹을 들어 앞에 있는 나무를 쳤다. 나뭇가지가 흔들리며 막 돋기 시작한 새순들이 부르르 떨었다. 내력을 싣지 않고 쳤기에 주먹이 아팠다.

반규린은 씩씩거리며 치솟는 분을 억눌렀다. 그리고는 깊은 한숨을 쉬며 조용히 중얼거렸다.

"아니라고."

그리고는 가만히 있다가 문득 큰 소리로 다시 외쳤다.

"아니라고!"

"아니, 뭐가 아니란 말씀입니까?"

“에엣?”

반규린은 장난을 하다가 들킨 고양이처럼 깜짝 놀라서 뒤를 돌아보았다. 백무연이 그 자리에 서 있었다. 그를 보자 반규린은 당황스러운 표정을 감추지 못했다.

“저, 백, 백 공자.”

“여기서 혼자 뭘 하고 계십니까?”

백무연이 이상하다는 듯 물었지만 반규린은 불쾌한 듯 헛기침을 하며 말했다.

“아니에요!”

“하지만…….”

“아니라니까요!”

“…손이 까졌습니다.”

그 말을 듣자 반규린은 자신의 손을 내려다보았다. 아까 나무를 너무 세게 쳤는지 정말로 손의 피부가 좀 벗겨져 있었다. 자신의 고운 피부가 상한 것을 보자 반규린은 눈물이 날 것 같았으나 애써 대수롭지 않은 듯 말했다.

“뭐, 괜찮아요. 이런 것쯤.”

하지만 그때 자신의 손에 따뜻한 감촉이 와 닿는 것이었다.

“잠시만 감고 계십시오.”

그것은 백무연의 품에서 나온 염포였다. 안에는 무엇을 발라놓았는지 향기로운 냄새와 함께 그것에 닿은 손이 깨끗해지는 듯한 느낌이 들었다. 백무연이 그런 반규린에게 말했다.

"안에 청낭향(青囊香)을 발라두었습니다. 부상자들을 치료하다가 남은 겁니다."

반규린은 대답 대신 고개를 다른 곳으로 돌렸다. 백무연이 의아해서 그런 그녀를 바라볼 때 문득 모기 소리만큼 작게 그녀가 말했다.

"고마워요."

"아닙니다."

백무연은 그녀의 행동이 어쩐지 이상한 것 같았으나 어쩐지 이유를 묻기가 힘들어 굳이 더 말하지 않았다. 둘 사이에 약간의 침묵이 이어지다, 문득 반규린이 갑자기 생각난 듯 말했다.

"이제 다시 가야겠죠?"

"예. 이곳에서의 임무가 끝나셨습니까?"

"그래요. 백 공자는 여기서 사람들이랑 많이 친해졌나요?"

"네, 부상자를 치료하고 죽은 자를 돌보다 보니 많은 분들과 알게 되었습니다."

"그렇군요."

반규린은 그 말에 잠시 말이 없다가 곧 궁금하게 여기던 것을 물었다.

"태산파 사람들과는 어때요?"

“네?”

“많이 친해졌냐구요.”

“예.”

“네, 예, 그렇게밖에 대답하지 못하는 거예요?”

반규린이 여전히 고개를 돌린 채 약간 골난 목소리로 물었고 백무연은 그 말에 고개를 갸웃거리다가 다시 말했다.

“많이 친해졌습니다.”

그러자 반규린의 한숨 소리가 들렸다. 그러다가 그녀는 결국 먼저 본론에 돌입하고 말았다.

“유화영 소저는 어때요?”

“예?”

그제야 백무연도 반규린의 말에 뭔가 뜻이 있음을 약간은 느낀 듯했다.

“글쎄요, 많은 말을 해보지는 못했습니다.”

“그래요. 이제 곧 헤어질 텐데요.”

“만남과 이별은 늘 있는 일이지요.”

“아니, 그러니까…… 유 소저가 많이 아쉬워하던가요?”

“글쎄요, 잘 모르겠습니다.”

백무연은 눈을 깜박이더니 갑자기 품에서 무언가를 꺼냈다.

“그러고 보니 이런 것을 주더군요.”

반규린은 자기도 모르게 몸을 돌려 백무연이 말한 것을 보았다. 그것은 적금(赤金)의 빛깔을 띤 엄지손가락만 한 크기의 작은 환약(丸藥)이었다. 강호 경험이 넓은 반규린은 그것이 무언지 금세 알아보고 눈이 살짝 커졌다. 그때 백무연이 말했다.

"진태음양환(眞太陰陽丸)이라는 것인데, 복용하면 해독의 효능과 함께 몸이 튼튼해지고 눈이 밝아진다고 하면서, 적에게서 구해준 선물이라고 했습니다."

백무연은 아무렇지도 않게 설명했지만 그것, 진태음양환은 제조 비법이 까다롭고 효능이 뛰어나 무림에서 보기 드문 물건들 가운데 하나였다. 특히나 요즘 들어서는 귀하기 그지없는 것이라 아무리 태산파 장문인의 외동딸이라도 갖고 있는 것은 아마 그 한 알뿐이었을 것이다. 그런데 그것을 아낌없이 백무연에게 준 것이다. 반규린은 자신의 짐작이 맞아떨어진 것을 알고 표정이 살짝 굳었다.

그런데 백무연은 오히려 그 진태음양환을 반규린에게 내미는 것이었다.

"저는 이런 것이 필요 없으니, 반 소저에게 드리려고 합니다."

반규린은 돌연한 그의 행동에 깜짝 놀랐다.

"그게 무슨 말이에요? 남이 백 공자에게 선물로 준 것을 어떻게 제가 받을 수 있겠어요? 그런 말은 하지 마세요."

"하지만 저에게는 이런 물건이 필요가 없습니다. 물건이란 것은 필요한 사람에게 가는 것이 마땅하지 않겠습니까? 저도 이것이 귀하다는 말을 어렴풋이 들었지만 그럴수록 어디에 써야 할지 모르겠습니다."

"다쳤을 때 쓰면 되잖아요."

"그러기에는 너무 귀한 것이라는 생각이 들었습니다. 그리고 반 소저라면 이 물건이 쓰일 곳을 알 것 같은 생각이 들었습니다."

그러면서 여전히 손을 내밀고 있는 백무연의 모습에는 한 치의 망설임도 없었다. 하지만 반규린은 태연하게 그것을 받아들 수 없었다.

"안 돼요."

그렇게 말하더니 문득 백무연의 내민 손을 살짝 잡으며 말하는 것이었다.

"제가 갖는 게 아니고, 백 공자의 것을 맡아두는 걸로 해요. 그럼 되겠죠?"

그러자 백무연은 잠시 생각을 하더니 곧 고개를 끄덕였다.

"어찌 되었든 반 소저에게 이 물건이 있게 된다면 좋습니다."

"아니에요. 그러면 그렇게 하기로 해요."

반규린은 결국 진태음양환을 품 안에 넣었다. 하지만 그러면서도 자신이 백무연의 물건을 맡는다는 것을 계속 강조했다. 백무연은 미소를 지으며 말했다.

"아무튼 감사합니다."

"아니, 감사는 무슨 감사예요."

"그럼, 전 잠시 뒷정리를 하러 가보겠습니다."

그러면서 백무연은 등을 돌려 왔던 곳으로 되돌아가는 것이었다. 몇 걸음 갔을 때 반규린이 그런 백무연을 불러 세웠다.

"백 공자!"

백무연은 의아한 얼굴로 뒤를 돌아보았다. 반규린은 백무연에게 겨우 들릴 정도의 목소리로 말했다.

"고마워요, 믿어줘서."

그러자 백무연은 아무 말 없이 조용히 미소 지었다. 마주 보는 두 남녀의 머리 위로 석양이 지고 있었다.

第十一章
서평군왕(西平郡王)
葬儀門王

장의문주

"**와**, 꽃이 피었네."

이해은은 즐거운 중얼거림과 함께 길가로 다가갔다. 수많은 잡초들 가운데 금낭화(錦囊花) 하나가 곱게 피어 있었다. 비단 주머니처럼 아름다운 홍색의 꽃들이 나란히 고개를 숙이고 있는 모습은 봄이 성큼 다가왔음을 백무연 일행에게 알려주고 있었다.

그들이 벌써 천성산을 떠난 지도 열흘이 다 되어가고 있었다. 일행 중 제일 큰 부상을 입은 사람은 역시 구연기의 혈마조가 가슴에 박혔던 백무연이었으나 일주일 정도를 아무것도

하지 않고 회복에만 전념하니 몸을 움직이는 데에는 큰 불편
이 없을 정도가 되었다. 하지만 아직도 잠들 적마다 가슴 근
처가 쑤시는 것은 어쩔 수 없었다. 그러나 백무연은 굳이 내
색하지 않았다.

반규린와 이해은이 입었던 부상은 그에 비해 경미한 것이
어서 금세 치료할 수 있었다. 그리고 임파초는 몸뿐만 아니라
옷도 상처 하나 없이 깨끗해서 마치 싸움터에 나가지 않았던
사람 같았다. 그는 백무연 등이 부상을 치료하는 동안 어디론
가 사라졌다가 다시 나타났는데, 아마 소모가 심했던 공력을
회복하느라 그랬던 것 같았다.

벽호는 구영문의 내문으로 압송되고, 태산파와 화산파의
사람들, 그리고 제일엽사단과 제칠기마단은 모두 있던 곳으
로 돌아갔다. 백무연 일행도 그들과 헤어진 뒤에 부상을 치료
하고, 다시 서쪽으로 길을 잡아 걷고 있는 중이었다.

"이제 거의 다 왔어요."

반규린의 말에 임파초는 대수롭지 않게 대답했다.

"아, 그렇군."

그러다 문득 어떤 생각이 났는지, 지나가는 듯 물었다.

"그런데 서평왕부(西平王府)에 도착하면 말야, 어떻게 들어
갈 거야?"

"네?"

뜻밖의 질문을 해오자 반규린은 순간 잘 이해를 하지 못했다. 하지만 임파초는 눈을 깜박이며 말했다.

"뭐야, 생각해 본 적이 없단 말야?"

"그, 그건……."

반규린은 이상하게 더듬거리며 말을 제대로 하지 못했다. 그 모습에 임파초는 더욱 궁금하다는 듯한 표정을 지으며 말했다.

"뭐야."

그러더니 반규린의 눈을 빤히 쳐다보았다.

"뭔가 숨기는 게 있는 것 같은데……?"

"아, 아니에요!"

반규린은 당황하며 말했다. 하지만 임파초가 여전히 수상하다는 표정으로 그녀를 바라보고, 백무연과 이해은도 궁금한 얼굴을 하자 난처한 표정을 지으며 입을 열었다.

"그게 아니라, 사실은……."

하지만 그때 어디선가 다급한 비명이 들렸다.

"꺄아아악!"

그 소리에 당황한 일행은 주변을 둘러보았다. 하지만 원래 인적이 뜸한 길의 앞뒤에는 아무도 보이지 않았다. 그때 백무연이 갑자기 길옆에 난 수풀을 헤치고 어디론가 달려가기 시작했다. 소리의 진원지를 파악한 것 같았다.

“기다려요!”

반규린 등도 그의 뒤를 쫓았다. 순식간에 그들은 어떤 공터에 도착했다. 그곳에는 험상궂게 생긴 도적 서너 명이 가냘픈 한 여인을 희롱하려는 듯 둘러싸고 있었다. 이미 여인은 상의가 거칠게 찢어져 있고 눈두덩에는 파란 멍마저 들어 있었다. 그 모습을 보자 먼저 도착해 있던 백무연은 불문곡직하고 도적들에게 달려들었다.

“뭐, 뭐냐 애송이가. 으윽!”

“악!”

도적들은 순식간에 날아든 백무연의 염포에 미처 병장기를 휘둘러 볼 틈도 없이 그대로 쓰러졌다. 백무연이 도적들을 바라보고 있는 것을 보자 반규린은 재빨리 여인에게 다가갔다.

여인은 이십대 후반쯤으로 보였는데 약간 신경질적인 인상이었지만 꽤 대단한 미인이었다. 반규린은 긴장이 풀려 쓰러지려는 그녀를 부축했다.

“괜찮아요?”

“오오, 고마워요. 이 은혜를 어떻게 갚아야 할지…….”

“일단 좀 쉬세요. 안심하시고요.”

반규린은 그렇게 그녀를 달랜 뒤 이해은에게 여인을 돌보게 하고 백무연에게 다가갔다. 백무연은 도적들을 내려다보며 가만히 서 있었다. 그런 백무연이 이상스럽게 느껴져 반규린은 물었다.

"백 공자, 왜 그래요?"

"어떻게 하면 되는 겁니까?"

백무연은 조용한 목소리로 물었다. 하지만 반규린은 그 질문의 뜻이 얼른 짐작이 가지 않아 이상한 표정을 지었다. 그때 옆에서 누군가가 말했다.

"백 공자는 이자들을 어떻게 하면 좋겠느냐고 묻고 있잖아."

어느새 옆에 선 임파초였다. 한두 번 겪는 일은 아니었지만 사람 곁에 바짝 붙어서 말하는 그의 태도는 여전히 당황스러웠다. 하지만 일단 심각한 얼굴의 백무연이 먼저라 반규린은 아무 말 않고 옆으로 살짝 비켜선 뒤 백무연에게 물었다.

"그러니까, 이 사람들의 처리가 문제란 말이죠?"

"만약 이 사람들이 풀려난다면 이 같은 일을 또 저지를 것입니다. 그러면 많은 사람들이 이들의 손에 죽을 것입니다."

요컨대 백무연이 고민하는 것은 이들의 재발 범죄였다. 하지만 반규린으로서는 딱히 해줄 말이 없었다. 범죄자를 죽인다고 범죄가 해결되는가? 범죄는 계속해서 일어난다. 한 사람의 힘으로는 막을 수 없다. 애당초 백무연이 하는 고민의 범위가 너무 큰 것이다. 반규린은 그렇게 말하고 싶었지만 갑자기 옆에서 임파초가 말했다.

"아, 그럼 손발을 자르면 어떨까?"

너무나도 태연하게 하는 말에 반규린은 그야말로 화들짝 놀랐다. 그 말에 백무연이 무표정한 얼굴로 고개를 끄덕일지도 모른다고 생각했기 때문이다. 얼른 임파초를 막으려 들며 백무연에게 말했다.

"그, 그럼 안 돼요!"

"그럼 어떻게 해? 백 공자는 이들이 다시 이런 일을 저지르는 걸 원치 않잖아. 그럼 죽이거나 그 일을 못하게 하는 수밖에 없지 않아?"

여전히 능청스런 얼굴로 말하는 임파초다. 하지만 반규린으로서는 절대 허락할 수 없는 일이었다.

백무연이 적의 무기를 가슴으로 받아내며, 그럼에도 불구하고 적을 죽이지 말라고 했을 때, 그리고 앞으로는 사람을 죽게 하지 않는 길을 가겠다고 했을 때, 사실은 반규린도 마음속으로는 꽤나 감동을 받았던 것이다. 하지만 그 방향이 이런 식으로 흐르게 된다면 전혀 소용이 없는 일이라고 생각했다. 사람을 죽이는 것보다도 더 나쁜 것이다. 때문에 반규린은 임파초를 향해 더없이 강경하게 말했다.

"입 좀 다물고 있어요! 도대체 뭘 가르치려는 거예요?"

그러자 임파초는 씩 웃으면서 조용히 한쪽으로 물러났다. 그런 그를 노려보다 반규린은 고개를 돌려 백무연에게 말했다.

"또 막으면 되잖아요."

"네?"

그 말에는 백무연이 놀란 듯했다. 하지만 반규린은 그의 반응에 아랑곳없이 계속 말했다.

"백 공자가 또 막으면 된다구요."

"하지만 제가 볼 수 없는 곳에서 이 사람들이 이와 같은 일을 또 할 수도 있지 않습니까? 그렇다면 전 막을 수 없습니다."

"맞아요. 게다가 이 사람들뿐일까요?"

"예?"

"우리가 이렇게 말하고 있는 지금 이 순간에도 강호의 다른 곳에서는 이런 일이 비일비재하게 일어날 거예요. 백 공자가 그걸 다 보고 알 수 있어요? 애초에 백 공자가 하고 있는 고민과 걱정이라는 건 범위가 너무 커요. 한 사람이 세상을 상대로 싸울 수 있나요?"

반규린은 그렇게 쏘아대듯 말하며 속으로 생각했다. 또 말해 버렸다고. 백무연의 가슴에 상처를 줄 수 있는 말을 또 해 버린 것이다. 자신의 속마음은 오히려 그를 응원하고 싶은 쪽이었지만, 매번 생각과는 다르게 튀어나가는 말을 자신도 막을 수가 없었다. 하지만 내색할 수는 없는 일이어서 그녀는 더욱 굳어진 얼굴로 있을 수밖에 없었다.

백무연은 그 말을 듣고 잠시 생각하는 듯하더니 쓰러져 있는 도적들을 다시 내려다보았다. 반규린은 그의 무표정한 얼굴을 보자 순간 긴장이 되는 것을 느꼈다. 어쩌려고 저러는 것인가? 그녀는 자기도 모르게 침을 꿀꺽 삼켰다. 그리고 백무연은 임파초를 돌아보며 말했다.

"검을 좀 빌려주시겠습니까."

그러자 임파초는 두말없이 자신의 검을 뽑아 백무연에게 건네주었다. 반규린은 갑자기 검을 빌리는 백무연과 그걸 말없이 건네주는 임파초에게 놀랐지만 워낙 순식간에 일어난 일이라 말리고 자시고 할 틈이 없었다. 검을 받은 백무연은 도적들의 눈앞에 검을 들이댔다. 혈을 짚였지만 정신은 멀쩡하고 지금까지의 이야기를 아마도 모두 들었을 도적들은 극도로 긴장된 눈빛으로 백무연의 검을 바라보았다. 어느새 도적들의 이마와 그것을 바라보는 반규린의 이마에도 구슬땀이 맺혔다. 백무연은 잠시 그런 채로 가만히 있었다.

그리고 순간 백무연의 손에 있던 검은 빠르게 움직여 도적들의 누운 위를 스쳐 지나갔다.

잠시 동안의 정적이 흘렀다.

누워 있던 도적들은 질끈 감았던 눈을 살짝 뜨고, 다시 주변을 둘러보며 눈을 깜박거리더니, 자신들의 혈도가 풀린 것을 알아차리자마자 뒤도 돌아보지 않고 달아났다. 마른 길에 먼지가 나도록 도망가는 그들의 뒷모습을 반규린은 약간 허탈한 듯 바라보다가, 다시 백무연을 보았다. 그때 백무연이 침착하게 말했다.

"모르겠습니다."

그리고는 다시 입을 열어 말했다.

"하지만 제가 할 수 있는 한은 최선을 다할 겁니다."

그는 임파초에게 검을 건네주고 몸을 돌려 한쪽으로 걸어갔다.

반규린은 그저 멍하니 서 있을 뿐이었다. 그때 임파초가 그녀에게 의미심장한 어조로 말했다.

"모르겠나? 백 공자는 지금 저들에게 준 거야."

"뭘… 말이죠."

"'기회'를 말야."

임파초는 그렇게 말하고 눈을 돌려 이해은이 돌보고 있는 여자를 바라보았다.

"그나저나 저분은 어쩌다가 저렇게 된 건가?"

그리고는 휘적휘적 그녀에게 다가가는 모습을 반규린은 가만히 보고 있었다. 그녀의 머릿속에는 기회라는 단어가 끊임없이 맴돌았다.

'기회라고.'

반규린은 아까 보았던 백무연의 무표정한 모습을 다시금 머릿속에 떠올려 보았다. 그는 도대체 무슨 생각을 하고 있었던 것일까.

이해은은 쓰러진 여인을 돌보고 있었다. 여인은 겨우 정신을 차린 모양이었다. 색이 창백해진 입술과 부르르 떨리는 얼굴 근육이, 그녀의 정신적 고통이 심했음을 말해주고 있었다. 이해은은 그녀를 걱정스럽게 바라보며 물통을 입에 대어주었다. 여인은 물을 마신 뒤 한숨을 쉬며 넘기지 못한 물을 바닥에 내뱉었다.

"괜찮아요, 고마워요."

여인은 그렇게 말하며 겨우 정신을 차린 듯했다. 그때 그들의 앞에 긴 그림자가 다가와 섰다. 임파초였다.

"어쩌다가 그런 봉변을 당하셨습니까?"

임파초답지 않게 무척 정중한 모습이라 이해은은 어색함을 느꼈다. 여인은 그런 임파초를 올려다보더니 침착하게 대답했다.

"괜찮습니다. 제가 홀몸으로 여행을 하다 보니 어려운 일을 겪은 것 같습니다. 도와주셔서 정말 감사합니다."

"아닙니다. 가시는 방향이 어디신지?"

"양주(凉州)입니다만."

그러자 임파초는 놀라운 듯 반규린 쪽을 돌아보며 말했
다.

"우리와 방향이 같은데."

그 말을 듣자 반규린은 상념에서 깨어나 여인이 있는 쪽으
로 다가왔다.

"양주로 가신다고요?"

"네, 거기에 먼 친척이 사셔서 한 몸을 의탁하러 가는 길입
니다."

"가족은 안 계신가요?"

"부군(夫君)이 젊은 나이에 돌아가셔서⋯⋯."

그렇게 말하자 반규린은 문득 미안한 마음이 들어 서둘러
말했다.

"죄송해요."

"아니에요, 괜찮습니다. 그런데 같은 방향이시라면, 여러
분도 양주로 가시는 길인가요?"

"네, 거기에 일이 있거든요."

그러자 여인은 반가운 기색으로 말했다.

"혹시 불편하지 않으시다면 동행을 해도⋯⋯."

그러면서 말끝을 흐리는 그녀를 보자 조금 전의 사건도 있
고 해서 반규린은 그 말을 굳이 거절할 생각이 들지 않았다.

더군다나 그녀는 몸가짐도 정숙하고 예절이 바르게 보이는 것이 보기 드문 미인이라 가깝게 지내고 싶은 생각도 들었다.

"좋아요, 오히려 이쪽에서 먼저 청하고 싶었는데요."

반규린은 반갑게 웃으면서 그렇게 말하고는 몸을 돌려 백무연을 찾았다.

"어디로 간 거지?"

그녀가 백무연을 찾는 것을 보자 임파초가 멀리 가리켜 보였다.

"저기 오는군."

과연 그 방향에서 백무연은 걸어오고 있었다. 그가 오는 것을 보자 반규린은 그를 손짓해 부른 뒤 여인을 소개했다.

"저는 진묘화(晉妙畵)라고 해요."

여인이 이름을 밝히자 나머지 일행들도 각자 자신을 소개한 뒤 그들은 함께 양주로 향하게 되었다.

*　　　*　　　*

그리고 다시 사흘이 지났다. 일행은 양주 바로 앞의 사하(沙河)란 작은 고을에서 묵을 예정이었다. 여전히 앞장을 서서 걷고 있는 반규린에게 임파초가 물었다.

"이봐."

"뭐예요?"

"사하란 고을은 꽤 유명한 곳이지?"

"새삼스럽게 그런 걸 왜……."

반규린은 이상한 듯 물었지만 임파초는 대답도 기다리지 않고 갑자기 말을 늘어놓았다.

"그곳은 작은 고을이지만 예부터 천문(天文)에 밝은 자들이 꽤 있어 다가올 일을 잘 보았다는 거야. 대표적으로 약 백 년 전 이진명(李眞明)의 난(亂) 때에 그 마을 사람들이 미리 알고 피해 화를 면한 일과 그보다 더 전의 일로는 새로운 왕조, 곧 우리의 태조(太祖)께서 나실 곳과 시기를 예언했던 일 등이 있지. 그리고 사실은 사하라는 지명도 밤에 보이는 모래알처럼 무수히 많은 별들 때문에 붙여진 이름이라는 것이야."

"그건 저도 알아요, 그런데 왜……?"

반규린은 여전히 의아한 듯 물었지만 임파초는 말을 멈추지 않았다.

"그리고 그곳에는 지금도 천문에 밝은 자들과 길가에 앉아 점을 보는 복자(卜者)들도 많다는 거야. 반 소저도 가면 점을 한 번 보는 것은 어때? 아니면 진 낭자도?"

그렇게 말하며 임파초는 자연스럽게 진묘화를 바라보는 것이었다. 순간 임파초의 눈빛을 받은 진묘화는 어깨를 움찔하더니 떨떠름한 웃음을 지으며 겨우 대답했다.

"저는 점 같은 건 싫어해요."

"그러지 말고 한번 보자구. 아 혹시 알아? 미래의 낭군을 만날 단서를 찾게 될지."

그렇게 말하는 임파초의 말은 자못 의미심장하게 들려서 침착한 백무연도 침을 삼킬 정도였다. 진묘화도 그 말에 눈썹을 치켜 올렸으나 애써 웃는 표정을 지으며 대답했다.

"전 관심 없어요."

"허허, 그렇게 사양하지 않아도 되는데…… 복채는 내가 내줄께!"

임파초는 어쩐지 그를 꺼리는 듯한 진묘화에게 끈질기게 말을 걸었다. 그 광경을 지켜보고 있던 반규린은 조용히 한숨을 쉬었다.

'난 또 무슨 말을 하려고 이러나 했더니. 그럼 당신이 봐주면 될 거 아냐? 전에 수상한 점쟁이 복장으로 나타나서 노래까지 불렀잖아! 지금도 그 이상한 노래가 기억난다고.'

이렇게 말하고 싶은 마음이 그녀에게는 굴뚝같았지만 상황이 상황인지라 참을 수밖에 없었다.

진묘화가 일행이 된 뒤부터, 임파초는 그녀에게 은근히 관심을 보였다. 처음에는 반규린 등도 그저 그러려니 했지만, 갈수록 그 정도가 심해지자 평소에 그런 부분에 둔감한 백무연까지도 의아한 눈으로 임파초를 바라볼 정도가 되었다. 하지만 임파초는 그런 눈길들에는 전혀 신경 쓰지 않고, 유독 진묘화를 많이 챙기는 것이었다.

하지만 진묘화는 그런 임파초의 태도에 어쩐지 난처한 듯한 모습을 보였다. 물을 떠 주거나 옆에서 말을 걸어주는 임파초의 호의에 그녀는 언제나 반쯤 당황스럽고 반쯤은 주저하는 듯한 태도로 반응해서, 보다 못한 반규린이 무어라 말을 하려 했지만 임파초는 언제나 교묘하게 그녀 앞을 빠져나가서는 다시 진묘화에게로 가는 것이었다.

반규린은 이해은과 둘만 있게 되었을 때 그 일에 대해 의논했다.

"도대체 무슨 생각을 하는 걸까?"

그러자 이해은은 고개를 갸웃거리며 대답하는 것이었다.

"글쎄?"

그러더니 이해은은 입을 가리며 풋 웃었다.

"언니, 설마……?"

"내 말이……."

둘 다 입 밖에 내어 말하지는 않았지만 마음속으로는 이미 임파초의 늦바람을 어느 정도 예감하고 있었다. 사실 늦바람이라고 하기에는 둘 다 아직 젊은 나이이기는 했다. 임파초가 삼십대 초반 정도, 진묘화는 스물 일고여덟쯤 되었다. 그러나 반규린이 지금까지 봐 온 임파초의 성격상 지금까지 살아오면서 도저히 제대로 된 연인(戀人)이 있었을 것 같지는 않았다. 그래서 그는 뒤늦게 만난 진묘화에게 매력을 느끼고 이번에는 정말 진지한 관계로 발전시킬 것을 생각하는 것인지도 몰랐다.

물론 추측일 뿐이었다. 하지만 정황상 그 추측은 꽤나 일리 있게 보이는 것이었다. 백무연마저도 이 일에 대해 그녀에게 조용히 물어본 적이 있었다. 반규린은 잘 모르겠다고 대답했지만 시간이 지날수록 그 관계는 점점 더 확실해지고 있어서, 어느새 대열에서 임파초와 진묘화는 둘이 떨어져 있는 경우가 많았다. 진묘화는 가끔 다른 사람들 사이에 끼려고 했지만, 그것조차 임파초 때문에 여의치 않았다. 하지만 이런 임파초의 태도가 워낙 진지하게 보여서, 반규린은 평소처럼 자유롭게 말할 수가 없었다. 혹시라도 임파초에게 상처를 줄까 겁이 났기 때문이었다.

반규린은 틈을 보아 진묘화에게도 물어본 적이 있었다.

"언니는 어떻게 생각하세요?"

"응? 뭘 말이야?"

"왜, 요즘 귀찮거나 하지 않아요?"

"아… 아니, 괜찮아. 신경 쓰지 않아도 돼."

진묘화는 괜찮다고 말하면서도 얼굴에는 난처한 기색을 띠었다. 반규린은 그런 진묘화가 무슨 생각을 하는지 잘 알

수가 없었다. 분명히 임파초를 별로 좋아하지 않는 것 같기는
한데, 아예 무시하거나 하지는 못하는 것이다.

'저 언니 생긴 걸로 봐서는 성질 깨나 있을 것 같은데…….'

무슨 이유에서 진묘화가 임파초에게 살살 끌려 다니는 건
지 반규린은 그 이유가 궁금했지만 그 이상은 알아낼 수가 없
었다.

'설마, 싫은 척하면서 사실은 좋은 건가? 에, 에이 설
마…….'

하지만 여자의 마음은 알 수 없는 것이어서, 결국 요즘은
그쪽에 신경을 끄고 있었다. 포기한 것이다.

'어떻게든 되겠지.'

지금도 임파초와 진묘화의 대화 소리를 귓등으로 흘려들
으며 그녀는 멀리 보이는 마을 어귀를 바라보았다. 드디어 사
하촌에 도착한 것이다.

마을로 들어서자 야트막한 거리가 그들을 맞았다. 모래 바
람이 이는 것에 대비해 건물들이 지그재그로 늘어서 있어 길
은 자주 꼬여 있었다. 건물의 붉은 흙벽도 중원의 목조(木造),
석조(石造) 건축물과는 다른 이국적인 느낌을 주었다. 이런
광경을 본 적이 없는 이해은은 호기심 어린 눈초리로 사방을
둘러보았고 그것은 백무연도 마찬가지였다. 하지만 반규린
은 익숙한 광경인 듯 별로 신경을 쓰지 않는 듯했고 길을 알

고 있는 듯 똑바로 걸어갔다. 임파초는 그 와중에도 여전히 진묘화를 붙잡고 말을 시키고 있었다.

그런데 갑자기 일진광풍이 불었다. 때마침 봄철이라 고비 사막에서 황사(黃砂)가 날아올 때였다. 그 바람에 일행은 제 각기 눈과 입을 가려 모래가 들어가는 것을 막았다.

"꽤 심한데!"

임파초가 말했고 다들 그것에 동의했다. 심하게 불던 모래 바람은 시간이 좀 지난 후에야 겨우 잠잠해졌다.

그런데 일행이 눈과 입을 가렸던 손을 내리니 그 앞에는 대 여섯 명의 흑의인들이 마치 땅에서 솟은 듯 나타나 있었다. 백무연은 얼굴을 가린 복면까지 한 그들이 누구인지 대번에 알아볼 수 있었다.

"칠살."

백무연의 말에 그들 중 가운데에 서 있던 남자가 껄껄 웃으 며 말했다.

"확실히 행색을 보아 무림인들인 것 같구나. 외지인으로 보이는데 이곳에는 무슨 일로 온 것이냐?"

그 물음에 반규린이 대답했다.

"양주에 있는 친척을 만나러 가는 길이에요."

그렇게 말하는 반규린을 보자 앞에 서 있는 흑의인들의 눈 빛이 일시에 변하는 것이 백무연에게도 느껴졌다. 그들은 또

한 그녀 못지않은 미인인 진묘화와 귀엽고 우아한 이해은까
지 뚫어져라 바라보다가, 자기들끼리 암호 같은 것으로 몇 마
디 중얼거리더니 이내 일행을 둘러쌌다.

"무슨 짓이죠?"

반규린은 놀라는 기색 하나 없이 태연하게 물었다. 가운데
섰던 흑의인은 그녀의 침착한 태도에 약간 놀란 듯했으나 곧
낮은 웃음소리와 함께 말했다.

"글쎄, 아무래도 몇 가지 확인할 것이 있어서 같이 좀 가줘
야겠군. 요즘 시대가 하도 수상해서 말이야. 이해해 주길 바
라네."

그 목소리는 이미 가볍게 떨리고 있는 것이 마치 은근한 탐
욕에 설레고 있는 것 같았다. 그러나 반규린은 그를 바라보며
경멸과 함께 코웃음을 쳤다.

"칠살에도 당신 같은 것들이 있다니, 뭐 하긴 원래 그런 곳
인 것 같지만."

"뭐라고?"

갑자기 욕을 먹자 흑의인은 화가 치밀어 올랐다. 하지만 그
때 백무연이 앞으로 나서며 재빨리 염포를 발출했다.

"어엇!"

앞에 있던 흑의인은 기껏해야 짧은 비명을 질렀을 뿐 손 한
번 제대로 써보지도 못한 채 혈도를 찔려 쓰러졌다. 순식간에

자신들의 우두머리가 쓰러지는 것을 보자 다른 흑의인들은 당황하는 듯했으나 곧 생각을 바꾸어 뒤쪽에 있는 진묘화나 이해은들을 붙잡으려고 했다.

하지만 이해은이 검을 뽑아 벽공검법을 시전하는 곳에 두 명의 흑의인이 멀리 날아갔고, 임파초가 진묘화를 노리던 세 명을 단숨에 베어버렸다. 백무연이 놀란 얼굴로 그들을 바라보자 이해은과 임파초는 제각기 말했다.

"내상만 입혔어요."

"급소는 피했다고."

그러고는 마주 보며 씩 웃는 둘을 보자 백무연도 겨우 안심이 되는지 표정을 풀었다.

순식간에 상황이 정리되자 반규린은 혈도를 짚인 흑의인 앞에 당당하게 서서 물었다.

"말해라. 너희들은 누구지?"

그 말과 함께 아혈(啞穴)이 풀리자 흑의인은 목이 막힌 듯 컥컥대더니 반규린의 싸늘한 눈빛에 떨며 입을 열었다.

"우리는 칠살의 광풍(狂風)에 속해 있소."

"그럼 이 사하촌은 광풍의 구역인가?"

"그렇소. 그뿐만 아니라 이 주변 지역은 전부 광풍이 잡고 있소."

"그런 것까지는 안 물어봤어. 왜 이곳을 감시하고 있지?"

그 말에 흑의인은 잠시 머뭇거렸지만 반규린이 싸늘한 청검을 뽑아 목줄기에 들이대자 언제 망설였냐는 듯 재빠르게 말했다.

"아, 최근 국경의 감시를 강화하라는 통보를 받아서……."

"어디서?"

"물론 상부에서입니다."

그러자 반규린은 잠시 생각을 하는 듯하더니 곧 백무연에게 흑의인의 혈도를 풀어주게 했다.

"그냥 보내주죠."

그러자 흑의인은 고맙다고 몇 번이나 감사한 뒤에 상처 입은 수하들을 이끌고 사라져 버렸다. 그 모습을 보자 이해은이 불안한 듯 물었다.

"언니, 그냥 보내주는 거야? 또 쫓아오면 어떻게 해?"

"아, 괜찮아."

반규린은 안심하라는 듯 이해은에게 설명했다.

"칠살에는 일곱 가지 규칙이 있는데, 그중에 하나가 '자기가 내린 결정에 대해서는 목숨으로 책임을 진다' 야. 즉 이렇게 싸움에 져서 칠살의 명예를 떨어뜨리거나 했을 경우에는 두말 필요 없이 죽어야 되는 게 원칙인 거지."

"정말? 너무 무섭다……."

"그래서 지금 자기들이 졌다는 걸 다른 사람들에게 말하고 보복을 하러 올 리는 없을 거야. 하지만 이제 직접적으로 싸움을 걸어오지 않더라도 감시는 좀 붙을 것 같은데."

그 말을 하면서 반규린은 잠시 생각에 잠겼다.

'국경을 감시하라고 했다고…… 설마 내가 지금 서평왕부로 향하고 있는 것과 같은 이유일까? 제삼의 세력에 대해서, 확실히 칠살도 뭔가를 짐작한 걸까?'

하지만 자세한 것은 아직 알 수 없다. 일단 반규린은 일행을 재촉해서 곧 객잔에 당도했다.

꽤나 낡은 사층의 건물이었다. 현관에는 용문객잔(龍門客棧)이라고 써진 편액이 바람에 흔들거리고 있었다.

*　　　*　　　*

"뭐야?"

약간 당황스러운 듯이 말한 것은 임파초였다. 반규린은 임파초를 빤히 쳐다보다가 한숨을 쉬었다. 하지만 임파초는 아랑곳하지 않고 다시 큰 소리로 외쳤다.

"왜 남자랑 여자가 묵는 방이 이렇게 떨어져 있는 건데?"

"겨우 한 층 차이잖아요."

반규린이 애써 화를 억누르며 말했지만 그는 전혀 이해를 하지 못하겠다는 표정이었다.

"한 층이나 차이나는 거지."

사실은 이랬다. 용문객잔의 객실은 이, 삼, 사층에 있었는데 이층은 이미 누군가가 통째로 빌려놓은 상태였다. 게다가 삼층은 마침 내부 수리 중이라 제대로 된 방이 없었다. 때문에 손님들은 사층에 몰려 있어서 빈방은 하나밖에 없었던 것이다. 그리고 주인이 삼층에서 방 하나를 겨우 비워 남자들은 거기에 묵고, 여자들은 사층의 방에 묵게 된 것이었다.

반규린과 같이 갔던 백무연이 이 같은 이유를 밝혔지만 임파초는 전혀 납득하지 못하는 기색이었다. 하지만 그때 이해은이 말했다.

"그런데 남자들이랑 여자들이랑 떨어져 있으면 안 되는 거예요?"

그 천진한 말투에 임파초는 문득 말문이 막혀 꿀 먹은 벙어리처럼 가만히 있을 수밖에 없었다. 그때를 놓치지 않고 반규린이 말했다.

"어쨌든 더 말하지 말아요. 밥이나 먹으러 가자구요."

"이, 이봐!"

임파초가 낭패한 듯 불렀지만 반규린은 이미 들은 척도 않고 계단을 내려가고 있었다. 이해은과 백무연도 그 뒤를 따랐고, 혼자 남았던 임파초도 서둘러 그들을 따라 내려갔다.

일층에는 이미 진묘화가 먼저 내려와 자리를 잡고 있었다. 뭐라고 더 말하려던 임파초는 진묘화를 보자 갑자기 점잖아져서 입을 다물었다. 그리고는 온화한 웃음을 지으며 그 옆자리에 당연하게 앉는 것이었다. 진묘화는 역시 난처한 듯한 표정을 지었지만 임파초는 전혀 신경 쓰지 않는 듯했다.

"진 낭자, 식사는 주문했소?"

"네, 이제 곧 나올 거예요."

"그렇구려. 허허허……."

그때 그들에게 다가오는 한 사람이 있었다. 일행이 고개를 돌려 바라보니 그는 바로 빛바랜 삼색건(三色巾)을 쓴 늙은 복자(卜 者)였다. 그는 다가와서 주름진 입으로 미소를 지으며 말을 걸었다.

"여기 계신 분들의 상(相)이 꽤 특이하구려. 제가 한 번 봐드려도 되겠소이까."

그리고는 특히 다른 사람들은 제쳐두고 백무연과 이해은을 유심히 살펴보는 것이었다. 반규린은 그럴 기분이 아니라서 그에게 뭐라고 말하려 할 때 백무연이 문득 입을 열어 말했다.

"부탁드리겠습니다."

그러자 복자는 고개를 끄덕인 뒤 먼저 이해은의 얼굴을 살폈다. 세세하게 훑어보는 그 눈길이 어쩐지 부담스러워 이해은은 인상을 살짝 찌푸렸지만 복자는 그새 다 보았는지 염소 수염을 쓰다듬으며 말했다.

"어쩐지 한 사람의 얼굴 위에 두 사람이 보이는구려."

그 말에 백무연 등은 크게 놀랐다. 물론 가장 놀란 것은 이해은이라 두 눈을 토끼처럼 동그랗게 뜨고 복자를 바라보았지만 복자는 이미 다음 사람에게로 눈을 돌리고 있었다. 진묘화였다.

진묘화 역시 복자의 시선이 마땅치 않은 듯 눈썹을 살짝 떨었지만 복자는 그녀와 눈길이 마주쳤나 싶더니 곧 고개를 획 돌리며 말하는 것이었다.

"마음에 뭔가 맺힌 게 많은가 보오."

그리고는 옆에 있는 임파초를 바라보다 다시 말했다.

"이분도 마찬가지."

그러자 진묘화와 임파초는 하나같이 당혹스러운 표정을 지었다. 그 표정은 마치 숨겨왔던 마음이 뭇 사람들 앞에서 낱낱이 파헤쳐졌을 때와의 모습과도 같아서 백무연은 그 모습을 이상하게 바라보았다. 하지만 둘은 언제 그랬느냐는 듯 평정을 되찾은 얼굴이 되어 아무 말도 하지 않았다. 백무연은 그들의 기색에서 약간 이상한 점을 느꼈으나 그 순간 복자의 목소리가 들려 그쪽을 바라볼 수밖에 없었다. 복자는 반규린

앞에 서 있었다.

"몹시 좋은 상이오. 틀림없이 귀하게 될 상이외다."

"글쎄요……?"

반규린은 점쟁이가 의외로 좋게 봐주어서 기분이 좋았지만 한편으로는 의아했다. 황실의 감찰관이기는 하지만 그렇다고 귀하게 될 상이라니. 결국 왕후장상(王侯將相)이 아니라면 귀하다고는 할 수 없는 세상이 아닌가. 혹시 나중에 시집이라도 잘 간다는 말인가? 반규린은 어느새 호기심이 생겨 좀 더 자세히 묻고 싶었지만 복자는 이미 백무연에게 가 있었다.

백무연의 침착하고 투명한 눈빛과 복자의 깊은 눈빛이 마주했다. 그들은 서로를 오랫동안 바라보고 있었다. 지켜보던 다른 사람들은 모두 그 모습을 의아하게 여겼다.

한참만에 한숨을 쉬며 눈을 돌린 복자가 지금까지 보인 적이 없는 맑은 웃음을 지으며 말했다. 그것은 보는 사람으로 하여금 마음이 깨끗해지는 느낌이 들게 할 정도로 기분 좋은 웃음이었다.

"이분의 깊이는 내 입으로도 말하기가 힘들구려."

그러더니 눈을 돌려 다시 백무연을 보고는 고개를 끄덕이며 말했다.

"스스로 옳다고 믿는 길을 가시오."

　그러자 백무연도 무슨 생각을 하는지 조용히 합장했다. 복자는 그를 잠시 바라보더니 다른 사람들을 보며 말했다.

　"여러분은 모두 마음이 맑은 것 같소. 계속 정진하여 성불(成佛)하시면 좋은 결과가 있을 것이오."

　그리고는 손을 흔들며 나가 버렸다. 일행은 멍하니 그의 뒷모습을 바라보았다.

　"뭐야. 스님이야, 점쟁이야? 점을 봐주다가 갑자기 성불을 하라니. 원래 점을 볼 때 말을 흐리는 것은 알고 있지만 저 노인은 정말 선문답(禪問答)만 하다가 가는군. 뭐 대신에 복채를 안 받긴 했지만."

　임파초가 어이없다는 듯 말했고 그 말을 백무연이 받았다.

　"말 몇 마디로 한정할 수 없는 분 같았습니다."

　그러자 임파초는 백무연을 이상한 눈초리로 바라보았고, 백무연이 가만히 눈을 감자 더 이상 아무 말도 하지 않았다.

　"식사 나왔습니다."

　객잔 주인이 직접 푸짐한 식사를 날라와서, 일행은 오랜만에 허기진 배를 채웠다.

　백무연은 방 안에 돌아와서 가만히 앉아 있었다. 방금 전까지만 해도 옆에 있던 임파초는 무언가를 중얼중얼 하다가 갑자기 무슨 생각을 했는지 방에서 나가 버리고 없었다.

백무연은 방금 봤던 노인에 대해서 생각했다. 그에게서는 이상한 현기(玄氣) 같은 것이 느껴졌던 것이다. 무어라고 딱히 설명할 수는 없었으나 그 노인의 눈빛은 그저 매우 편안했다. 그것은 지금껏 고민과 번뇌로 어지럽던 그의 마음을 등대처럼 밝혀주는 듯한 느낌이었다.

'스스로 옳다고 믿는 길.'

백무연은 노인의 말을 곱씹어보았다. 정말 그것으로 괜찮은 것일까. 스스로 옳다고 믿는 길을 가면 되는 것일까.

그는 생각하다가 갑자기 뒤로 벌렁 누웠다. 침상은 차가워서 그의 정신을 더 맑게 해주었다. 그는 오랫동안 생각을 거듭하다가 문득 방문을 열고 밖으로 나왔다.

해가 지기 전이었지만 채광이 잘 안 되는 복도에는 이미 어둠이 깔려 있었다. 그런데 거기서 그는 문득 이상한 기운을 느꼈다.

'누구?'

어쩐지 암흑 속에 숨어서 자신을 노려보는 듯한 시선을 느꼈지만 백무연은 태연하게 움직였다. 그러면서 방으로 다시 들어가는 척하다가, 갑자기 몸을 휙 돌려 사람이 있다고 의심되는 쪽을 향해 날아갔다. 그러자 과연 당황스러운 비명과 함께 한 사람이 튀어나와 몸을 피했다.

“누구십니까?”

백무연은 정중하게 물었다. 하지만 다시 어둠 속으로 숨어든 상대는 오히려 백무연에게 되물었다.

“그러는 당신은 누구죠?”

얼굴이 보이지 않는 가운데 들리는 목소리는 여자의 것이었다. 그런데 그 말투가 꽤나 적대적이어서 백무연은 순간적으로 움찔했지만 곧 평상심을 되찾고 침착하게 말했다.

“오늘 여기서 하룻밤 묵는 사람입니다.”

“무슨 일 때문에?”

“친척이 양주(凉州)에 살고 있어서 찾아가는 길입니다.”

백무연은 반규린에게 들은 대로 말했지만 여자는 아무래도 믿지 못하는 듯했다.

“다섯 명이나 되는데 그 친척들이 모두 양주에 살고 있다?”

이미 상대는 백무연 일행을 어느 정도 관찰한 것 같았다. 그것을 느끼자 백무연은 솔직하게 대답했다.

“피치 못할 사정이 있어서 그러니 너무 의심하지 마십시오.”

하지만 여자는 막무가내였다.

“다시 묻지, 누구냐?”

어느새 반말 투로 나오는 여자의 태도가 기분에 거슬리는 것은 백무연도 어쩔 수 없었다. 하지만 그는 가만히 노기를 억누르며 말했다.

"도대체 왜 그러십니까."

"당신들 같은 사람들은 흔히 볼 수 있는 일행이 아니거든."

그 말을 듣자 백무연은 좀 전에 거리에서 칠살과 부딪쳤던 일을 상기해 냈다. 자신들 일행이 그렇게 주의를 끄는 것인가? 백무연은 별로 그럴 것 같지도 않다는 생각이 들었지만 어쨌든 다시 한 번 성의를 다해 여자에게 말할 수밖에 없었다.

"믿어주십시오."

"그렇게 말하면서 몇 명이 자객(刺客)으로 왔었는지 알아?"

'자객?'

백무연은 여자가 내뱉는 의외의 단어에 놀랐다. 자객이라니. 그럼 자신들을 자객으로 의심하고 있단 말인가. 백무연은 자기도 모르게 한 걸음 나서며 손을 내저었다.

"그것이 아니……."

그러나 그 순간 여자는 대답 대신 백무연에게 다짜고짜 무기를 휘둘러 오는 것이었다. 놀란 백무연은 황급히 피했다. 픽! 소리와 함께 벽에 무언가가 부딪치는 소리가 들렸다. 돌아보니 먼지가 뿌옇게 일어나며 벽이 한 움큼이나 파인 것이 보였다.

아무래도 여자는 백무연이 공격을 하려 한 것으로 착각한 것 같았다. 아니, 도대체 얼마나 악독한 자객들을 만나 왔기에 사람을 전혀 믿지 않는 것인가? 백무연은 한숨이 나왔지만 여자는 내친김이라는 듯 한번 손을 쓰자 이제는 그를 완전히 자객 취급했다.

"드디어 본색을 드러내셨군. 너 같은 녀석에게 전하를 내어줄 순 없다. 자, 덤벼라!"

그렇게 말하며 미친 듯이 병장기를 휘두르는 여자 앞에서 백무연은 한 걸음씩 밀려났다. 좁은 복도라 염포를 쓰기에도 마땅치 않아서, 백무연은 난처했다. 어느새 밀리고 밀리다 보니 등 뒤는 벽이었다. 벽 위에 있는 작은 창문으로 빛이 들어와서 어둠에 가려져 있던 여자의 얼굴을 드러냈다.

그녀는 황금색과 적색이 섞인 화려한 비단옷을 입고 있었는데 그보다 돋보이는 것은 바로 그녀의 용모였다. 푸른 눈에 금발(金髮)을 가슴께로 늘어뜨린 그녀는 확실한 서역인(西域人)의 모습이었으나 말하는 것은 백무연과 똑같았다. 백무연이 그 모습에 놀라고 있는데 여인은 아랑곳하지 않고 무기를 들어 백무연을 치는 것이었다.

"흥, 이제 끝이다!"

하지만 여인의 병장기는 요란한 소리와 함께 백무연이 있던 벽을 반쯤 부숴놓았을 뿐이었다. 여인은 놀라서 없어진 백

무연을 찾았지만 어느새 등 뒤의 혈도가 짚이는 것을 느끼고
맥없이 쓰러져 버렸다.

백무연은 그녀의 등 뒤에서 한숨을 쉬었다.

"휴, 도대체 왜 사람 말을 듣지 않는 건지……."

그렇게 말하며 여인에게 다가가 자세히 살펴보려 할 때 등
뒤에서 차가운 목소리가 들려왔다.

"금봉(金鳳)에게 손대지 말아라. 그렇지 않으면 너의 목숨
은 없다."

꽤나 살벌한 말투여서 백무연은 다시 뒤를 돌아볼 수밖에
없었다. 여전히 어두운 복도에는 한 사람의 남자가 나타나 있
었다. 그는 임파초와 비슷한 체격으로 키가 호리호리한 듯했
다. 얼굴은 확인할 수 없었지만 말하는 것으로 보아 무척 냉
랭한 성격의 남자일 것 같았다. 백무연은 억울했다. 이상한
오해와 함께 먼저 공격한 것도 여자이고, 그런 그녀를 피해
상처 입히지 않고 쓰러뜨린 것 또한 자신이었다. 하지만 뭐라
말하기도 전에 남자가 다시 말했다.

"꽤나 대담하구나. 역시…… 그곳에서 왔겠지?"

"그곳……?"

"시치미 떼지 말아라. 먼저 왔던 자들은 모두 우리에게
죽었다. 하지만 너는 그 녀석들과는 다르군. 좀 전에는 그
렇게 약한 녀석들만 보냈으니, 역시 우리를 방심하게 하려

던 거였나. 훗, 하지만 결국 네놈들의 속셈은 안 봐도 뻔하
다."

"저……."

"말은 필요 없다. 덤벼라."

그 남자 역시 그렇게 말하면서 다짜고짜 백무연에게 병장
기를 휘둘러 왔다. 쓸데없는 싸움은 정말로 피하고 싶은 백무
연이었으나 상대의 공격은 금봉이라 불린 여자보다도 훨씬
날카로워서 백무연은 어느새 긴장하지 않을 수 없었다. 방심
하고 있다가는 당할 판이었다.

"이얍!"

위기감을 느끼자 백무연은 자기도 모르게 기합을 지르며
품에 넣고 있던 흑삽을 꺼내 들었다. 쨍 소리와 함께 흑삽이
남자의 병기를 튕겨내자, 남자는 비틀거리며 몇 걸음 뒤로 물
러섰다. 저무는 석양을 받아 반짝 빛나는 흑삽의 끝이 상대의
눈에도 보였는지 남자는 부딪쳐서 물러난 와중에도 호기심을
가지고 이상하다는 듯 묻는 것이었다.

"그것은 뭐지? 처음 보는 병기인데."

하지만 이미 백무연은 긴장을 풀지 않고 있었다. 그의 눈빛
은 침착하고 냉정해져 있었으며 오직 앞에 있는 상대를 쓰러
뜨려야 한다는 생각밖에 없었다. 남자는 백무연이 대답이 없
자 다시 말했다.

“뭐, 어쨌든 좋다. 이미 알고 왔겠지만, 나는 옥룡(玉龍)이라고 한다. 금봉과는 다를 거다.”

그렇게 말하며 그는 양손에 들고 있던 병기를 찰칵 소리와 함께 합쳤다. 어두워서 제대로 확인할 수는 없었지만 그것은 하나로 합쳐지자 길쭉한 봉(棒)의 형상이 된 듯했다. 그런 생각을 하고 있는데 순식간에 상대, 옥룡의 봉이 백무연의 눈앞으로 확대되었다.

‘위험하다.’

본능적으로 백무연은 고개를 숙였고 그런 그의 어깨에 봉이 그대로 떨어져 내렸다. 백무연은 옆의 벽을 타고 몸을 한 바퀴 뒤집으며 아슬아슬하게 공격을 피해냈고 그 움직임을 보자 옥룡이 외쳤다.

“제법인데!”

하지만 옥룡의 공격은 끝난 것이 아니었다. 순식간에 봉의 그림자는 수많은 지점을 점하며 백무연을 뒤로 몰아붙였다. 어느새 백무연은 그 기세에 눌려 물러났고 순간 뒤에 쓰러져 있는 금봉의 손에 발뒤꿈치가 부딪쳤다. 그러자 더 물러날 곳이 없다고 여긴 백무연은 다시금 기합을 지르며 순식간에 자신의 흑삽을 뻗어냈다.

깡! 쇠와 쇠가 맞부딪치는 청명한 소리와 함께 옥룡과 백무연은 손을 뻗은 그 상태로 굳어버렸다.

옥룡의 봉의 끝이 백무연을 노리는 순간 백무연은 흑삽을 들어 그 끝을 빠르게 찔렀던 것이다. 실로 놀라운 기술이었다. 옥룡은 그것을 깨닫고 식은땀을 흘리지 않을 수 없었다. 한참만에 둘은 서로 물러서며 무기를 거두었다.

옥룡이 물었다.

"너는 아무래도 자객이 아닌 것 같군. 자객이라면 방금 날 죽일 수 있었는데, 그렇게 하지 않았으니까."

"저는 아무도 죽이지 않습니다."

"그렇다면 넌 누구지?"

"저는 백무연이라고 합니다."

백무연은 금봉과 있었던 오해를 설명했다. 복도에서 감시하는 듯한 눈길을 느꼈던 일이며, 백무연을 감시하던 금봉이 누구냐고 물으며 공격을 해온 일과 그녀를 쓰러뜨리자 또다시 옥룡이 나타난 일 등을 설명했다. 그러자 옥룡은 약간 수긍하는 듯했지만 아직도 다 믿지는 않는 눈치였다.

"글쎄, 내가 아무리 변방에 살고 있다지만 너 같은 실력자가 무림에 있다면 그 명성이 대단할 텐데, 아직까지 무명이라는 것은 믿기지 않는 일이다."

그러다가 옥룡은 다시 입을 열었다.

"하지만 일단 너의 말에 거짓은 없는 것 같군. 역시 착오가 있었던 듯하다. 좋아, 금봉. 이제 그 소도(小刀)를 겨누지 않아도 되겠어.”

“정말이야? 괜찮은 거야?”

갑자기 발밑에서 여자의 목소리가 들려오자 백무연은 깜짝 놀랐다. 어느새 혈도가 풀렸는지 금봉이 푸른 눈을 빛내며 자신의 발을 소도로 겨누고 있었던 것이다.

“어, 어떻게…….”

“내가 그런 거에 당할 줄 알았어? 내 몸은 말야, 점혈이 안 되는 몸이라구.”

금봉은 몸을 일으키며 백무연에게 말한 뒤 갑자기 얼굴을 붙이며 물었다.

“그런데 중원 사람이야?”

“그, 그러는 당신은 서역인입니까?”

아무래도 너무 가깝게 붙어서 말을 하는 금봉이 부담스러워 백무연은 몸을 살짝 비키며 물었다. 그러자 금봉은 깔깔 웃으면서 말했다.

“응, 하지만 우리는 어릴 때부터 여기 살아와서 너희 말도 잘해. 봐, 하나도 어색하지 않지?”

“그렇군요.”

그때 옥룡이 조용히 말했다.

“일단 금봉을 해치지 않아 줘서 고맙다. 대단한 실력이군.”

가까이 다가온 그의 얼굴은 관옥같이 준수했으나 예상했던 대로 차가운 기운이 느껴져서 쉽게 접근하기 힘든 사람으로 보였다. 눈은 금봉과 비슷하게 초록빛을 띠고 있었지만 갈건으로 단정하게 정돈된 머리는 짙은 흑발이었다. 그때 금봉이 백무연을 툭 치며 말했다.

"너 말야, 점혈이 안 되는 대신에 좀 아팠다구."

"아, 네, 죄송합니다……."

어느새 금봉은 백무연에게 너무나도 친근하게 대하고 있었다.

'서역인이란 이런 사람들인가?

백무연은 처음 보는 서역인이 꽤 신기했다.

그때 옥룡이 금봉을 보며 말했다.

"우리는 그분을 모시고 다시 돌아가는 편이 낫겠다. 이런 곳에 묵는 것은 아무래도 위험한 일이다."

"그래, 그분께서 사하촌의 복자들을 보고 싶다고 어찌나 성화셨는지, 역시 아직은 어린애란 말이야."

"그분께 그렇게 말하는 게 아니다."

"뭐 어때, 애도 그분 또래인데, 봐봐, 어린애잖아. 봤지? 아까 날 피했다구."

"그만해라. 가자."

옥룡은 그런 금봉을 조용히 나무라고는 다시 백무연에게

말했다.

 "아무튼 고마웠고, 오해해서 미안하다. 나중에 기회가 있으면 또 보기를 바란다."

 백무연은 얼떨떨한 중에도 예를 표했고 둘은 즉시 사라져버렸다. 순식간에 두 사람이 사라진 복도는 텅 빈 것처럼 보였다. 방금 전의 치열한 싸움은 그 흔적만이 남아 백무연이 꿈을 꾼 것은 아니라는 것을 알려주고 있었다.

 "뭐였지…… 그분…… 전하?"

 백무연은 여전히 멍한 기분에서 깨어나지 못한 채 방으로 되돌아왔다.

*   *   *

 한편 바깥의 거리에서는 평범하지 않은 인상의 키 큰 남자가 지나는 사람마다 붙잡으며 무엇인가를 묻고 있었다.

 "혹시 중간 정도의 키에 얼굴이 몹시 예쁘고 눈초리 끝이 약간 올라간 여자를 못 봤소?"

 "모, 모르겠습니다."

 "자, 잘 생각해 봐. 그 여자는 분명 당신 앞을 지나갔을 거요. 그런데 당신이 미처 기억을 하지 못하는 것뿐이지. 그러면 내가 생각이 나게 해줄까?"

"이, 이봐요, 무슨 짓! 어억!"

"이런, 너무 심했나?"

그런 식의 행패를 부리며 남자는 어떤 여자의 행방을 열심히 찾아 헤매고 있었다. 입 옆에 난 깊은 칼자국이 그의 범상치 않은 용모를 더욱 돋보이게 했다. 그 남자는 바로 임파초였다. 임파초는 꽤나 열심히 탐문을 하고 있었지만 그가 찾고 있는 여자의 행적을 아는 사람은 아무도 없었다.

한편 그런 임파초를 숨어서 몰래 지켜보는 사람이 하나 있었다. 그 사람은 임파초가 자신 쪽을 바라보자 놀라서 급히 몸을 길모퉁이 뒤로 뺐다. 다행히 임파초는 그 사람의 기척을 눈치 채지 못한 것 같았다.

"휴……."

그 사람은 한숨을 쉬며 눌러쓰고 있던 초립(草笠)을 살짝 들고 좌우를 둘러보았다. 초립이 만들어낸 그림자 아래로 초승달처럼 아름다운 아미(蛾眉)가 드러났다. 그녀는 바로 진묘화였다.

그녀는 임파초가 있던 곳에서 반대쪽으로 걸었다. 약간 서두르는 듯한 걸음이었지만 그러면서도 가끔씩 좌우를 살피는 것을 잊지 않는 것으로 보아 미행을 상당히 꺼리는 것 같았다.

그런데 모퉁이를 돌 무렵이었다. 그녀는 갑자기 튀어나온 누군가와 정면으로 부딪치고 말았다.

"아얏!"

"윽!"

상대도 신음 소리를 내며 쓰러진 것으로 보아 둘 다 몰랐던 것 같았다. 진묘화는 엉덩방아를 찧은 채로 상대가 누구인지 바라보았다. 상대는 백무연 정도 나이 또래의 어린 소년이었다.

소년도 진묘화를 보며 정중하게 말했다.

"다친 곳은 없으십니까?"

그러면서 재빨리 몸을 일으키는 것이었다. 그런데 그에 대답하는 진묘화의 목소리는 어쩐지 약간 떨리고 있었다.

"네, 네."

"미안하게 됐습니다."

소년은 예의 바르게 진묘화를 부축해 주고는 자신의 옷에 묻은 먼지를 가볍게 털어냈다. 그리고 진묘화를 바라보며 물었다.

"급한 일이라도 있으셨나 보군요."

"아, 아니요, 네. 아닙니다."

진묘화는 더듬거리며 대답했고 소년은 그런 그녀를 물끄러미 바라보다가 문득 생각이 났다는 듯이 말했다.

"저는 이인성(李仁星)이라고 합니다. 그쪽은 함자가 어떻게 되시는지?”

“진묘화라 합니다.”

“이쪽에는 초행이십니까?”

“네. 친척을 찾아 양주로 가는 길입니다.”

“그렇군요. 저도 양주에 살고 있습니다.”

소년, 이인성은 반가운 듯 말했고 그 말에 진묘화는 놀란 듯이 그를 바라보다 고개를 끄덕였다.

이인성은 진묘화에게 다시 말했다.

“양주에 오시면 저를 한 번 찾아주십시오. 혹시라도 도울 일이 있으면 작은 힘이나마 빌려 드릴 수 있을 겁니다. 이인성이라는 사람을 찾으면 만나실 수 있을 겁니다.”

진묘화가 알겠다고 하자 이인성은 그런 진묘화를 다시 물끄러미 바라보다가 곧 웃으며 말했다.

“그럼 안녕히 가십시오. 저는 일이 있어서 이만.”

그리고 인사한 뒤 몸을 돌려 가려고 했다. 그런데 갑자기 일진광풍이 불어 두 사람은 눈을 제대로 뜰 수가 없었다. 그리고 다시 눈을 떴을 때 보이는 것은 흑의에 복면을 쓴 스물댓 명 정도의 인원들이 그들을 둘러싸고 있는 모습이었다.

“흐흐.”

앞장선 사람들 중 하나가 웃었다. 진묘화는 그들을 보고 퍼뜩 생각나는 게 있었다. 전에 쫓겨 갔던 칠살의 무리였다. 그들은 그때보다 몇 배나 더 많은 사람들을 끌고 온 것이었다.

"칠살에 반항하고도 무사할 줄 알았느냐?"

그렇게 말하며 그들은 진묘화와 이인성을 소리 높여 비웃었다. 그런데 흑의인들 중 하나가 이인성을 보더니 말하는 것이었다.

"이놈은 그때 없었는데?"

"상관없다. 일단 잡아라. 그런 녀석들은 친구가 잡혀 있다고 하면 반드시 올 테니까."

다른 한 명이 그렇게 말하며 꽤 기분 좋은 듯 웃는 것이었다. 진묘화는 그런 상황에 닥치자 입술을 꽉 깨물었다. 그런데 갑자기 이인성이 말했다.

"무엄한 놈들. 내가 누군지 알고 이러느냐?"

그 목소리에는 쉽게 흉내 낼 수 없는 위엄이 실려 있어서 흑의인들은 잠시 대답도 잊고 멍하니 이인성을 쳐다보았다. 하지만 곧 그의 행색이 외모에 비해 별 볼일 없는 것을 보고 그들 중 하나가 비웃 듯 물었다.

"목소리 하나는 꽤나 그럴 듯하구나. 광대라도 된단 말이냐?"

그렇게 말하면서 검을 들어 목줄기에 겨누는 것이었다. 하지만 이인성은 눈을 똑바로 뜬 채 한 치의 두려움도 없는 얼굴로 칼을 겨눈 자를 마주 보았다. 그 당당한 눈빛에 그를 위협하던 자는 절로 움츠러들다가 갑자기 욕설을 내뱉으며 칼을 세게 휘둘렀다.

"이 어린 놈이, 노려보면 어쩔 건데!"

하지만 그때 모든 사람들을 눈부시게 하는 빛나는 광채와 함께 검과 검이 부딪치는 듯한 소리가 끊이지 않고 연달아 울렸다. 그 자리에 모였던 이들 중 무공을 아는 사람들은 그 하나처럼 들리는 소리가 의미하는 것을 깨닫고 얼굴이 절로 창백해졌다.

"마, 말도 안 돼."

그것은 그들이 한 번도 들어본 적이 없는 검의 빠르기였다.

사람들이 놀람과 두려움으로 바라본 곳에는 키 큰 남자 하나가 서 있었다. 그는 이인성의 목을 겨누던 자의 앞에 서서 검을 마주대고 있었다. 남자는 순간 고개를 돌려 진묘화를 바라보더니 씩 웃었다. 입 옆에 칼자국이 휘어지며 또 하나의 웃는 모양을 만들었다. 남자는 바로 임파초였다.

"진 낭자, 괜찮소?"

순간 유리가 박살나는 듯한 소리와 함께 임파초의 검과 맞닿아 있던 상대의 검이 수천 수만의 조각으로 분쇄되는 것이 모두의 눈에 똑똑히 보였다. 그것은 꽤나 아름다운 광경이었지만 그와 비례하는 공포를 느낀 칠살의 흑의인들은 이내 바람처럼 사라져 버렸다.

임파초는 검을 살짝 흔들어 유리 조각 같은 부스러기들을 털어낸 뒤에 몇 번 빙빙 돌리다가 검집에 넣었다. 진묘화와 이인성은 그런 그의 동작 하나하나를 뚫어지게 바라보고 있었다. 그 눈길을 느끼자 임파초는 머리를 긁적이면서 물었다.

"왜 그래? 내 얼굴에 뭐 묻었나?"

"대협의 존성대명은 무엇입니까?"

이인성이 두 손을 모으며 공손하게 물었다. 그러자 임파초는 그를 잠시 바라보더니 손을 휘휘 내저으며 말했다.

"뭐, 그런 건 별로 중요하지 않은 거야. 청동검객이라고만 알아두게. 그런데 진 낭자, 어쩌다 이런 곳에서 길을 헤맨 거요?"

임파초는 갑자기 진묘화를 바라보며 부드러운 웃음을 지었다. 그 모습에 진묘화는 난처해하다가 겨우 대답했다.

"몇 가지 물건을 사러 나왔어요."

"에이, 그런 건 나한테 부탁해도 되는데 뭐 하러 힘들게 여기까지 나왔소. 아니면, 음, 설마 남자에게 부탁하기 힘든 비밀스러운 물건……?"

"아, 아니에요!"

진묘화는 순간 얼굴이 새빨개지며 부정했다. 그때였다.

"괜찮으십니까?"

그 말과 함께 갑자기 하늘에서 떨어져 내리는 두 명의 남녀
가 있었다. 여자는 금발에 벽안(碧眼)인 아름다운 모습이었
고, 남자는 흑발이었지만 옥빛을 띤 눈을 갖고 있었다. 그들
을 보자 임파초가 중얼거렸다.

"서역인이군."

그들은 다른 이들은 아랑곳하지 않고 곧바로 이인성에게
다가가 정중하게 예를 표했다. 그들 중 남자 쪽이 말했다.

"이렇게 나오시는 것은 위험합니다. 아까 보니 칠살의 광
풍(狂風)에 있는 자들이 떼 지어 몰려가더군요. 혹시 무슨 일
이 있었습니까?"

"아, 괜찮네. 별일 아니었으니까."

이인성은 좀 전의 위기로 생명을 잃을 뻔했으면서도 태연
하게 말해 걱정하는 남녀를 안심시켰다. 그리고는 임파초 쪽
으로 고개를 돌리며 말했다.

"이 여자 분과 일행이신가 본데, 양주 쪽에 들르시면 저를
꼭 한 번 찾아오십시오. 이인성이라는 사람을 찾으면 제가 있
는 곳을 알게 될 겁니다. 오늘 받은 은혜에 꼭 보답하고 싶습
니다."

그리고는 남녀 두 사람의 부축을 받으며 다시 하늘로 날아
올라 어디론가 사라졌다. 임파초와 진묘화는 그 모습을 가만
히 바라보다가 문득 서로 마주 보며 말했다.

"갈까?"

"갈까요?"

갑자기 동시에 말하자 둘은 상당히 어색한 느낌을 감추지 못했다. 서로 고개를 돌렸다가 다시 임파초가 머리를 긁적이며 말했다.

"그럼 가자고."

임파초가 앞장을 섰고 그 뒤를 진묘화가 조용히 따라갔다. 해가 점점 서쪽으로 넘어가고 있었다.

*　　　*　　　*

저녁 식사 후 백무연은 방에 앉아 조용히 생각에 잠겨 있었다.

'자신이 옳다고 믿는 길을 가면 된다.'

문득 반규린이 했던 말이 떠올랐다. 수많은 사람들이 죽고 죽이는 정사대전(正邪大戰). 그 안에 있는 음모를 밝혀내고, 결과적으로 그것이 계속되는 것을 막는 게 바로 그녀의 임무였다.

'수많은 사람을 죽지 않게 하는 길.'

자신도 반규린과 함께 하며 그 길을 돕고 있는 것이었다. 처음에는 그런 생각이 없이 단지 반규린이 가는 곳에 함께 있

는 다는 생각이었지만 이제는 자신이 반규린과 함께하면서
결과적으로 수많은 사람의 목숨을 구할 수 있다는 생각이 드
는 것이었다.

그때, 문이 열리는 느낌을 받고 백무연은 눈을 떴다. 임파
초가 들어온 것이었다.

"휴……."

그는 백무연을 한 번 쓱 보더니 말없이 앉아 운기행공을 시
작했다. 백무연도 굳이 말을 할 필요를 느끼지 않아 침묵은
꽤 오랜 시간 동안 이어졌다.

한참 뒤에 임파초가 말했다.

"누구랑 싸웠나?"

"네?"

"싸운 흔적이 있더군."

복도에 남아 있을 어지러운 발자국들과 벽이 깨진 흔적을
어느새 임파초는 확인하고 온 모양이었다. 백무연은 자신이
겪었던 일을 설명했다. 다 듣고 난 임파초는 고개를 끄덕이며
말했다.

"이 근처에 전하라고 부를 만한 사람은 서평군왕(西平郡王)
밖에 없지."

"그렇습니까?"

백무연은 놀라서 물었다. 그렇다면 서평군왕이 이 근처에

와 있다는 말인가? 백무연은 반규린에게 들어서 자신들이 지금 서평왕부로 가고 있다는 것을 알고 있었다. 그럼 더 갈 필요가 없이 여기서 만날 수도 있다는 말인가? 그때 약간 가라앉은 눈길로 백무연을 바라보던 임파초가 그 생각을 읽었는지 고개를 저으며 말했다.

"아마 호위하는 자들이 그렇게 말했다면 서평군왕은 벌써 양주로 돌아가고 있겠군. 결국 우리도 양주까지 가야겠지."

그 말에 백무연은 고개를 끄덕였다. 서평군왕을 만나러 가는 자세한 이유는 잘 알지 못했다. 반규린에게 물어보지 않았고 그녀도 말해주지 않았기 때문이었다. 하지만 그것이 정사대전(正邪大戰)이란 큰 사건에 개입된 음모의 정체를 확인하는데 중요한 역할을 한다는 것 정도는 백무연도 알고 있었다. 반규린의 임무가 바로 그 음모의 정체를 확인하는 것이기 때문이었다.

그때 임파초가 말했다.

"들기로 서평군왕은 자네들과 비슷한 나이 대라는군. 어려서부터 왕궁에서 자랐는데, 그때는 황실의 방계혈통(傍系血統)으로 그다지 주목받지 못했지. 하지만 마침 전대의 서평왕이 자녀가 없었기에 그를 양자로 삼아 데려가고, 이 년 후에 그가 죽자 대를 이어 왕이 된 거야. 대단하지 않은가. 그 나이에 벌써 왕이라니."

백무연은 그 말을 들으며 한편으로는 생각에 잠겨 있었다. 어린 나이의 왕. 따르는 사람과 수족처럼 부리는 사람도 많을 것이고 몹시 부유할 것이다. 아마 자신도 문파가 건재하다면 문주로서 제자들과 수하들을 거느리고 있었을 것이다. 그리고 문주의 명령으로 많은 일들을 했을 것이다.

하지만 잘 상상이 되지 않았다. 전에 보았던 벽력단주 벽호의 모습이 어색했던 것처럼 너무 젊은 나이에 남들의 모심을 받는 위치에 오른다는 것은 어쩐지 불편하고 힘들게 보였던 것이다. 그리고 이것저것 얽매는 것이 많아 자유롭지 못할 것 같다는 생각이 들기도 했다.

문득 그는 반규린에 대한 생각이 났다. 반규린은 전에 딱 한 번 자신의 지위에 대해서 말해준 적이 있었다.

"황실 감찰관이라는 자리는 세 개가 있는데, 저는 그중에 제일 낮은 자리예요. 그래도 직접 거느리는 부하만 삼십 명인데, 다들 나한테 반경 백 장(丈) 이내로 접근을 못하게 해요. 너무 귀찮고, 나보다 나이 든 사람들이 고개 숙이는 게 어쩐지 좀 부담스럽거든요. 그래서 연락은 항상 비둘기나 폭죽 같은 것으로만 하죠. 그러고 보니 그 사람들 얼굴 본 지도 꽤 오래됐네."

그때에는 잘 몰랐지만 지금 다시 생각하니 그렇게 말하던 반규린의 마음도 어느 정도 이해가 되는 것 같았다. 백무연은 그런 생각을 하다 깜박 잠이 들었다.

한편 일행이 묵고 있는 용문객잔의 밖에는 한밤중임에도 불구하고 수많은 사람들이 운집해 있었는데 하나같이 모두 흑의에 복면을 뒤집어쓴 옷차림이었다. 그들 중 제일 앞에 선 자는 특이하게도 은제(銀製)의 띠를 허리에 둘렀는데 그것은 달빛을 받아 몹시 반짝였다. 그자가 뒤쪽을 바라보며 물었다.
"이 녀석들, 여기가 그곳이냐?"
"네, 그렇습니다."
"틀림없습니다."
묻는 사람의 성난 말투에 비해 대답하는 목소리들은 잔뜩 주눅이 들어 있었다. 그러자 은제의 띠를 두른 자는 대답을 한 자들을 잠시 노려보았다. 복면 안에서 새파란 안광이 번뜩이자 눈을 마주쳤던 자들은 몸을 떨며 얼른 다시 고개를 숙였다. 그는 그들에게 다가가 한 명의 턱을 붙잡아 억지로 눈을 맞추며 말했다.
"광풍(狂風)이 겨우 애송이 몇에게 당할 정도로 얕보이다니, 너희들은 도대체 제정신인 것이냐? 원래는 칠살령(七煞令)에 의해 죽어야 할 목숨이지만, 다시 기회를 주는 것이니 목숨을 걸고 그 녀석들을 잡아와라."

"조, 존명!"

스물댓 명의 흑의인들은 말이 떨어지기가 무섭게 낮은 목소리로 대답하며 즉시 잠들어 있는 용문객잔으로 달려들어갔다. 턱을 붙잡혔던 자는 놓이자 잠시 중심을 잃고 비틀거렸지만, 뒤처졌다 가는 무슨 짓을 당할지 모른다는 생각에 미친 듯이 동료들의 뒤를 따랐다.

"쓸모없는 놈들……."

은제의 띠를 두른 자, 광풍(狂風)의 소살(小煞)인 백사풍(白沙風)은 자신의 명령에 의해 미친 듯이 뛰는 부하들을 경멸스러운 눈빛으로 바라보았다.

부하들이 가져온 정보는 도대체가 말이 안 되는 이야기였다. 아니, 그것도 부하들이 직접 말했다기보다는 항간의 소문을 듣고 부하들을 족친 끝에 나온 이야기였다. 몇 배나 많은 인원으로도 이기지 못하고 오히려 겁을 먹고 도망쳐 왔다니, 이것이 칠살에 몸담은 인간들이 할 짓이란 말인가?

"설령 죽더라도 팔이나 다리 하나 정도는 잘라 왔어야지."

백사풍이 잔인한 어조로 중얼거리자 옆에 있던 백여 명의 부하들은 조용히 숨을 죽였다. 그만큼 광풍 내에서 백사풍의 위치는 절대적이었다. 그의 말에 어긋나는 행동을 하는 자는 결코 살아남을 수 없었다. 더군다나 이 지역에는 정파의 세력도 전혀 없었기 때문에 백사풍은 거의 양주 근방의 왕처럼 행동했다. 물론 양주에 봉(封)해진 왕인 서평군왕의 세력권에는 차마 영향을 미치지 못했지만, 그 밖은 모두 광풍의 세력이 휩쓸고 있었다.

그런데 그 안에서 자신의 부하들이 신원도 알 수 없는 자들에게 두 번이나 패한 것이다. 더군다나 눈 뜨고 멀쩡히 당했음에도 불구하고 상대가 쓰는 무공의 초식 이름 같은 것도 알아오지 못했다는 데에 백사풍의 분노는 더했다.

'도대체 어떤 놈들인가……?'

정파의 나부랭이라면 문제는 오히려 간단했다. 하지만 정파의 세력이나 첩자가 이쪽으로 다가오기 전에 늘 도착하곤 했던 상부의 명령서도 도착하지 않았기에 백사풍의 의문은 더욱 심해졌던 것이다.

'중도문파이거나, 아니면 무명의 무림인들인가?'

하지만 그런 것들에게 졌다는 것은 더욱 수치스러운 일이다. 때문에 백사풍은 죽음으로써 그 치욕을 씻으라고 부하들을 다시 그자들이 있는 곳으로 내몬 것이었다. 살아남고 적을 죽인 자에게는 상이 주어질 테지만, 혹시라도 적을 잡지 못했는데 살아남은 자에게는 죽음보다도 무서운 형벌이 내려질 것이란 엄포와 함께였다.

"왜 이렇게 늦는 거야?"

백사풍은 짜증스럽게 중얼거렸다. 아마 용문객잔은 지금쯤 거의 전멸 상태일 것이다. 밤이라 사물을 분간할 수 없을 것이기 때문에 부하들은 아마 용문객잔에 투숙한 전부를 죽일 것이었다. 그리고 백사풍이 생각하기에는 그것은 그것대로 좋았다. 요즘 들어 느슨해진 칠살의 영향력을 다시금 근방의 주민들에게 확인시켜 줄 필요가 있기 때문이었다. 하지만 이상하게도 부하들이 너무 늦고 있었다.

"이봐, 일대, 이대."

"넷!"

"가서 확인해 봐라. 늦는 놈들 모두 끌고 나와."

"존명!"

대답과 함께 일대와 이대의 인원들이 용문객잔으로 뛰어들었다. 두 대를 합쳐서 약 스물댓 명쯤 되는 인원이었다. 하지만 그들이 들어가고 난 뒤에도 객잔은 마치 귀신들린 집처럼 조용하기만 했다. 백사풍은 점점 더 의아해져서 다시 고개를 돌렸다.

"이놈들이 미쳤나? 삼대, 사대! 빨리 가서 불러와. 이 거북이 같은 놈들."

"오대, 육대! 저놈들이 왜 저렇게 안 나오지?"

"칠대, 팔대! 나올 때 모두 각오하라고 해!"

대답과 함께 사라진 부하들은 결국 돌아오지 않았다. 어느새 백사풍은 어둠 속에 홀로 남아 있었다. 상황이 이렇게 되자 아무리 둔감한 백사풍이라도 뭔가 이상한 기분을 넘어선 것을 느꼈다. 그것은 꽤 오랜만에 느껴진 감정으로, 바로 두려움이었다.

"이, 이건 도대체……."

백사풍은 떨리는 눈으로 용문객잔을 바라보았다. 그곳은 마치 아무 일도 없었다는 것처럼 그 자리에 그대로 서 있었다. 마치 자신이 꿈을 꾼 것 같아 백사풍은 눈을 세게 감았다 떠 보았다. 하지만 용문객잔은 멀쩡했고 백 명이 넘던 부하들은 이제 하나도 남아 있지 않았다. 용문객잔의 음침한 모습은 백사풍의 마음속에서 점점 더 커져 갔다. 곧 주체하지 못할 정도로 강한 공포심에 사로잡힌 백사풍은 서서히 뒷걸음질을 치기 시작했다. 어느새 한 단체의 대표인 자신의 위치도 잊어버린 본능적인 행동이었다.

하지만 그 순간 조용하던 용문객잔에서 갑자기 몇 개의 빛줄기가 튀어나왔다. 그것을 본 백사풍은 더욱 놀라 급히 뒤로 물러서다가 발이 꼬여 뒤로 넘어지고 말았다.

"윽!"

아픔보다도 숨이 막힐 듯한 두려움이 먼저 그를 감쌌다. 그가 눈을 들어보니 몇 명의 사람들이 그를 말없이 둘러싸고 자신을 내려다보고 있었다.

　"이, 이건……."

<u>"호호호……."</u>

그때 그들 중 한 명이 괴상한 웃음을 지었다. 백사풍은 온몸을 사시나무 떨 듯 하면서도 천천히 고개를 돌려 결국 그를 바라보았다. 그는 두 눈이 사팔뜨기에 안색은 물에 빠져 죽은 사람처럼 몹시 창백하고, 무척 흉하게 일그러진 칼자국까지 있는 입가에서는 가느다란 피를 흘리고 있었다.

　"죽어라……."

그는 입을 열어 그렇게 말했다. 그 말을 듣자 백사풍은 더욱 놀랐다. 그때 다른 사람이 입을 열었다.

　"당신의 죄를 알고 있습니까."

백사풍이 떨면서 바라보니 하얀 상복을 입은 소년이었다. 잘생겼으나 몹시 무표정했고 눈은 백사풍의 속을 꿰뚫어보듯 하는 것이었다. 마치 장의사 같은 그 모습에 백사풍은 더욱 놀랐다. 그런데 그 장의사가 갑자기 옆으로 비켜섰다. 그러자 뒤에 있는 희끄무레한 물체가 드러났고, 그것이 사람을 넣어 묻는 관(棺)임을 백사풍이 알아본 순간 관 뚜껑이 확 열리더니 그 속에서 얼굴이 새하얀 여자 아이가 하나 나타나서 백사풍을 물끄러미 바라보며 말했다.

　"들어와……."

아마 관으로 들어오라는 말 같았다. 그 말에 백사풍은 온몸을 부르르 떨며 고개를 설레설레 저었다. 하지만 여자 아이는 손을 슬그머니 뻗으며 백사풍의 옷을 움켜잡았다.

"빨리… 들어와……."

"으, 으악!"

백사풍은 기겁해서 소리를 질렀다. 그때 그의 뒤에서 붙잡는 차가운 손들이 있었다.

"우리랑 같이 가요."

"우리랑 같이… 호호호홋!"

게다가 낭랑한 여인의 웃음소리마저 귓가에 들리는 것이었다. 백사풍은 이게 말로만 듣던 처녀귀신인가 싶었다. 마치 덩굴처럼 귀와 목을 더듬는 차가운 촉감을 느끼자 순간 온몸에 소름이 돋더니 백사풍은 외마디 비명을 지르고 그만 혼절해 버렸다.

그러자 그를 둘러싸고 있던 귀신들은 잠시 가만히 있더니 곧 킥킥거리며 웃었다. 그 웃음소리는 점점 커지더니 이내 배꼽을 잡을 정도로 큰 웃음이 되었다.

"하하, 하하하하!"

"호호호……."

"아, 이거 정말 대단한 구경거리로군."

하지만 그들 중 장의사는 무엇이 왜 웃긴지 모르겠다는 표정으로 다른 이들을 바라보며 물었다.

"이 사람이 기절한 것이 그렇게 재미있습니까?"

"아, 백 공자. 정말 뭐가 웃긴지 모르겠다는 거예요?"

그렇게 말하는 사람은 처녀귀신 중 한 명이었다. 머리를 산발한 채 얼굴은 창백할 정도로 새하얀 그녀는 바로 반규린이었다. 그 옆에 서 있는 비슷한 모습의 처녀귀신은 진묘화였다.

그리고 관에서 나온 어린아이는 물론 이해은이었고 맨 처음에 백사풍에게 겁을 주었던 사람은 임파초였다.

"백 공자가 이런 걸 안다면 오히려 어울리지 않을 것 같아. 아까도 무표정한 게 더 무서웠잖아. 봐봐."

임파초가 싱글거리며 모두에게 말하자 다들 백무연의 모습을 보고 다시금 풋 하고 웃었다. 하지만 백무연은 여전히 이해가 되지 않는다는 표정이었다.

그때 반규린이 자신의 얼굴을 매만지며 말했다.

"그런데 결국 우리 얼굴은 잘 보지도 못한 것 같네. 그럼 이렇게 분을 바를 필요가 없었잖아."

그러자 진묘화도 동의하듯 고개를 끄덕였다. 하지만 임파초가 그런 그들에게 자못 진지한 어조로 말했다.

"아니야, 그렇기 때문에 더욱 연기에 몰입할 수 있었잖아? 그게 중요한 거거든. 덕분에 기절시킨 사람은 두 사람 아가씨들이었잖아?"

"그런가?"

“그리고 진 소저, 꽤 잘하던데? 소질이 있어.”

“네에?”

임파초의 말에 진묘화는 난처한 얼굴로 고개를 숙였다. 하지만 임파초는 씩 웃으면서 계속 말했다.

“그리고 이런 모습도 꽤 아름답구려.”

“그, 그만 하세요.”

진묘화는 더욱 당황해서 손을 내저었고 그런 모습을 보며 여전히 임파초는 빙긋 웃었다.

“하여튼 어쩔 수 없다니까.”

반규린은 혀를 차며 그런 임파초를 바라보다가 곧 다시 불만스러운 듯 자신의 얼굴을 매만지며 말했다.

“그런데 이러면 피부가 꽤나 나빠질 텐데. 빨리 닦아내야겠네.”

“어, 정말? 언니 나도.”

이해은도 반규린의 말을 듣자 놀라서 관 속에서 걸어나왔다. 분을 하얗게 바른 채 눈을 동그랗게 뜨고 놀란 그녀의 얼굴 표정을 보자 모두는 다시금 크게 웃을 수밖에 없었다.

“하하하… 미치겠구만 이거.”

“호호호……..”

“응? 뭐야, 뭐가 웃긴데?”

이해은은 여전히 눈을 동그랗게 뜨고 사람들을 둘러보며

물었다. 하지만 사람들은 대답대신 더 크게 웃을 뿐이었다. 그 소란 속에 백사풍은 여전히 정신을 잃고 길게 드러누워 있었다. 그들 위로 모래알처럼 흩뿌려진 밤하늘의 은하(銀河)가 찬란하게 빛나고 있었다.

다음날이 밝자 백무연 일행은 양주로 출발했다. 이제 하루나 이틀이면 도착할 거리였다. 그때 백무연이 문득 고개를 돌리고 임파초에게 물었다.

"이제 그들은 어떻게 될까요?"

"응?"

"칠살 말입니다."

"아, 그거……."

대답 도중에 나오는 웃음을 참지 못하고 임파초는 다시 낄낄 웃다가 겨우 숨을 고르며 백무연에게 말했다.

"대장이 귀신한테 홀려서 그 꼴이 됐는데, 앞으로 용문객잔은커녕 사하촌의 근처에도 못 가겠지. 뭐 안심해도 좋아."

"그렇습니까."

백무연은 고개를 끄덕였다. 임파초는 그런 백무연을 바라보다 씩 웃으며 말했다.

"걱정 말라고. 결국 어제 아무도 다친 사람은 없었잖아? 내가 지금까지 봤던 어떤 사건들보다도 좋게 해결됐다고."

"그렇게 말씀하신다면 더 생각하지 않겠습니다."

임파초가 그렇게 말하고 나서야 백무연의 얼굴은 약간 밝아진 듯했다.

사실 어제 불침번을 서던 것은 백무연과 임파초였다. 진묘화가 낮에 다시 한 번 칠살을 만났기 때문에 혹시나 하는 마음에 둘이서 경계를 섰던 것인데 아니나 다를까 칠살의 대인원이 용문객잔을 급습해 온 것이다. 물론 무공의 격차가 있었고 또 백무연과 임파초는 숨어서 하나씩 적들을 제압했기 때문에 별 피해 없이 그들을 모두 잠재울 수 있었다.

하지만 그때 백무연의 머릿속에 든 생각은 그들이 떠난 후에도 칠살이 초래할 피해였다. 그 생각을 임파초에게 말하자 임파초는 잠깐 고민하더니 곧 기막히게 좋은 생각이 났다며 사층으로 올라가서 그때까지도 세상모르고 자고 있던 여자들을 깨운 뒤, 한밤의 귀신 놀음을 벌인 것이었다.

어제의 그 일을 생각하며 다시 흐뭇한 미소를 짓고 있던 임파초가 문득 백무연을 바라보며 물었다.

"그나저나, 지금은 이렇게 잘 해결되었지만, 앞으로도 칼을 들이대는 자들에게 매번 그런 식으로 할 수는 없잖아?"

웃음을 띠고 있었지만 꽤 핵심을 찌르는 질문이었다. 백무연은 그 말에 고개를 끄덕이며 대답했다.

"그것도 그것이지만, 일단은 커다란 일을 먼저 해보려고
합니다."

"커다란 일?"

"네."

백무연은 그렇게 대답하고는 문득 먼 지평선을 바라보며
말했다.

"수많은 사람을 죽지 않게 하는 길 말입니다."

"정사대전(正邪大戰) 말이군."

임파초는 금세 말귀를 알아듣고는 고개를 끄덕이며 백무
연이 보는 쪽에 시선을 같이했다.

"그래, 일단 중요한 건 그쪽이지. 그것만 해결된다면 자잘
한 문제들의 태반은 저절로 해결될 거야."

그들이 바라보는 지평선 위에는 전서구(傳書鳩) 한 마리가
있어 날갯짓을 하며 이쪽으로 점점 다가오고 있었다.

익숙하게 반규린의 팔 위에 내려앉은 비둘기는 백무연도
잘 아는 녀석이었다. 몸은 갈색에 머리에 흰 털이 드문드문
나 있는 것으로, 언제나 영민한 눈을 쉴 새 없이 돌리며 좌우
를 살피곤 하는 녀석이었다. 비둘기의 부리에 물통을 대주고
다리에 묶여 있는 죽통에서 돌돌 말린 종이를 꺼낸 반규린은
그것을 말없이 읽어보았다. 그리고는 사람들을 보며 말했다.

"잠깐 쉬어가죠?"

그리고 그들은 관도 변에 있는 커다란 나무 밑에 머물렀다.
반규린은 이해은에게 말했다.

"진 언니랑 잠깐 있을래?"

그러자 얼른 그 말뜻을 알아들은 이해은은 고개를 끄덕이
며 조용히 쉬고 있던 진묘화에게 다가갔다. 반규린은 그 모습
을 잠시 바라보다가 백무연과 임파초에게 눈짓을 보냈고, 두
남자는 그녀를 따라 약간 떨어진 곳으로 갔다.

"왜, 꽤 중요한 내용이라도 들어 있었나 봐?"

임파초가 진묘화와 떨어진 것이 약간은 불만스러운 듯 물
었고 그 말에 반규린은 눈을 흘기며 대답했다.

"네, 아주 중요해요. 더군다나 저분은 우리 일행도 아니니
괜히 이번 일에 말려들게 할 필요가 없어요."

"아, 알고 있다고."

임파초는 태연하게 말했지만 표정에는 약간 부루퉁한 기
운이 남아 있었다. 반규린은 그 모습을 못 본 체하며 말했다.

"감찰부의 사람들이 서평왕부에 어느 정도 손을 써놓은 모
양이에요."

그녀의 설명에 따르면 지금까지의 정황으로 볼 때 제삼의
세력, 통칭 향곡(香谷)―그들이 남긴 물건에서는 이상한 향이 났
고, 총알에도 향(香) 자가 써 있었으며, 또 어쩐지 곡 자(字)가 들
어가는 것이 신비해 보인다며 반규린이 붙인 이름이었다―이 서

평왕부 쪽과 관련이 있을 확률은 꽤 높았다. 그리고 감찰부에 있는 그녀의 수하들이 조사한 결과 그것은 그녀들에게 발사되었던 서역의 휴대용 총포(銃砲)와도 큰 관련이 있었다.

구연기가 마음대로 사용하던 방식의 총포는 서역에서 만들어져 수입된 것이었다. 그리고 그것이 수입되는 경로는 바로 양주(凉州) 쪽을 통해서였는데, 양주는 서평군왕의 관할이었으므로 무역 또한 그의 관리 안에 있었다. 그런데 중요한 사실은 그런 총포가 황실에 의해 반입이 금지된 품목이라는 것이다.

대포(大砲)나 화포(火砲)같은 대형의 화약무기는 적극적으로 수입하고 있었지만 개인이 휴대 가능한 소형의 총포는 요인의 손쉬운 암살이나 저격, 그리고 민간의 남용을 우려하는 등 여러 가지의 이유로 황실에서 금하고 있었다.

그런데 감찰부에서 어렵게 알아낸 바에 의하면 전대 서평군왕 때부터 이러한 총포가 수입되었다는 것이다. 그렇게 수입된 총포들은 중원으로 흘러들어 갔을 것이라는 추측과 함께, 서평왕부에서는 그 대가로 상당한 이익을 손에 넣었을 것이라는 보고도 함께 있었다. 만약 이 사실이 황제에게 알려진다면 서평왕부는 즉각 폐서인의 중벌을 받을지도 몰랐다. 그 정도로 밀무역은 심각한 죄였다.

하지만 당사자인 전대 서평군왕은 벌써 이 년 전에 세상을 떴고, 지금은 그의 양자(養子)가 뒤를 잇고 있다. 그런데 그 양자는 아직 나이가 어려 국정(國政)을 제대로 수행하지 못했고, 선대의 대신들 중 몇이 그것을 위임받아 처리했는데, 총포의 수입은 전과 다름없이 계속된 것으로 보인다는 것이었다. 물론 서평왕부에는 충직한 대신도 있어 그것을 적극 반대하는 사람도 있었지만 세(勢)가 밀려 뜻을 이루지 못하고 있다고도 했다.

양대량(楊大樑)이 현재 정국을 주도하는 대신들의 우두머리 격이었고 마연(馬煙)이 그것을 반대하는 대신들 중 제일 영향력이 큰 사람이었다. 감찰부에서는 마연에게 작금의 사정을 설명하고 반규린과 협력할 것을 요청했고, 마연은 흔쾌히 승낙했다는 것이었다.

거기까지 말을 듣자 임파초는 알겠다는 듯 고개를 끄덕였다.

"그러니까 양대량이라는 놈을 없애면 되는 건가?"

"사람 말을 제대로 듣기는 한 거예요?"

반규린이 노려보자 임파초는 눈을 슬쩍 돌렸다. 그때 가만히 듣고 있던 백무연이 입을 열었다.

"양대량에게서 향곡의 정체를 알아낼 수도 있겠군요."

그 말에 반규린과 임파초는 백무연을 잠시 멍한 표정으로 바라보았다. 그러자 백무연은 두 사람을 향해 조심스럽게 물었다.

"아닙니까?"

"아니, 맞아요."

반규린은 백무연을 유심히 바라보며 말했다.

"많이 똑똑해졌네요?"

"네?"

"흠, 그게 다 요즘 나랑 같이 많은 시간을 보냈기 때문이라고."

"웃기지 말아요."

임파초의 말에 차게 대답한 반규린은 다시 표정을 바꾸며 진지한 어조로 말했다.

"어쨌든 백 공자가 잘 말해주었어요. 만약 잘되면 이번에 양대량에게서 향곡의 정체와 그들의 목적, 밀무역과 관련된 이유 등을 모두 알아낼 수 있을 거예요."

그 말에 백무연은 고개를 끄덕이며 대답했다.

"수많은 사람을 구할 수 있을 겁니다."

"뭐 틀린 말은 아니지만… 맞아요. 결과적으로는 그렇게 되겠죠."

그러다 반규린은 문득 심각한 표정을 지으며 말했다.

"하지만 이제부터는 조심해야 돼요. 상대도 우리의 존재를 대충은 파악하고 있을지 모르니까요. 우리가 지금까지 한 일을 생각해 보면 상대가 우리를 모른다는 게 더 이상할 거예요."

반규린의 말에 임파초와 백무연도 각기 생각에 잠겼다. 특히 백무연은 반규린의 말에 동의할 수밖에 없었다. 그동안 정파와 사파의 사이에서 여러 가지 일을 겪었고, 많은 고수들과 손속을 나눠왔다.

"그리고 두 분이 아는 것 외에도 나는 그전부터 향곡을 뒤쫓으며 그에 대해서 많은 조사를 했어요. 하지만 지금까지 봐 온 그들의 능력으로 볼 때 이렇게 행동하는 저에 대해서도 아주 면밀하게 알고 있을 거예요."

"그렇겠군."

"그러니 이번엔 각별히 조심해야 되요. 향곡과 가장 가까운 사람이 있는 곳으로 가는 거니까, 어떤 일이 있을지 몰라요."

그리고 반규린은 몸을 돌리며 말했다.

"자, 그럼 이제 다시 출발할까요?"

일행이 양주에 이른 것은 그날 해가 저물 무렵이었다. 북국(北國)의 하늘은 텅 비어 있는 경우가 많아 구름 없는 노을은 꽤 쓸쓸해 보였다.

양주에 도착하자 진묘화는 사람들에게 고맙다고 인사하며
그만 헤어지려 했다.

"다시 볼 수 있을까요?"

반규린이 그간 정이 든 진묘화에게 안타까운 듯 물었고 이
해은도 석별의 정 앞에 눈물을 글썽이며 진묘화를 올려다보
았다. 진묘화도 헤어지는 게 싫은 듯한 표정이었으나 한편으
로는 애써 웃음을 지으며 손을 흔들고는 일행에게서 점점 멀
어져 갔다.

그 뒷모습을 바라보던 임파초가 어쩐지 허전한 듯한 어조
로 물었다.

"이제 어디서 묵을 건데?"

"서평왕부로 가야죠."

"아, 그 마연이라는 사람한테 가는 건가?"

그러자 반규린은 고개를 돌려 임파초를 째려보며 말했
다.

"그분은 당당한 삼품의 관료예요. 그러니 그 앞에서는 마
대인이라고 불러야 할 거예요. 유의하세요."

"뭐, 반 대인께서 원하신다면."

경고를 하는데도 오히려 한 술 더 떠서 익살스럽게 허리를
굽히는 임파초를 보다가 반규린은 한숨을 쉬며 말했다.

"우리는 일단 서평왕부로 가요."

"응? 마연이라는 사람, 아니 마 대인은?"

"그 사람은 퇴근했겠죠. 지금까지 청사에 남아 있겠어요?"

"그럼 당연히 그 집으로 가야 되는 거 아냐?"

하지만 반규린은 그 말에 대답하지 않고 더욱 걸음을 빨리 하여 앞서 나갔다. 임파초는 그 모습을 보자 부리나케 뒤쫓아 갔다. 백무연이나 이해은 등도 임파초 못지않게 궁금한 것은 마찬가지였지만 반규린이 자세히 말을 해주지 않으니 일단 따라갈 수밖에 없었다.

일행은 곧 서평왕부의 커다란 건물 앞에 도착했다. 이곳은 다른 건물들과는 달리 중원식(中原式)의 목조 건물이었다. 오 랜만에 눈에 익숙한 모습을 보자 이해은은 기쁜 듯 숨을 크게 들이마셨다. 모래 냄새가 섞인 듯했지만 어쨌든 은은한 목재 의 향기를 맡자 마음속이 다 시원해지는 듯했다. 그녀는 기둥 에 거의 달라붙어서는 들뜬 기색으로 일행을 바라보며 말했 다.

"백송(白松)이예요."

"백송?"

"응. 우리 절도 이 나무가 기둥이었는데."

그 말에 백무연과 반규린은 항산파가 있는 현공사를 떠올 렸다. 그때 겪었던 일들이 아련하게나마 두 사람의 기억을 스 쳐갔다. 그런데 아까부터 그들의 하는 양을 보고 있던 문지기들 중 하나가 의아한 듯 물었다.

"누구십니까?"

"아, 그게……."

반규린은 퍼뜩 상념에서 깨어난 뒤 문지기에게 다가가 조용히 말했다.

"죄송하지만, 군왕께 말씀을 좀 전해주시겠어요? 린아(潾兒)가 왔다고 말이에요."

"예……?"

문지기는 그녀의 갑작스러운 말에 약간 당황한 듯했지만 곧 반규린을 자세히 보고는 행색이 남다른 것을 확인하자 미심쩍어 하면서도 안으로 들어갔다. 다른 사람들도 눈을 깜박이며 반규린과 이해은의 미모를 유심히 살피고 있었다.

한편 백무연은 반규린이 하는 말을 듣고 그녀가 서평군왕과 어떤 관계인지 더욱 궁금해졌다. 그것은 이해은도 마찬가지여서 갑자기 백무연의 소매를 붙잡고 속삭이듯 물었다.

"오빠, 들었어?"

"네."

"린아라고……."

백무연은 이해은의 입에서 한 번 더 나온 그 호칭이 왠지 마음에 걸렸지만 일단은 안에서 사람이 나오기를 기다릴 수밖에 없었다.

곧 안에서 사람이 뛰어나오는 발소리가 들렸다. 그리고 문이 활짝 열리며 귀공자 한 사람이 나타났다. 그리고 그 뒤에는 금발벽안(金髮碧眼)의 아름다운 여인과 흑발이지만 옥빛의 눈동자를 지닌 청수한 청년이 따르고 있었다.

순간 여러 사람들의 눈빛이 서로 교환되고, 그들은 저마다 놀랐다.

"어……?"

"어?"

"당신은?"

하지만 그들 중 가장 강한 감정은 각기 맨 앞에 선 남녀 두 사람의 사이에 있는 것이었다.

"린아."

귀공자는 부드러우면서도 강렬한 눈빛으로 반규린을 바라보며 말했다. 그러자 반규린은 놀라면서도 부끄러운 듯 고개를 숙이더니 갑자기 땅바닥에 무릎을 꿇으며 말했다.

"소신(小臣)이 군왕 전하를 뵈옵니다."

"일어나라."

반규린의 인사를 받은 귀공자, 바로 서평군왕 이인성(李仁琂)인 그가 당황스러운 듯 말했고 반규린은 조심스럽게 일어났다. 하지만 한사코 고개를 숙이고 있는 모습이 서평군왕과는 눈을 마주치지 않으려는 것 같았다.

서평군왕은 의아했지만 일단 고개를 돌려 다른 사람들을 바라보았다. 일단 그의 눈은 임파초에게 멎었다.

"원래 일행이셨군요."

"군왕 전하."

임파초 역시 무릎을 꿇으려 했지만 서평군왕은 두 손을 뻗으며 제지했다.

"그러지 마시오. 부담스러우니까. 다들 몸가짐을 편히 하시길 바라오."

"예, 알겠습니다."

임파초까지 예를 갖추는 것을 보자 백무연과 이해은도 절로 숙연해져서 선 채로 머리를 약간 숙이고 있었다. 그런데 그 와중에 이상한 느낌이 들어 백무연이 고개를 살짝 드니 서평군왕 뒤에 선 금봉(金鳳)이 그를 향해 아는 체를 해보이며 눈을 찡긋하는 것이었다. 백무연은 간단히 거기에 대답하는 눈짓을 하고 다시 고개를 숙였다. 그 모습을 보자 금봉은 이상한 듯 고개를 갸웃거렸지만 역시 모시고 있는 주인 앞이라 백무연에게 직접 다가가서 말을 걸 수는 없었다.

어색해진 분위기를 느낀 서평군왕이 헛기침을 하며 말했다.

"일단 여기까지 왔으니 다들 들어오시오. 자기 집처럼 생각하시고, 금봉.”

“네.”

서평군왕의 뒤에 서 있던 금봉이 고개를 공손하게 숙이며 명을 받았다.

“이분들의 거처를 봐드리도록 하라.”

“명을 받들겠습니다.”

“좀 있다가 보기로 합시다.”

서평군왕은 그 말과 함께 안으로 사라졌다. 옥룡(玉龍)은 몸을 돌리다가 백무연 일행을 이상하다는 듯 한번 쓱 훑어보았다. 하지만 그도 금봉처럼 별다른 말은 하지 않았다. 다만 백무연과 눈이 마주치자 역시 반가운 눈짓을 주고받은 뒤에 서평군왕을 따라갔다.

둘이 사라지자 가장 먼저 한숨을 내쉰 것은 이해은이었다.

“휴……”

“아니, 왜 그래?”

임파초가 평소의 활기를 되찾은 목소리로 물었고 그러자 이해은이 약간 불편한 얼굴로 대답했다.

“그냥 좀. 아저씨도 그랬잖아요.”

“응?”

임파초는 대답 없이 씩 웃었지만 그도 이해은이 말하는 게 무엇인지는 알고 있었다.

무릇 이 나라에 사는 사람들치고 황족(皇族)이라는 것에 대한 동경과 경외를 갖지 않는 자는 없을 것이었다. 더군다나 지금의 왕조는 초기처럼 강성하지는 않아도 역시 그 성세를 이어가는 중이라 거기에 발붙이고 있는 황족의 위엄은 누구도 함부로 침범할 수 없었다. 서평군왕은 나타나서 그들에게 별다른 말을 한 것이 없었지만 그를 마주했던 일행은 주변의 공기가 일제히 무거워진 듯한 느낌을 받으며 온몸이 쑤시는 것처럼 불편했다. 그리고 신기하게도 그가 사라지자 그 중압감은 씻은 듯이 없어져 버렸다.

그 모습을 지켜보던 금봉이 생글거리며 모두에게 말했다.

"전하를 처음 보는 사람들은 거의 대부분이 여러분과 비슷한 반응을 보여요. 하지만 며칠 묵다 보면 전하가 아주 편하고 좋은 분이라는 걸 알게 될 거예요."

그녀의 유창한 말솜씨에 놀란 이해은이 눈을 크게 뜨고 물었다.

"와! 어떻게 우리말을 그렇게 잘해요?"

"왜, 신기하니?"

금봉은 이해은을 향해 다시금 빙긋 웃어주고는 백무연에게 다가와 말했다.

"동생, 여기서 다시 만날 줄은 몰랐는데?"

"도, 동생?"

임파초가 유독 경기를 일으키며 백무연과 금봉을 번갈아 바라보았다. 그 모습에 금봉은 의아한 듯이 임파초를 바라보며 물었다.

"왜요, 뭐가 잘못됐나요?"

"아니, 그럼 백 공자의 아버지나 어머니 중 한 분이 서역인이란 말이야? 이거 정말 몰랐는걸."

"무슨 말이에요? 동생은 그냥 친한 사람한테 쓰는 표현 아닌가요?"

"뭐? 아니 그럼 둘이 친한 사이란 말야?"

"그래요."

"오호?"

임파초는 갑자기 흥미가 생기는 듯 눈을 빛내며 물었다.

"얼마나 친한데? 도대체 언제 이 아가씨를 알게 된 거야, 백 공자?"

"저… 그러니까……."

백무연은 갑작스러운 질문에 머뭇거리다가 이쪽을 빤히 쳐다보는 반규린과 눈이 마주쳤다. 반규린은 백무연의 시선을 느끼자 흠칫하며 고개를 돌렸다.

그런데 갑자기 이해은이 불쑥 갑자기 왕부(王府) 안으로 들어갔다. 그런 그녀를 보자 금봉이 놀라서 쫓아가며 말했다.

"저, 아가씨. 그렇게 막 들어가면 안 돼요, 왕부는 넓다고
요!"

"그, 그래요?"

몇 걸음밖에 들어가지 않았던 이해은은 멈춰 서서 당황한
듯 금봉에게 묻다가 유독 그녀의 이목구비를 자세히 들여다
보았다. 하지만 금봉은 전혀 불편하게 여기지 않고 오히려 자
연스럽게 그녀의 눈길을 마주 보았다. 그러자 이해은이 물었
다.

"제 시선이 부담스럽지 않나요?"

"아니, 이렇게 쳐다보는 사람은 어렸을 때부터 많았으니까
요."

그러면서 생긋 웃는 금봉을 이해은은 약간 멍한 얼굴로 바
라보았다. 그때 문을 들어선 일행이 저마다 놀란 듯 입을 벌
리며 한마디씩 했다.

"이야……."

"대단하군요."

백무연조차 왕부의 웅장하면서도 우아하고, 장중하면서도
세련된 모습에 놀라지 않을 수 없었다. 왕부 안은 중원과 서
역의 양식(樣式)이 절묘하게 뒤섞여서 보는 사람들로 하여금
절로 경이와 찬탄을 자아내게 했다. 높게 솟다가도 부드럽게
휘어진 기와 지붕의 처마 끝, 이름을 알 수 없는 갖가지의 이

국적인 석조물(石彫物)들, 색색의 흙과 자갈이 묘하게 어우러진 정원 등을 보자 다른 일에 생각이 빠져 있던 반규린도 입을 열어 감탄하지 않을 수 없었다. 모든 것은 석양을 받아 더 말할 나위 없이 아름답게 빛나고 있었다. 사막의 신기루(蜃氣樓), 해시신루(海市蜃樓)란 이런 것을 일컫는 것인가 하고 반규린은 잠시 상상 속에 온몸을 맡겼다. 그런 일행을 웃으며 바라보던 금봉이 문득 입을 열어 말했다.

"자, 그만 따라오세요. 저녁밥은 드셔야죠?"

그 말에 일행은 상념에서 깨어났지만 못내 아쉬운 듯 아름다운 풍경을 바라보다가 천천히 금봉의 뒤를 따랐다.

저녁 식사에는 서평군왕도 나왔다. 그는 백무연 일행을 배려했는지 아까 보았던 호화로운 옷이 아닌 역시 귀하지만 비교적 간소한 비단옷을 입고 있었다. 하지만 전신에 자연스럽게 흐르고 있는 위엄과 자신감은 입고 있는 옷이 바뀌어도 그를 결코 평범한 사람으로 보이지 않게 하는 것이었다. 그리고 그의 뒤에는 마치 유비 뒤에 선 관우 장비처럼 금봉과 옥룡이 단정하게 시립해 있었다.

식사는 최고의 환대를 갖춘 것이어서 백무연 일행은 눈이 휘둥그레질 수밖에 없었다. 특히나 시중을 드는 사람은 식사하는 사람들의 세 배나 되어서 필요한 것이 있으면 즉각 눈앞에 대령이 되는 것이었다. 백무연과 이해은은 그런 것에 잘 적응하지 못하는 모습이었지만 반규린은 아주 자연스럽게 행동하고 있었고 임파초도 두꺼운 얼굴로 오히려 시중드는 사람들에게 이것저것을 시키고 있었다.

하지만 식사보다도 백무연의 이목을 사로잡은 것은 반규린과 서평군왕 사이의 대화였다. 그들은 낮과는 달리 꽤나 스스럼없이 행동하고 있었다. 서로 '린아'와 '아성(阿星)'이라고 부르는 모습이 유독 친근해 보였다. 하지만 그러면서도 제각기 부끄러움을 타는지 말을 하다 말고 종종 얼굴을 붉히며 다른 곳을 바라보곤 했다. 특히 반규린이 더 심해서 그녀는 대화 중에 말끝을 흐리고 머뭇거리기를 밥 먹듯이 했다. 백무연이 보아온 평소의 반규린과는 전혀 다른 모습이었다.

백무연은 식사를 하는 것도 잊고 굳은 듯이 그 모습을 바라보고만 있었다.

저녁을 먹고 일행은 숙소 중 가장 큰 방에 다시 모였다. 반규린이 말했다.

"일단 마 대인과는 내일 만나는 걸로 했어요. 군왕 전하와는 그 다음에 의논을 해서 적당한 방법을 찾을 거예요."

그렇게 말하는 반규린은 어쩐지 다른 사람들과는 눈을 마주쳤지만 백무연의 눈길은 살짝 피하는 것 같았다. 백무연도

그것을 느꼈지만 자신도 굳이 애써서 반규린의 눈을 바라보
려고 하지는 않았다. 묘한 분위기가 흐르는 가운데 반규린의
말이 계속되었다.

"그럼 일단 오늘은 쉬도록 하죠. 내일 자세한 얘기를 할 테
니까요."

그렇게 일행은 별다른 말이 없이 서로 작별하고 두 방으로
나뉘었다. 백무연과 임파초가 방에서 나가자 이해은은 잠시
망설이다가 곧 궁금하게 여기던 것을 물어보려 했다.

"언니."

"응?"

반규린은 이해은을 돌아보며 물었다. 그런데 어쩐지 그 표
정이 어두운 것 같아 이해은은 그녀에게 더 물어보기가 망설
여졌다. 하지만 반규린은 이해은에게서 주저하는 기색을 읽
고 일부러 웃는 낯으로 물었다.

"왜 그래? 괜찮으니 말해봐."

"저, 군왕 전하랑은 어떤 사이야?"

"아, 그거……."

반규린은 머뭇거리다가 이내 빙긋 웃으며 대답했다.

"오래된 친구야."

"그래?"

"응. 난 옛날에 황궁에서 자랐거든. 우리 아버지가 황실의

시위(侍衛)였는데, 일찍 돌아가시고 또 어머니도 금방 뒤따라가셔서 날 맡아줄 사람이 없었어. 그래서 황실에서 자라게 된 거지. 아성과는 그렇게 만났어.”

“아성?”

“응. 군왕전하의 아명(兒名)이야. 어릴 때부터 꽤 오랫동안 친하게 지냈어. 옛날에는 완전히 겁쟁이에 고지식하기만 한 모습이었는데, 지금 보니까 정말 많이 달라져서 깜짝 놀랐어.”

“괜찮더라.”

“응.”

“그런데 언니.”

“응?”

“군왕 전하가 친구라는 말, 왜 우리한테는 말 안 한 거야?”

“왜 말하지 않았던 것 같습니까?”

백무연은 진지하게 묻고 있었다. 하지만 임파초는 머리를 긁적이다가 내뱉듯 말했다.

“뭐, 말하기 싫었겠지.”

“그러니까 그 이유가 무엇인지 그것이 궁금합니다.”

백무연은 점점 심각해지고 있었다. 임파초는 그런 그를 곁눈질로 흘끗 바라보더니 픽 웃으며 말했다.

"이봐, 여자가 무언가에 대해서 말하기 싫어할 때는 두 가지 이유뿐이라고."

"두 가지란 말입니까?"

"그래, 첫째는 이 말을 하면 자기 기분이 나빠질 것 같을 때, 둘째는 그 말로 인해 다른 사람의 기분이 안 좋아질 것 같을 때."

그 말을 듣자 백무연은 고개를 수그리고 잠시 고민하는 듯하다가 문득 고개를 들고 말했다.

"그 두 가지 중 어떤 것이었던 것 같습니까?"

"글쎄?"

임파초는 고개를 갸웃거리다가 문득 짓궂은 미소를 띠며 물었다.

"그런 건 본인한테 직접 물어보지 그래?"

"아, 아닙니다. 분명 반 소저는 말해주지 않을 겁니다."

"왜? 자기 기분이 나쁠까 봐, 아니면 다른 사람의 기분이 안 좋을까 봐?"

"그, 그건……."

"남녀 관계란 어려운 거야."

임파초는 그렇게 말하더니 침상에 몸을 던졌다. 하지만 백무연은 그 말에 정색을 하며 물었다.

"남녀 관계라니 무슨 말씀입니까."

"뭐, 말 그대로잖아. 남자와 여자 사이의 관계."

그러자 백무연은 잠시 생각하는 듯하다가 입을 열었다.

"우리 둘은 아무런 관계도 아닙니다. 예전에는 계약서에 의한 계약 관계가 있었지만 그것은 오래전에 유명무실해졌습니다. 그밖에는 다른 관계가 없습니다."

"그래?"

임파초는 건성으로 고개를 끄덕이다가 다시 물었다.

"그럼 반 소저와 군왕은 무슨 관계일까?"

그 말에 백무연은 말문이 막혀 버렸다.

"말하기 싫었어."

"왜?"

"그냥, 내가 군왕의 친구라는 거랑, 어릴 때부터 황실에서 자랐다는 사실 같은 거, 가능하면 조금이라도 더 늦게 알게 하고 싶었거든."

"왜?"

이해은은 더 이상한 듯 눈을 크게 떴다. 반규린은 이해은의 누운 얼굴을 내려다보다가 조용히 말했다.

"사람들이 나를 있는 그대로 봐줬으면 했어. 그런 거에 얽매이지 않고."

이해은은 그 말을 듣자 고개를 끄덕이는 듯하다가도 다

시 갸웃거리며 눈을 깜박였다. 역시 무슨 말인지 잘 모르는 모양이었다. 반규린은 그 모습을 보다가 문득 웃으며 말했다.

"더 크면 알게 돼."

"어? 나 많이 컸다구, 언니!"

"그래? 그럼 어디 한번 볼까?"

"어, 언니! 아, 가, 간지러워, 꺄아악!"

두 소녀의 높은 웃음소리가 잠들어 있는 군왕부를 쾌활하게 울렸다.

다음날 날이 밝자마자 백무연과 반규린 등은 숙소로 찾아온 마연을 만났다. 그는 꾹 다문 입술에 조용조용하지만 분명한 말투, 언뜻 내비치는 고결한 태도 등으로 마치 청렴결백한 관리의 표본과도 같은 모습이었다. 서로 통성명을 하고 자리에 앉자 반규린이 먼저 말했다.

"고생이 많으십니다."

그러자 마연은 송구스럽다는 듯 두 손을 모으며 말했다.

"아닙니다. 저희 관내의 일인데 번거롭게 여기까지 오시게 해서 죄송할 따름입니다."

말은 그렇게 했지만 마연의 얼굴 표정에는 여러 가지 복잡한 감정이 드러나고 있었다. 아마도 비밀로 해두고 싶었던 자신들의 일이 황실에 결국 알려졌다는 데에 대한 불안감과 함께 품계는 높지만 나이가 어린 반규린에 대한 불신감도 품고 있는 것 같았다. 그런 것을 대충 눈치 챈 반규린이 웃는 낯으로 말했다.

"걱정 마십시오. 우리 부의 사람들이 말씀드린 대로, 원만하게 처리하려 합니다."

"그렇다면 안심입니다만……."

마연은 여전히 어두운 표정을 풀지 않으며 대답하다가 갑자기 생각이 난 듯 얼굴빛을 달리하며 말했다.

"그러고 보니 그저께부터 양 대인이 병을 핑계로 등청(登廳)하지 않고 있습니다."

"그래요?"

그것을 듣자 반규린은 잠시 생각에 잠기더니 곧 좋은 생각이 난 듯 혼자 고개를 끄덕였다.

"무슨 좋은 생각이라도 있으신지……."

"어쩌면 괜찮은 방법일지도 몰라요."

반규린은 마연에게 약간 밝은 어조로 대답하고는 다시 물었다.

"그럼 군왕 전하를 만나러 갈까요?"

그 말에 마연과 다른 일행들은 자리에서 일어났다. 그들은 마연의 안내에 따라 서평군왕의 서재로 갔다. 이미 약속이 되

어 있었기 때문에 서재의 문은 열려 있었고 안에는 왕과 금
봉, 옥룡만이 있었다.

군왕이 앉기를 권하자 사람들은 탁자에 둘러앉았다. 제일
상석에는 군왕이 앉아 있었고 그 뒤에는 변함없이 금봉, 옥룡
이 시립하고 있었으며 그다음 자리에는 마연과 반규린, 그리
고 임파초와 백무연, 이해은도 각기 자리를 잡고 앉았다.

군왕은 어제처럼 밝은 표정이 아니었다. 마연처럼 그 역시
미간에 깊은 수심이 자리하고 있었다. 주인의 그런 모습에 뒤
에 선 금봉과 옥룡도 기분이 좋을 리 없었다.

반규린은 그 모습이 안타까웠지만 일단 논의를 진행할 수
밖에 없는 터라 먼저 입을 열었다.

“지금까지 증거를 얼마나 밝혀냈습니까?”

그 말에 군왕의 뒤에 있던 옥룡이 나서서 말했다.

“증거로 치면 양대량을 잡아넣기에는 충분합니다.”

그때 군왕이 임파초 쪽을 바라보며 말했다.

“내가 그때 사하촌에 갔던 것도 밀무역의 증거를 확인하기
위해서였소. 그때 저분과 다른 여자 분을 만났지.”

그러자 임파초는 대답 대신 빙긋 웃으며 고개를 숙였다.

그런데 옥룡은 반규린을 바라보며 난처한 표정을 짓는 것
이었다. 그 모습을 보고 이상히 여긴 반규린이 물었다.

“왜 그러죠?”

"증거는 충분하지만 약간의 문제가 있습니다."

"문제라면?"

"그것이 선대(先代) 군왕 전하의 기록과도 겹치는 내용이라서……."

바로 그것이 문제였다. 그 말에 반규린 역시 고개를 끄덕였다. 군왕의 표정을 살짝 바라보니 그는 선대 군왕이라는 말이 나오자 마음이 괴로워진 듯했다. 어두운 안색으로 잠시 말이 없던 군왕이 문득 입을 열었다.

"이 몸은 선대 군왕 전하이셨던 양아버님의 덕을 입어 보잘것없는 재주에도 불구하고 귀한 자리에 오르게 되었소. 그런데 이제 와서 그분의 공덕을 깎아내리는 일을 할 수는 없는 일이오."

그 말에 반규린은 더욱 안쓰러운 마음이 들었지만 속으로는 이런 생각도 들었다. 지금 무덤 속에 들어간 선대의 걱정을 할 때가 아니라, 자신도 까딱하면 양대량과 함께 걸려들어 폐서인의 중벌을 받을 수도 있는데, 어찌하여 그것은 말하지 않는단 말인가?

'아니면 아예 생각하고 있지 않은 건가?'

어쩌면 이 남자에게 선대의 명예가 훼손되는 것을 막는 일은 다른 어떤 일보다도 중요한 것일 수 있었다. 그리고 그 고지식한 성격으로 보아 충분히 그럴 만한 일이었다.

'휴, 누구랑 닮았네.'

반규린은 이런 생각을 하다가 문득 고개를 돌려 백무연을 바라보았다. 백무연은 우울한 기분에 빠져 있는 군왕을 바라보고 있다가 반규린의 시선을 느끼고 그녀를 보았다. 그러자 반규린은 재빨리 고개를 돌렸다.

어쩐지 눈을 마주치기가 힘들었다.

반규린은 헛기침을 하며 목소리를 가다듬고 입을 열었다.

"어리석은 소견입니다만 참고 들어주실 수 있겠는지요."

"어서 말해 보시오."

군왕이 반갑게 고개를 들고 재촉했다. 그러자 반규린은 잠시 뜸을 들이더니 가만히 입을 열었다.

"양대량은 국법을 범한 죄인입니다. 그리고 이미 들으셔서 아시겠지만 최근 무림에 나타난 괴단체와도 관련이 되어 있는 것 같습니다. 총포의 밀무역과 그 괴단체, 통칭 향곡의 사이에 어떤 연관 관계가 있고 그 사이에는 양대량이 있는 것입니다."

"계속하시오."

"저희 입장에서는 지금 양대량을 잡아넣는 것이 아무런 이득도 되지 않습니다. 일단 그가 있음으로 인해서 향곡은 꼬리를 드러내고 있는 것인데 그를 섣불리 건드리면 향곡은 다시 숨어버릴 것입니다. 그리고 만약 그를 잡더라도 증거가 선대에 영향을 미치는 내용이라면 결과적으로 서평왕부 쪽에도 안 좋게 작용할 수 있습니다."

반규린은 군왕이 약간 민감하게 여길 부분까지 여과 없이 말하며 그의 표정을 흘끗 보았다. 하지만 군왕은 반규린의 말을 어떠한 사감(私感) 없이 진지하게 듣고 있을 뿐이었다.

"계속하시오."

반규린이 말을 끊자 군왕이 다시 재촉했고 그러자 반규린은 얼른 말을 이었다.

"오는 길에 들었는데 오늘도 양대량이 입시(入侍)를 하지 않았다고 합니다."

"음, 그렇소. 벌써 삼 일째인 모양인데."

"맞습니다."

군왕의 말을 뒤에서 옥룡이 한 번 더 확인해 주었다. 그러자 반규린은 고개를 끄덕이며 말했다.

"지금 가지고 계신 증거들은 문서로 된 것입니까?"

"문서도 있고 증언도 있소."

"그렇다면 좋습니다."

고개를 끄덕이더니 반규린은 문서 중 하나를 보여주기를 청했다. 그러자 군왕의 지시를 받은 금봉이 큰 목함(木函)을 가져왔다. 거기에는 많은 서류들이 있었는데, 서역과의 무역에 대한 서류였다. 그리고 거기에는 뒤집을 수 없는 증거로 서평왕부의 인장(印章)과 양대량의 인장이 동시에 찍혀 있었다. 그것을 본 반규린은 자신의 생각대로라 고개를 끄덕였다. 그녀는 문서를 넣고 목함을 닫아 금봉에게 돌려주었다.

군왕은 반규린에게 다시 물었다.

"어떤 방법인가?"

"양대량의 인장을 손에 넣는 것입니다."

"뭐라고?"

군왕은 그 말에 살짝 놀란 듯했다. 잠시 정신을 가다듬다가 다시 반규린을 보며 물었다.

"그렇다면 훔치자는 말인가?"

"부득이한 경우라면 어쩔 수 없습니다. 대신 그의 인장을 손에 넣으면 양대량에게 압력을 가할 수 있습니다. 그에게 더 이상의 밀무역을 못하게 만들 수 있고 또 향곡의 정체도 밝힐 수 있습니다."

그 말에 군왕은 무슨 말인가를 하려고 했으나 곧 자제하고 다시 한 번 생각해 보는 모습이었다. 한참 동안의 시간이 흐른 후 군왕이 무겁게 입을 열었다.

"알겠네."

"감사합니다. 그리고 그것을 위해서는 해주서야 할 일이 있습니다."

"내가?"

"네, 그렇습니다."

반규린은 조용히 자신의 계획을 털어놓았다.

＊　　　＊　　　＊

그날 정오(正午).

양대량(楊大樑)이 살고 있는 저택은 꽤 튼튼하게 지어진 곳이었다. 벽은 단단하고 높았으며 지키는 이들도 언제나 눈을 빛내며 좌우를 둘러보고 있었다.

그 앞에 서평군왕의 행차가 이르자 문지기들은 놀라며 일부는 문을 열고 일부는 안에 알리러 들어갔다. 군왕은 말에서 내리며 저택을 한번 둘러보고 말했다.

"무슨 성(城) 같군."

그러자 옆에 있던 마연이 말했다.

"이곳은 오래전 이진명(李眞明)의 난(亂) 때에 그 아들 이규영(李硅英)이 방비를 겸해 직접 설계하여 지은 집이라고 합니다."

"그렇소?"

군왕은 그 말에 살짝 놀라며 새삼 저택을 다시 둘러보았다. 특이하게도 전부의 좌우에는 탑 같은 건물이 하나씩 있었는데 거기서는 정문에 일행이 도착하여 꽤 어수선해졌음에도 불구하고 전혀 아랑곳없이 엄중한 경비 태세가 갖춰지고 있었다.

"대단하군."

그렇게 말하던 군왕은 한편으로 걱정이 되어 반규린 쪽을 살짝 쳐다보았다. 하지만 반규린은 걱정 말라는 듯 눈짓을 보내서 군왕은 고개를 끄덕이고 다시 정문 쪽으로 몸을 돌려 양대량이 나오기를 기다렸다.

"군왕 전하, 여기까지 어인 행차이십니까?"

곧 양대량이 관복을 갖춰 입고 문밖까지 나왔다. 아프다던 말과는 달리 혈색이나 말투에는 전혀 병색이 없는 멀쩡한 모습이었다. 양대량은 웃는 낯을 한 마음씨 좋은 얼굴이었지만 한번 기분이 틀어지면 사람이 확 달라질 것 같은 인상을 하고 있었다. 하지만 일단 군왕 일행을 맞이하는 양대량은 웃고 있었다.

"어서 들어오십시오. 좁고 누추합니다만 꺼리지 않으신다면 삼가 받들어 모시겠습니다."

"몸가짐을 편히 하시오. 고맙소."

"영광입니다."

양대량은 그렇게 말하며 머리를 들다가 반규린과 정면으로 눈이 마주쳤다. 짧은 순간 두 사람의 눈빛은 서로를 샅샅이 탐색했다. 하지만 곧 아무렇지도 않게 양대량이 먼저 눈을 돌리며 말했다.

"어서 들어오십시오."

그러자 다른 사람들도 대문의 문지방을 넘었다.

한편 임파초는 반규린의 계획에 따라 군왕 일행이 양대량의 저택에 들어가는 바로 그때 다른 경로로 역시 그 집에 들어가려 하고 있었다.

"이놈의 벽은 왜 이렇게 미끄러운 거야."

임파초는 불만스럽게 중얼거리며 벽에 매달려서 좌우를 확인했다. 미리 봐 두었던 으슥한 쪽의 골목에서 담을 넘는 것이라 목격자는 아무도 보이지 않았다. 그러자 임파초는 번개같이 몸을 날려 가볍게 벽을 뛰어넘었다.

그가 착지한 곳은 후원인 듯했다. 정오였지만 건물의 그림자 덕분에 주변은 어둑했다. 그때 바로 옆에서 사람의 말하는 소리가 들려서 임파초는 재빨리 숨을 멈췄다.

"야, 점심시간인데 교대 안 하냐?"

"뒤에 녀석들이 와야 하지."

"아, 졸려 죽겠네."

"임마. 어젯밤에 잠 안 자고 뭐 했냐?"

'하인들이 아니라 위병(衛兵)들인가 보군.'

임파초는 그렇게 생각하며 조심조심 몸을 움직여 겨우 그

들에게서 벗어났다. 그다음부터는 아무에게도 들키지 않았
다. 아까 봐둔 위병들의 위치로 이 집의 감시 체제를 대충 짐
작할 수 있었기 때문에 가능한 일이었다.

'훙, 이제 그놈의 인장인지 뭔지를 훔치기만 하면 되는 건
가?'

임파초는 어느새 자신감이 붙어서 여유있게 가장 큰 건물
에 다다랐다. 그의 경험상 아마도 맨 꼭대기 층이나 지하층에
중요한 물건이 있을 확률이 높았다.

"어디부터 갈까?"

그는 잠시 고민했다.

"전하, 소신의 누추한 집에 어인 일이신지…….."

일행이 자리를 잡고 앉자 양대량이 머리를 숙이고 궁금한
것을 물었다. 그러자 군왕은 짐짓 별거 아니라는 듯 대답했
다.

"양 공(公)의 병환이 걱정되어 들렀소이다."

"별말씀을…… 미천한 몸에 과분한 신경을 써 주실 필요
없사옵니다."

양대량은 한껏 겸양을 부리며 말했지만 그 시선은 군왕의
안색을 구석구석 살피고 있었다. 그러자 군왕은 반규린이 시
킨 대로 말했다.

"아직 점심을 들지 않으셨소?"

"예? 아, 예. 그렇습니다만……."

양대량은 의아한 듯 대답했고 그러자 군왕은 고개를 끄덕이며 다시 말했다.

"사실은 양 공의 집에서 같이 식사를 하고 싶어서 왔소이다. 소개할 사람들도 있고 해서 말이오."

"예?"

더욱 당황스러운 표정을 짓는 양대량의 앞에서 군왕은 짐짓 불편한 기색을 하며 헛기침을 했고 그러자 양대량은 얼른 자신의 실수를 깨닫고 고개를 숙였다.

"명을 받들겠습니다."

"폐를 끼쳐서 미안하오."

"아닙니다, 폐라니요. 얼른 준비시키겠사옵니다."

그렇게 말하며 양대량은 군왕에게 절을 하고 물러났다. 그가 나가면서 다른 하인들을 같이 물렸고 그러자 꽤 넓은 방 안에는 군왕과 백무연을 비롯한 일행들만 남아 있게 되었다. 군왕이 문득 한숨을 쉬었다.

"휴. 좀 긴장되는군."

그러면서 그는 반규린을 바라보며 물었다.

"임 협객(俠客)이 잘하고 있겠지?"

"네, 걱정 마십시오."

반규린은 자신있게 말했다.

"그 사람의 솜씨는 제가 보장합니다."

그러자 군왕도 고개를 끄덕이더니 더 말하지 않았다.

백무연은 그 대화를 지켜보다 문득 눈을 돌려 방 안을 유심히 바라보았다. 그 모습을 본 이해은이 백무연의 소매를 잡아끌었다.

"오빠, 왜 그래?"

"아, 아무것도 아닙니다."

백무연은 이해은을 바라보며 말한 뒤 다시 방을 살폈다. 이해은은 백무연의 행동이 의아했으나 한두 번 있는 일이 아니었기에 곧 고개를 돌려 반규린 쪽을 바라보았다. 반규린은 방을 유심히 보는 백무연을 바라보고 있었다.

임파초는 꼭대기 층에 다다랐다. 감시가 꽤나 삼엄했기 때문에 경공을 최대한 발휘한 끝에 겨우 올라올 수 있었다.

"휴, 여기엔 뭐가 있는지 보도록 할까?"

임파초는 방 안에 아무도 없는 것을 보자 한숨을 쉬며 중얼거렸다. 햇살이 비치는 부분을 제외하면 방의 나머지 부분은 어둠에 싸여 있었다. 임파초는 그 밝은 쪽에서 기지개를 쭉 편 뒤 곧 면밀하게 방의 사물들을 조사했다.

그런데 반쯤 조사했을 무렵이었다. 갑자기 방문이 열리며 누군가 들어오는 것이었다.

'이크!'

임파초는 깜짝 놀라며 얼른 방의 어둠 속으로 스며들 듯 숨었다. 그가 바라보니 하녀가 청소를 하러 들어온 것이었다. 그녀는 청소를 대충 하는 듯하다가 금방 나가 버렸다. 그 모습을 보고 임파초는 실소를 머금었다. 저택 외부의 경비는 엄중하지만 안에서 부리는 사람들에 대한 관리는 제대로 되고 있지 않은 것 같아서였다.

'웃기는군.'

문득 방금 나간 하녀 아이를 놀려주고 싶은 생각이 들었지만 꾹 참았다. 지금은 그럴 때가 아니었다. 지금 이 순간에도 군왕과 반규린, 백무연 등은 자신이 활동할 시간을 벌어주기 위해 일부러 식사를 하며 시간을 끌어주고 있을 것이었다.

군왕이 이곳에 왔다는 것은 이미 가슴속에 찔리는 구석이 있는 양대량으로서는 큰 주의를 기울일 만한 일이었다. 때문에 군왕에게 쏟는 주의에 대한 반비례로 경비가 약간이라도 소홀해질 수밖에 없었다. 임파초는 그 틈을 파고들어 겨우 이 저택의 심장부에 잠입한 것이었다.

임파초는 그런 생각을 하며 어둠 속에서 몸을 일으켰다. 그런데 이상하게 자신의 그림자가 두 개인 것 같은 생각이 들었다.

"응?"

그는 자기도 모르게 이상한 듯 의문을 표했다. 그리고 그것이 뜻하는 바를 깨닫고 깜짝 놀라 손을 쓰려고 하기도 전에 혈을 짚여 눈을 부릅뜬 채로 쓰러지고 말았다.

"전하, 부족한 음식이지만 아무쪼록 내치지 마시고 조금이라도 들어주십시오."

"과한 겸양이시오. 그럼 감사히 먹겠소."

군왕은 호화롭게 벌여진 상 앞에서 만족한 듯 웃으며 말했고 양대량은 그에게 절한 뒤 다시 다른 사람들을 보며 말했다.

"자, 여러분도 맛있게 드십시오."

그렇게 말하며 양대량 자신도 군왕의 옆 자리에 앉았다. 아직도 군왕이 여기 온 속셈을 알지 못하는 양대량으로서는 당연한 처사였다. 어떻게든 군왕과 다른 이들의 의중을 파악하려고 손과 입으로는 식사를 하고 있었지만 눈은 게처럼 빙빙 돌며 사람들을 감시하고 있었다.

이미 예상했던 일이라 반규린 등은 별로 놀라지 않았다. 그때 군왕이 반규린을 유심히 쳐다보는 양대량의 눈길을 보고 그에게 말했다.

"저분이 누구인지 아는가?"

"소신은 견식이 짧아 잘 알지 못하겠습니다."

"바로 황비각(皇秘閣)의 삼감(三監)인 반 소저라네."

그 말을 듣자 양대량의 안색이 크게 변했다. 마치 군왕이 자기의 목줄기에 칼을 들이대기라도 한 것 같은 표정이었다. 하지만 그는 얼른 얼굴빛을 바꾸고 좋은 낯으로 반규린에게 인사했다.

"알고 보니 몹시 귀한 분이셨군요. 그런 줄도 모르고 실례가 많았습니다."

"아닙니다. 양 공의 존성대명은 저 같은 사람도 익히 들어 알고 있습니다."

반규린은 그렇게 말하며 의미심장한 눈빛으로 양대량을 바라보았다.

그 눈빛을 받은 양대량은 가슴이 섬뜩해지는 것을 느꼈다. 그와 함께 머릿속에는 오만가지 생각이 떠올랐다. 도대체 군왕이 이 계집을 왜 데려온 것인가? 설마 총포의 밀무역 때문에 자신을 잡아넣으려는 것인가? 하지만 거기에는 증거가 필요할 테고, 그 증거는 선대 군왕과도 얽혀 있으니 감히 그러지 못할 텐데? 그렇다면 왜? 나를 위협하려 하는 것인가? 그러면 이렇게 정면으로 직접 오는 건 오히려 쓸모없는 짓. 저 계집도 황비각의 삼감 정도라면 그쯤은 알고 있을 텐데? 그럼 도대체 무슨 생각이지?

양대량이 눈을 이리저리 굴리는 것을 보자 반규린은 그에게 물었다.

"무슨 생각을 하십니까?"

"예? 아, 하하, 아닙니다. 요즘 서역 쪽의 물가가 많이 올라서 걱정이 되었습니다."

'이것 봐라?'

반규린은 양대량의 수작을 금세 눈치 챘다. 바로 자신과 군왕의 의중을 떠보려는 수작이었다. 그렇게 생각한 반규린은 짐짓 아무것도 모르는 체 물었다.

"그래요? 양주는 무역이 활발한 곳이라 황실에도 도움이 되는 바가 많은데, 그렇다면 큰일이군요. 물가가 많이 올랐습니까?"

'이건 만만치 않군.'

반규린의 말을 듣자 양대량도 상대가 쉽게 자기 속마음을 보여주지 않으려는 생각임을 알 것 같았다. 어물거리며 물가에 관한 말을 넘긴 뒤에 다른 이야기로 화제를 돌렸다.

그 뒤로도 쉴 새 없이 말을 이어가는 양대량이었지만 사실 마음이 쓰이는 곳은 따로 있었다. 군왕과 반규린도 물론 그 생각을 알 수 없어 신경이 쓰였지만 그보다도 곡(谷)에서 보낸 사람이 아직 나타나지 않는 것이 훨씬 불안했다.

'어디로 간 거지?'

어제 도착한 그 여자는 계속 자신의 옆에 머물러 있었다. 마치 감시를 하러 온 사람인 듯 한시도 눈을 떼지 않고 빤히 바라보는 그 눈길이 양대량은 몹시 불안하고 짜증스러웠지만 갑자기 그녀가 사라지자 오히려 마음이 더 불안해졌다.

혹시, 군왕과 반규린이 눈치를 채고 이곳에 온 것을 알고 곡에서 자신을 버린 것은 아닐까? 그래서 그 여자도 지금쯤 양주 경내를 벗어난 것은 아닐까? 그렇게 생각하자 더욱 절망적인 상상이 눈앞에 펼쳐졌다. 밀무역을 한 사실에 따라 국법의 처벌을 받고, 곡과 결탁한 사실까지 드러나 추궁을 받고, 또 입막음을 위해 암살이 된다…… 그렇게 생각하자 양대량은 갑자기 숨이 막히는 것 같은 기분이 들었다. 눈에 띄게 불편한 표정을 짓는 그를 바라보던 군왕이 이상한 듯 물었다.

"양 공, 괜찮소?"

"네? 아, 예. 괜찮습니다. 아직 병이 낫지 않은 까닭인가 봅니다."

"저런, 괜히 무리하게 여러 사람과 어울렸구려. 다 내 탓이오."

"아, 아닙니다. 어찌 전하의 탓이라 할 수 있겠습니까. 망극합니다."

양대량은 짐짓 고개를 숙이며 겸양을 떨었다. 그리고는 이

쯤에서 인사를 하고 몸을 뺄 생각이었다. 주인이 객의 접대를 하다 말고 자리를 뜨는 것은 큰 결례였지만 병을 핑계 삼고 또 집사에게 뒤처리를 맡기면 별문제가 없을 것 같았다.

'일단 물러나서 후의 일을 생각해 보자.'

그렇게 생각한 양대량이 막 입을 떼려 할 때였다.

갑자기 방의 분위기가 확 바뀐 듯한 느낌이 들었다. 양대량은 이상한 기분이 들어 눈을 돌렸고 거기에는 자신이 싫어하는, 곡에서 보낸 여자가 서 있었다.

그녀를 보자 양대량은 한편 안심이 되었지만 또 한편으로는 몹시 이상했다. 왜 군왕과 반규린 앞에서 자신의 모습을 드러내는 것인가? 분명 그들의 정체는 비밀이고 또 사람들의 눈에 띄는 것도 극도로 꺼릴 텐데, 아무리 생각해도 이상한 일이 아닐 수 없었다.

그런데 더욱 놀라운 것은 그녀를 바라보는 반규린과 그 일행의 태도였다.

"진 언니."

"언니!"

분명히 지금 나타난 그녀, 진묘화에게 반가운 시선을 보내며 친근하게 부르는 그들을 양대량은 놀란 눈으로 바라보았다.

"이게…… 어떻게 된 일인가?"

자신도 모르게 입을 열어 중얼거릴 수밖에 없었다.

그런데 진묘화는 반규린과 이해은이 반갑게 부르는 말에도 전혀 응답하지 않고 침착하게 가라앉은 시선으로 양대량을 바라보는 것이었다. 그 시선을 받자 양대량은 움찔했지만 곧 입을 열어 물을 수밖에 없었다.

"왜 그러시오?"

분명 저 여자, 진묘화가 이렇게 사람들 앞에 나온 것은 이유가 있을 것이었다. 그렇기 때문에 그녀에게 그것을 묻지 않을 수 없었다. 더군다나 그녀는 자신을 압박하듯 바라보고 있었다.

진묘화가 천천히 입을 열어 말했다.

"데리고 와라."

양대량은 그 말이 무슨 말인지 몰라 어리둥절해 했다. 그런데 문 쪽에서 발걸음 소리가 들리더니 자신의 집에 있던 하인 둘이 한 남자를 들고 오는 것이었다. 하인 녀석들이 진묘화의 명령에 따라 움직이는 것부터가 이상했고 더군다나 그들의 태도도 전과는 달리 어떤 엄숙함 같은 것이 깃들어 있었다. 하지만 그것보다도 더 이상한 것은 그들이 바닥에 내려놓은 남자였다. 양대량이 한 번도 본 적이 없는 얼굴이었다.

"누구요, 이게?"

"저들의 일행."

진묘화는 손을 들어 반규린과 백무연 등을 가리키며 말했다. 그리고 다시 양대량을 바라보며 말했다.

"그리고 이 집에 잠입했다."

"뭐, 뭐라고?"

양대량은 그 말에 놀라 벌떡 일어났다. 순간 가슴속에서 치고 올라오는 생각은 다른 무엇도 아닌 군왕에 대한 배신감이었다. 이 일이 어떻게 된 것인지 능히 짐작할 만했기 때문이다. 양대량은 무례함도 잊고 군왕을 쏘아보았고 군왕은 난처한지 고개를 돌려 그 시선을 피했다. 그때 옥룡이 소리쳤다.

"무엄하다!"

"흥."

양대량은 코웃음을 치고는 몸을 돌려 진묘화 쪽으로 걸어갔다. 그리고는 작게 물었다.

"그럼 이제 어떻게 할 작정이시오?"

그러자 진묘화는 양대량을 마주 보았다. 마치 수정처럼 투명한 두 눈에는 어떠한 망설임도, 표정도 없었다.

"모두 죽인다."

한편 반규린은 진묘화가 자신들에게 전혀 아는 체를 않고 오히려 혈을 짚인 임파초를 데려오자 문득 느껴지는 게 있었다.

‘첩자.’

자신들은 향곡에 완벽하게 속은 것이다. 임파초가 어쩌다가 진묘화에게 잡혔는지는 이해가 되지 않았지만, 그만큼 진묘화는 제 실력을 철저하게 숨기고 있었다는 말이 되는 셈이었다. 그런 그녀가 도적들 따위에게 붙잡힐 리가 없었다. 다 연기였던 것이다. 어찌 보면 뻔한 수법이었지만 자신들은 완전히 당한 것이다.

그녀는 군왕을 바라보았다. 군왕도 난처한 표정으로 반규린을 바라보고 있었다.

“어떻게 하면 좋겠소?”

“일단 아무 일도 없던 것처럼 하면서 여기를 빠져나가야 합니다. 제가 말하겠습니다.”

반규린이 속삭인 뒤 몸을 일으켰다. 다른 일행들도 식사를 중단하고 모두 일어났다. 지금 식사가 문제가 아니었다. 식탁에 앉아 있던 양대량 쪽의 사람들도 분위기가 심상치 않은 것을 보고 얼른 몸을 일으켜 한쪽으로 빠졌다.

그때 진묘화가 이쪽을 바라보는 것이 느껴졌다. 반규린은 입술을 깨물며 그녀를 마주 보았다. 이미 계책은 어그러질 대로 어그러졌지만 일단 몸을 피하는 것이 급했다. 정면으로 부딪칠 수밖에 없었다.

"그래요, 당신이 아는 대로 저 사람은 우리의 동료지만 오늘 이곳에 나타난 이유는 우리도 잘 알지 못해요. 애초에 오늘은 서로 갈라져서 행동했으니까요. 이제 군왕 전하께서는 식사를 마치셨으니 다시 왕부로 돌아가셔야겠습니다. 길을 비켜주시죠."

반규린은 길을 트려 했으나 진묘화는 석상처럼 버티고 서서 움직이지 않았다. 더군다나 그녀의 몸에서는 차가운 살기마저 뿜어져 나왔다. 수많은 싸움을 겪어 온 반규린도 저절로 몸을 떨 정도로 살벌한 느낌이었다.

거기에는 의식이 없었다. 삶과 죽음, 나와 너에 대한 경계가 없는 것이었다. 그저 무차별적인 파괴와 죽음에 대한 의지만이 그녀에게서 느껴지는 기운이었다. 그런 상태에서 진묘화가 천천히 입을 열었다.

"모두 죽인다."

그 말에 반규린은 하늘이 누렇게 되어 무너져 내리는 것 같았다.

그때 옆에 있던 양대량이 질린 얼굴이나마 겨우 입을 열어 말했다.

"저, 꼭 죽일 필요는 없지 않소? 지금까지 협력해 온 나의 입장도 생각해 줘야 하는 거 아니오? 저……."

"비켜 있으면 목숨은 살려주겠다."

그 말에 양대량은 말문이 막힌 채 물러날 수밖에 없었다. 무공을 모르는 그에게도 이미 그녀의 살기는 치명적이었다.

군왕과 반규린을 무표정한 얼굴로 바라보던 진묘화는 갑자기 오른손을 들었다. 넓은 방의 여기저기에서 많은 수의 사람들이 나타났다. 그들 중 몇은 양대량의 저택에 있던 위병들이었고, 또 몇은 하인들, 하녀들이었지만 나머지는 낯선 얼굴들이었다. 그들은 하나같이 진묘화와 비슷한 살기를 내뿜으며 방금 전까지 식사를 하고 있던 일행의 식탁을 물샐틈없이 둘러쌌다. 그 주위에 서 있던 군왕 등은 꼼짝없이 포위당하고 말았다.

그때 갑자기 백무연이 모두에게 속삭이듯 조용히 말했다.

"식탁보를 던져서 적의 눈을 현혹시킵니다. 식탁을 옆으로 길게 눕혀서 한쪽에서만 적을 상대합니다. 접시와 젓가락 등은 던질 수 있는 한 많이 던져서 암기 대용으로 씁니다."

마치 새로 나온 무기의 사용법이라도 설명하는 듯한 말투여서 사람들은 거의가 다 그의 말을 한 번에 이해하지 못했다. 하지만 백무연은 말을 하자마자 즉시 움직였다.

그가 식탁에 손을 얹는 순간 접시와 젓가락들이 눈에 보이지도 않을 정도로 빠르게 날아가기 시작했다.

"억!"

"으윽!"

순식간에 날아간 접시와 젓가락들은 일행을 둘러싼 적들에게 명중했다. 그것을 보자 다른 사람들도 즉시 식탁에 합세해서, 수많은 비명 소리와 그릇 깨지는 소리가 들리는 가운데 식탁은 금세 깨끗해졌다.

끼이이익!

즉시 백무연은 식탁에 손을 얹었고 다른 이들도 얼른 손을 합쳤다. 고수 여럿이 힘을 합치자 식탁은 금방 뒤집어졌다. 그때 반규린이 재빨리 손을 뻗어 식탁보를 빼어 앞쪽으로 날렸다.

쿵! 식탁이 옆으로 서자 과연 그 뒤쪽의 적들은 마음대로 공격할 수 없었다. 진묘화는 재빨리 달려들려고 했지만 식탁보가 똑바로 날아오자 일단 그것을 걷어낼 수밖에 없었다. 그 틈에 백무연과 이해은, 옥룡과 금봉은 각기 무기를 꺼내 들고 달려드는 적들을 맡기 시작했다.

난전(亂戰)이 벌어지는 가운데 반규린은 군왕을 보호했다. 군왕은 안색이 약간 창백해져 있었으나 역시 왕다운 위엄을 유지하고 눈앞의 싸움을 똑똑히 바라보고 있었다.

"어서 피하시죠."

"다른 사람들은?"

"일단 피하고 나서 생각해요."

반규린은 급히 군왕의 옷소매를 잡아끌었다. 지금에 와서는 군신의 예의를 지킬 틈도 없었다. 그러자 군왕도 좌우를 둘러보다가 마지못해 반규린을 따랐다.

하지만 몇 걸음도 가지 못해 둘은 멈출 수밖에 없었다. 그들의 앞을 진묘화가 가로막고 있었다.

반규린은 주먹을 꽉 쥐며 앞으로 나섰다.

"당신은 거기서 온 사람이었군요?"

하지만 진묘화는 대답 대신 무기를 빼 들었다.

"어떻게 사람의 마음을 그렇게 이용할 수 있죠?"

반규린은 속상한 듯 계속 물었지만 진묘화는 무표정한 눈으로 그녀를 바라볼 뿐 아무런 말도 하지 않았다. 그녀는 무기를 반규린의 가슴에 겨누었다. 구형(球形)의 쌍추(雙錘)였다. 그것을 보자 반규린도 쌍검을 들어 맞설 수밖에 없었다. 하지만 그녀에게서 흘러나오는 살기는 무시무시한 수준이었다.

'과연 상대가 될까.'

어쩔 수 없다. 자신 뒤에 서 있는 군왕이 싸울 수는 없지 않은가. 아성(阿星)은 무공을 모르니까. 그랬다. 아성은 예전부터 싸우는 것을 싫어했다. 어린 시절의 린아인 자신이 매번 시비를 걸고 놀려도 아성은 묵묵히 참고만 있었다. 그 성격이 지금까지 이어진 모양이었다.

문득 허전한 마음이 들었다.

하지만 반규린은 곧 그런 마음을 다잡고 쌍검을 꽉 잡았다. 그런데 어느새 앞에 하얀 그림자가 나타나 자신을 가로막고 있는 것이 아닌가?

"배, 백 공자?"

반규린은 놀라서 물었다. 자세히 보니 역시 그였다.

"어서 전하를 모시고 가십시오."

백무연은 뒤도 돌아보지 않은 채로 말했다. 반규린은 뭐라고 말하려 하다가 결국 입을 다물고 군왕에게 말했다.

"얼른 가시죠."

"알겠소."

반규린은 군왕을 이끌고 한가닥 혈로를 뚫기 시작했다. 하지만 그녀의 눈은 몇 번이고 백무연이 있는 쪽을 향했다. 그러나 혼잡한 사람들에 가려 잘 보이지 않았다. 반규린은 어쩐지 가슴이 옥죄는 것 같은 기분이 들었다.

한편 백무연은 한 치의 미동도 없이 진묘화를 바라보고 있었다. 진묘화는 그런 백무연을 보자 문득 굳게 닫혀 있던 입을 열었다.

"이길 수 없다는 걸 알면서 나섰구나."

그만큼 진묘화의 기파는 무시무시했다. 백무연도 무공을 수련한 사람으로서 그것을 느끼고 있었다. 수십 일 동안이나 같이 지내와 놓고도 그것을 알아채지 못했다는 것이 정말 놀라울 지경이었다.

　하지만 백무연은 진묘화의 말에 고개를 저었다.

　"싸움은 해봐야 아는 것입니다."

　"두렵지 않느냐?"

　진묘화는 다시 물었다. 그녀의 눈에는 죽음을 자청하고 나선 백무연이 유독 이채롭게 보였다.

　그러나 백무연은 말했다.

　"죽음은 모두가 두려워하나, 두려워하기만 해서는 죽습니다."

　그 말에 진묘화는 무언가 느껴지는 게 있는 듯 잠시 말이 없다가 곧 쌍추를 고쳐 잡고 말했다.

　"그럼 스스로 증명해 보아라."

　그 말과 함께 진묘화의 쌍추가 엄청난 기세로 덮쳐왔다.

『장의문주』 3권 끝